百部红色经典

高山大峒

韩北屏 著

图书在版编目（CIP）数据

高山大峒 / 韩北屏著. -- 北京：北京联合出版公司，2021.7

（百部红色经典）

ISBN 978-7-5596-4999-7

Ⅰ.①高… Ⅱ.①韩… Ⅲ.①长篇小说—中国—当代 Ⅳ.①I247.5

中国版本图书馆CIP数据核字(2021)第015189号

高山大峒

作　　者：韩北屏
出 品 人：赵红仕
责任编辑：徐　樟
封面设计：王　鑫

北京联合出版公司出版
（北京市西城区德外大街83号楼9层 100088）
北京新华先锋出版科技有限公司发行
涿州汇美亿浓印刷有限公司印刷　新华书店经销
字数209千字　787毫米×1092毫米　1/16　15印张
2021年7月第1版　2021年7月第1次印刷
ISBN 978-7-5596-4999-7
定价：49.00元

版权所有，侵权必究
未经许可，不得以任何方式复制或抄袭本书部分或全部内容
本书若有质量问题，请与本社图书销售中心联系调换。电话：（010）88876681-8026

出版前言

为庆祝中国共产党成立100周年，全面展现中国共产党成立以来中华民族辉煌的发展历程、取得的伟大成就和宝贵经验，集中体现中华民族的文化创造力和生命力，北京联合出版公司策划了"百部红色经典"系列丛书，希望以文学的形式唱响礼赞新中国、奋斗新时代的昂扬旋律。

本套丛书收录了近一百年来，描绘我国人民在中国共产党的领导下艰苦奋斗、开拓创新、改革开放的壮美画卷，充分展现我国社会全方位变革、反映社会现实和人民主体地位、弘扬社会主义核心价值观、讴歌中华民族伟大复兴中国梦的100部文学经典力作。

本套丛书汇集了知侠、梁晓声、老舍、李心田、李广田、王愿坚、马烽、赵树理、孙犁、冯志、杨朔、刘白羽、浩然、李劼人、高云览、邱勋、靳以、韩少功、周梅森、石钟山等近百位具有代表性的中国现当代著名作家。入选作品中，有国民革命时期探索革命道路的《革命的信仰》《中国向何处去》，有描写抗日战争的《铁道游击队》《敌后武工队》《风云初记》《苦菜花》，有描绘解放战争历史画卷的《红嫂》《走向胜利》《新儿女英雄续传》，有展现新中国建设历程的《三里湾》《沸腾的群山》《激情燃烧的岁月》，有寻找和重建民族文化自信的《奠基者》，也有改革开放后反映中国社会现状、探索中国道路的《中国制造》，同时还收录了展现革命英雄人物光辉事迹的《刘胡兰传》《焦裕禄》《雷锋日记》等。

本套丛书讲述了丰富多样的中国故事，塑造了一大批深入人心的中国形象，奏响了昂扬奋进的中国旋律。这些经历了时间检验的文学作品，在艺术表现形式、文学叙述方式和创作技巧等方面都具有开拓性和创造性，作品的质量、品位、风格、内涵等方面都具有很高的水准，都是有筋骨、有道德、有温度的优秀作品，很多作家的作品都曾荣获"五个一工程奖""茅盾文学奖""鲁迅文学奖""国家图书奖"等奖项。

为将该套丛书打造成为集思想性、艺术性、时代性为一体，展现新时代文学艺术发展新风貌的精品图书，北京联合出版公司成立了由出版界、文学艺术界的资深专家和学者组成的编辑委员会。他们从文学作品的历史价值、文学价值、学术价值、现实意义等维度对作品进行了深入细致的研读和筛选，吸收并借鉴了广大读者的意见与建议，对入选作品进行深入细致的分析与综合评定，努力将"百部红色经典"系列丛书打造成为政治性、思想性和艺术性和谐统一的优秀读物，向伟大的中国共产党成立100周年这一光荣的日子献礼！

/ 目 录 /

第一章　崎岖的路　　　// 001
第二章　黑猫四爪白　　// 009
第三章　恩　情　　　　// 018
第四章　冤　仇　　　　// 026
第五章　桐花馆中的密谋 // 043
第六章　偷天换日　　　// 053
第七章　热切的盼望　　// 063
第八章　出征者　　　　// 068
第九章　迷　惑　　　　// 075
第十章　豺狼会　　　　// 083
第十一章　榕树下　　　// 088
第十二章　你是谁派来的 // 094
第十三章　新的开始　　// 102

第十四章	苦连苦、心连心	// 112
第十五章	一把新钥匙	// 123
第十六章	锋芒初试	// 131
第十七章	出土的矿砂	// 144
第十八章	林　中	// 152
第十九章	轮到他们哭了	// 155
第二十章	严重的时刻	// 166
第二十一章	追悼会	// 185
第二十二章	落　网	// 193
第二十三章	湿水爆竹与绣花鞋	// 203
第二十四章	伏　罪	// 209
第二十五章	夜　话	// 217
第二十六章	喜临门	// 224

第一章　崎岖的路[1]

申晚嫂刚从山下的墟镇卖掉了柴草，肚子饿得直叫唤，她很想吃一碗粥，充充饥。可是一想到阿圆和阿圆的爸，她紧了紧裤带，买了三斤米，就急忙离开热热闹闹的墟镇，回转身上山去。

她从山坡边的茶亭那儿，踏上一条隐约的上山的小路。小路曲曲折折，时时被一些山石阻断，它爬过山石又伸向前面；时时又被一些树木杂草拦住了，它钻过去又伸向前面。在小路的旁边，是山，是峭壁，有时又是突然陷落下去的深不见底的峡谷，长满了灌木，里面藏着山猪和箭猪。这条很不好走的山路，有七八里长，越往高就越难走，越来越陡，有些地方简直是在笔直的山崖上凿出来的，人走在上面好象在爬梯子。

申晚嫂托着一条扁担，扁担的另一端挂着小口袋，口袋里装着米。她爬过"天梯"路，来到一座小桥的前面。小桥是用乱石堆起来的，山涧水常年不断地从石头缝里流到山下去，石头上有青苔，滑腻腻的。申晚嫂走到这儿，放下扁担，弯下身用手捧着清凉的山水，一口一口的喝。她从天刚亮的时候，挑了一担柴草，赶二十多里路下山，到现

---

[1]《高山大峒》是韩北屏的代表作。其作品在字词使用和语言表达等方面均具有鲜明的时代特色。此次出版，根据作者早期版本进行编校，文字尽量保留原貌，编者基本不做更动。

在滴水没有沾过口。来回四十多里,还要挑着担子走山路,人是有些累了。她坐在一块大石头上,用手捧了水没头没脸地洗了一遍,一双脚又放到流水里去,立刻觉得浑身清凉,精神爽快。

她今年三十二岁,身材高高的,很结实很壮健。一张圆圆的脸蛋,五官很端正,眉毛浓而黑,显出她的刚强;嘴唇却是薄薄的,露出她的聪明。头发乌黑,脑后挽着大发髻,梳得很光洁;衣服虽然补了又补,却不肮脏。一眼望去,就知道她是一个能干的人。事实上她也是很能干,劳动的好手。能挑一百二十斤的担子,走六十里,全乡没有几个男人可以比得上她,妇女们中间,当然找不出第二个了。记得她到十五里外的傜坑托杉木,天没亮,简单吃几个番薯,头顶星星脚踩露水,翻过几个山头,走到了,太阳才不过刚露出面。领杉木的时候,人家看她是女人,分一根二三十斤的给她,她不服气地说:

"这样细的?你当我是小姑娘还是鸦片烟鬼?"

"有大的呀,你扛得动吗?"

"扛不动?你,加上你睡的棺材,我也扛得飞跑!"

说得大家都笑起来。那个管木材的家伙,故意为难,指着一条一百斤左右的木头说:

"你扛惯棺材的,扛啦!"

扛惯棺材这句话,的确刺痛了她的心。她不是大峒乡的人,她嫁给虎牙村的刘申,是第三次嫁人了。她从小卖给地主家当"妹仔",后来转卖给一个五十多岁的男人当小老婆,不到两年,男人死了,那人的大老婆,又将她卖给一个好吃懒做抽大烟的二流子当老婆。这个二流子自己不做事,要她劳动来养活他。在他没有钱抽大烟的时候,还要抓着她的头发,在地上拖,用扁担打。她稍为反抗一下,那就打得更厉害,而且不停地咒骂:

"你这个臭婊子!老子养一条猪还会肥的,出钱买个二手货,就打不得?打死了看谁来给你伸冤!"

五年中间,她过着猪一般的生活,干着牛一般的劳动,一直到那个二流子和地主狗腿争风吃醋给打死了,她没有过过一天好日子。他死了之后，留下来的只有一床破棉絮，她一个人苦苦支撑，才有一餐没一餐的活了下来。

第三次嫁人，嫁给刘申，两口子感情很好。她爱他的诚实勤恳，他对她也是和颜悦色。但是申晚嫂却担心刘申的身体，他有个咳嗽的老毛病，那是在地主刘德厚家当二十年长工累坏了的。做工的时候，一咳起来脸红脖子粗，上气不接下气，弯着腰站不起来；晚上也是坐在床上一连咳个半夜，怎样也睡不下去。比如昨天晚上吧，刘申的老毛病又发作了，他咳得很厉害，后来还吐出了一小块血饼，申晚嫂一定不许他再去做田工，要他休息一天半日，自己就挑了柴草上墟镇，换点白米煮粥，好让他能"闻闻米气"。她心里挂念着刘申，又挂念着女儿阿圆。

眼看太阳过了当顶，她匆匆站起来，将米袋绑得牢靠些，托起扁担，准备赶回家。这时，肚子又咕噜咕噜地响了，仿佛告诉她：你自从昨天晚上吃了几片"大葛"，到现在还没有吃东西哩！她卷起衣袖，自言自语：

"不要紧，饿惯了，五脏庙的菩萨也该搬家啦。……只要他和阿圆能有一餐稀粥喝，我就心安了。"

她想到阿圆的笑脸，想到刘申的大口喝粥的样子，一种甜蜜的感情，流灌了全身，她那晒得紫黑的圆脸，浮上笑容，两片薄嘴唇微微张开着，露出一列整齐的白牙齿。她迈开大步，向山上走去。

越往山上走，四围就越显得静寂。山崖边和峡谷里的树木，摇摆着发出一阵阵低微的响声，不但不吵闹，而且更衬出周围的空旷。申晚嫂看到石头边有桃金娘的果子，她顺手摘了几把，放在嘴里咀嚼。一回头，从山坡与山坡之间的空隙，望到山下远远的田野，那整齐的田亩，一个方格一个方格挨着靠着，有的是一片嫩绿，有的是一片深绿，有的仿佛已经快转黄了，好象是油漆得很精致的大棋盘。在一大片方格之间，有小河贯串着，似乎是用一根一根白线将它们串起来了。更远的地方，是一条黄黄的河流，在太阳光的照射下，闪着银光，那就是出名的西江，它本来是很宽阔的，江流也是很湍急的，但是从高山上望下去，它就安静得很，安静得似乎凝结着动也不动了，它只象一条几寸宽的缎带，长长地绕过连绵不断的大山，绕过一大片田野，一直向东延伸过去，和珠江合流……

"唉！山下的土地多好啊！"

申晚嫂望着山下的一片田野发愣，不觉发出赞叹。她又朝山上看，朝山坡那边的更高的山峰看，那里山峰接着山峰，象一堆巨大的海浪突然冻结着，那起起伏伏的雄姿，仿佛一忽儿就要汹涌着向前。山峰的巅顶，有大片云雾笼罩着，有如戴了轻柔的面纱。山下现在是阳光遍地，山上却藏在云雾中间，一阵风吹来，那些象烟似的云雾扑在脸上，无数细微的水珠，就沾上头发、面孔和衣服了。靠西边，有一座更高更大的山峰，那是大金山的主峰，太阳偏西之后，主峰就遮住了阳光，山上的庄稼受不到阳光全日的照晒，长得很不好。看到山下的庄稼又肥又壮，真令山上的人羡慕。

"哼！山下的土地好，还不是跟山上一样穷？"

申晚嫂沿着险而陡的山路，继续前进。心里在想：田地不会亏负人的，肥肥瘦瘦都是出庄稼，勤力些哪能饿得死？但是，为什么山上山下的人是一样穷呢？为什么穷人又是勤力的人，发财享福的人连路都懒得走呢？呸！真是……

"晚嫂，柴草卖掉了吗？"

对面来了一个三十岁左右的男人，身穿蓝布衫裤，破破烂烂，裤管一边高一边低，低的那边已经少掉一截，露出他腿上的结实肌肉；头戴竹笠帽，有半寸长的头发披在外面；个儿高高的，紫黑色的四方脸，粗眉大眼，相貌堂堂。他身上背着一个麻袋小包袱，腰上插着一把镰刀。

"哦，是金石哥！你到哪儿去呀？"

"到岭下村去，我姐姐家里人手少，去帮两天工。唉，打我姐夫死掉以后，我姐姐真是苦够了，一大群孩子，五六张嘴就靠她一个人喂，我看她连自己的骨头都要拆下来当柴烧了。"

金石站在崖边的大榕树下，一脚踏在榕树根上，屈住左腿，在卷烟叶。

申晚嫂也停下来。

"我有两年没有见过她了,……"

"两年?两个月不见她,你就不认得她了!一天天的变,变,简直不象人形!我不去帮她,有谁去帮她呢?"他拍拍背上的麻袋小包袱说:"我每回去,都要带点米去,……一瓢水浇一丘田,顶什么事啊!不过,我看到他们就心酸,尽尽我的心就是了。"

金石点起烟卷,猛力地抽烟。

申晚嫂和金石同住在虎牙村,是隔壁邻居,她知道他是热心肠的人,很爱帮助人,性情耿直,对看不顺眼的事,他喜欢打抱不平。有人说他专爱吵架,其实在地主恶霸当权的地方,不如意的事情很多,他这个直肠直肚的汉子,也就容易冒火。不过,他对受人欺负的乡亲,倒是很体贴,自己勒紧裤带,却会送柴送米。他的老婆二嫂,生得瘦瘦小小,患了贫血症,终年面孔黄黄的,活象害大病的样子。二嫂为人也很厚道,就是没有主张,遇到一件事情,立刻手忙脚乱,不知如何是好。常言道:"一块馒头搭一块糕",她有金石那样的敢作敢为的丈夫,自己没有主张也不碍事,凡事都由他撑持过去,天跌下来也有他去顶。他们有一个男孩子,名叫木星,五岁了,才有三四岁孩子一般高,头大身细,两条腿好似小树干,走路晃荡晃荡。木星是他们两人的宝贝,二嫂更爱他如命。申晚嫂也是一个敢作敢为的人,所以和金石很谈得来。金石时常帮助她和刘申,而且对刘申的胆小怕事,他经常地劝说,要刘申挺起腰来,不要缩头缩颈。这一点,也是申晚嫂很钦佩他的地方。

"晚嫂,申哥昨天晚上又发病了吗?"

"是啊,一咳就是不停。你们也听见了?"

"听见了。他咳起来象放炮仗,一声接着一声,要他保重些啊!……"

这时,从山上走过来一群人,还有一顶藤轿子。轿子里坐着一个尖尖猴子脸,生着一个通红大鼻子的家伙,年纪约莫五十岁,身穿纱长袍,手摇纸扇,他是山上的大地主刘德厚,绰号刘大鼻子。抬轿子的两个人,累得浑身是汗,他还一个劲儿的顿踏脚板,催他们快些快些。轿子后面跟着一个三十多岁的男人,是刘大鼻子小老婆的兄弟冯达春,花名蛇仔春,是形容他象小蛇似的无孔不钻;头发搽了生发油,光亮亮的向后梳,鹰钩鼻子,一脸奸滑相。他也累得头上冒热气了。轿子到金石和申晚嫂的跟前,象一阵风似的,申晚嫂闪到一边,金石一脚踏在榕树根上,动也不动。刘大鼻子朝他们看看,哼了一声,轿子已经过去了。蛇仔春来到他们面前,突然停下来,大声吆喝:

"你是死人不是?大先生的轿子来了,你都不让个道儿?"

"你又不打个锣送个信,要让也来不及了。"金石还是在抽烟。

"你,你瞧这条路,又陡又窄,掉下去是开玩笑的吗?"

"那还不容易,开一条马路嘛!"申晚嫂怒冲冲地说。

蛇仔春还想再说话,刘大鼻子远远地叫他:

"达春,快走吧!再迟的话,天黑也赶不到县里了。"

蛇仔春狠狠地瞟了他们一眼,象黄鼠狼似的转过身,又跑又跳的沿着下坡路,往前赶轿子去。他走出不到几步远,给坡道上的石笋一绊,仆跌在地上,几乎跌到峡谷中去。那个又紧张又狼狈的样子,惹得金石和申晚嫂都笑了。

"他又不叫石头让个道?嘻!"金石笑了一下,突然又改变语气,愤愤地说:"看到刘大鼻子,我就生气!还有那个蛇仔春,人不象人,鬼不象鬼!"

"他又到县城去了,跟他的兄弟又要出坏主意啦!"

"一个是头号地主,一个是知事大老爷,……啐!"金石吐了一口口水,好象提到他们弄脏了自己的嘴。"走了!你要申哥保重些!"

申晚嫂看到金石快走到石桥那儿,她高声叫他:

"金石,替我问问你姐姐啊!"

"知道了!"金石应了一声。走了几步,停住了,也高声说:"晚嫂,你告诉我女人,我明天不回来,后天一早准回来!"

申晚嫂继续向上山的道上走。这里的路更狭更陡,一级一级的上去,到了一个人工凿出来的峡道,两边都是悬崖,上边挂满茑萝之类的植物,在石头裂缝中间,长年滴着渗漏出来的水,石头是青黑色的,只在中午才有当顶的一线阳光,太阳偏西,那里就又阴暗下来,潮湿而且阴凉。经过这个峡道,是一个很陡的斜坡,由此下去,只见一大片平地,四围完全是山,大金山的主峰,远远坐在西边,黄昏的时候,它的阴影盖满了这一片平地。山上的夜晚比平地还要来得早。

这一大片平地,象一个巨大的盆子搁在山中间,四围的山峰,好象是它的高起的边缘。山上的盆地,农民们叫它做"峒",所以这个只有不到一千人口的乡,叫做大峒乡。峒面虽然是山顶的盆地,但有一条曲折的澄清的河流,向北流到悬崖边,变成"高吊水"(瀑布)冲到山下去。峒面南北长五里,东西宽二里,有两个主要的村子,一个在河的南岸,叫石龙村,大多是青砖大屋,地主富农,全住在这个村子里。一个在河的北岸,是个破破烂烂的村子,住户是些什么人,不问而知了。这北岸的村子,有个古怪的名字,叫做"虎牙村"。六十多年前,刘大鼻子的叔祖刘世襄,曾经有过"拔贡"的"功名",看到北岸村后有一排石山,好似老虎的牙齿,给题上这个古怪的名字,送那班"穷佬仔"到虎口里去吧。叫做虎牙的村子,外表很平凡;石龙村的房屋,"青砖镬耳",一层一层筑在山坡上,倒是张牙舞爪,十分险恶。

申晚嫂走进虎牙村,那些收工比较早的农民,已经坐在门槛上"食晏"(这里农民吃两餐,中午到下午三点钟这段时间,吃点杂粮,叫做"食晏"),她走过的时候,有人招呼她,她心里可着慌了:

"阿圆的爸该饿坏了吧?早上不知道吃了没有?不,不知道能不能起床呢?"

她加快脚步,想快些赶回去。四十里路倒不觉得长,这短短的几十步,反倒象没有个尽头。她在转角的地方,和一个人撞了一下,那人骂道:

"眼睛没有带出来吗?冒失鬼!"

申晚嫂准备说一声对不起,一看是村里的刘金三婶,诨名叫"绣花鞋"的女二流子,她理也不理,径直走了。

绣花鞋一看是申晚嫂,也是一怔,等她走过去了,才连声刻毒地骂:

"晦气星!你忙着去报丧吗?"

要是在往日,申晚嫂准定回转身和她理论一下,但是今天她记挂着丈夫和女儿,装作没有听见,由通到自己住屋的小路转过去了。远远地看到刘申坐在门口,阿圆正和金石的儿子木星,在晒谷的"地塘"上玩,她这才放下心。阿圆眼睛伶俐,撇下木星,叫着迎上来了:

"姆妈,姆妈!"

第二章　黑猫四爪白

刘金三婶边骂着，边走到村前的大"地塘"来。

"三婶，什么事呀？"

"哦，就是那个'番头婆'（对再嫁的女人的轻蔑称呼），报丧似的乱冲乱撞，几乎把我撞倒了！"

"哎哟哟！我们的三婶是金枝玉叶啊，撞伤了没有呀？"

刘金三婶是个四十岁上下的妇人，丈夫早死，无儿无女。年纪一大把了，脸上还擦了粉，用红纸蘸水当胭脂，腮帮上搽得左一块红，右一块红。走起路来扭扭捏捏，脚上长年穿着一双绣花拖鞋，虽然鞋面破了，鞋后跟也快磨得少了一截，可是她拖来拖去，舍不得离开脚，因此人家送她一个绰号，叫做"绣花鞋"。她平素喜欢到石龙村去串门子，地主家有些红白婚丧，一定少不了她。在男人面前说几句风流话，在女人面前赔个小心，打个小牌，混得一餐两餐。她自己行为不正，却瞧不起农民，要摆个架子，要人家抬举她。老实农民离开她远远的，年轻的俏皮的人，故意打趣打趣她，她反倒觉得很受用。

今天，她那副平板脸，可花了不少工夫，眉毛画得弯弯的，脸上搽得红红的，发髻上插了一根银簪子，嘴上还叼着一根竹牙签，一身蓝衫裤，绣花鞋扑他扑他地响着。那个青年农民说她是金枝玉叶，她可信以为真：

"怎么着？我三婶不是金枝玉叶，难道那个'番头婆'是金枝玉叶？"

"当然是三婶了！"那个青年对旁边的人眨眨眼睛。"瞧你这双绣花鞋，在我们村里就找不出第二对！"

大家哄笑起来。坐在门槛上"食晏"的人，差点连吃下去的东西都要喷出来。

"不跟你们嚼舌头了！"

她扭呀扭地走开。走了两步，又回头说：

"小伙子，你们不要学刘申，他活得不耐烦，娶了个白虎星，这个女人是克夫命啊！"

"你怎么知道她是克夫命呢？"另一个人故意和她搭讪。

"这还看不出来？她以前的男人怎么死的？不止一个呀，两个都归了西啦。小心些，多看她两眼也要折福折寿的。"

绣花鞋看到有些妇女不愿听这种话，连忙收起笑脸，唉声叹气地说：

"唉，这个'番头婆'，真不要脸，嫁了一个又一个，风水也要败坏了。……跟她同吃一条河水，怕要弄脏我的喉咙！啐！"她吐了口水，好象真有脏东西塞进她的嘴。

"你走吧，三婶！"有一个老年妇女叫四婆的，很不客气地说。她看不惯绣花鞋的轻薄相。

"啊！我是贵人事忙，你留我也留不住哩！"她扑他扑他地走了。

"真是老妖怪，脸红得象个猴子屁股。"

"狗嘴里长不出象牙！申晚嫂有什么事对不住她，她象个疯狗似的钉住她咬？"

"晚嫂真是个大好人，又勤力，对人又好，刘申造化，找到这样的一个老婆！绣花鞋无事生非，专跟她为难，不知她们有什么冤仇。"

绣花鞋出了虎牙村，经过村边的田地，走到了河边。河上有一道木桥，桥那边是一排甘蔗地。甘蔗长得有一人多高，蔗叶在风中摇摇摆摆。她走到这里，突然想起了一件事。那时，申晚嫂嫁给刘申还不到半年，她人地生疏的来到虎牙村，又加上她是第三次嫁人，人家说她名声不好；刘申是糯米糍粑，软绵绵的，很怕事。一开始，大家对她很冷淡，少来往。后来，申晚嫂的劳动出色，对人的态度诚恳，肯帮助人，大家对她才接近了，接近之后就更加对她要好了。只有绣花鞋，开始想给这个"外乡的番头婆"一次下马威，要她服服帖帖的听话，可是申晚嫂看不上眼，对绣花鞋的好吃懒做，拍马屁，卖弄风流，更是讨厌。绣花鞋在人前碰了申晚嫂的钉子，她就记恨在心。有一次，也就是在这小桥边的蔗田里，绣花鞋和一个地主的儿子，勾勾搭搭，正在亲嘴，恰巧申晚嫂路过撞见了，绣花鞋不怕人家知道丑事，倒恨把柄落在申晚嫂的手上，以后对申晚嫂越发记仇。其实，申晚嫂对她这件事，早就不放在心上了。

绣花鞋走到蔗田边，恨恨地说：

"终有一天，叫你认得我刘金三婶！"

她沿着坡路到了石龙村。

她走进地主冯庆余开的杂货铺。

"庆余伯，生意好哇！"

"哎哟，是三婶啊！请坐请坐！"

冯庆余是个五十多岁的矮胖子，大峒乡的二号地主，头号"商业家"。他这间铺子，在大峒乡是数一的，油盐酱醋，米粮百货，文具纸张，布匹洋杂，应有尽有，而且，他还代办邮政，门口那块"大峒乡邮政代办所"的绿底黄字的招牌，替他增色不少。要论做生意的本事，他并不高明，但是在大峒乡，他有财有势，进货只花一千的本钱，卖出的时候，闭住眼睛乱要价，三千五千也不一定，反正没有人和他竞争，所以这间阎王店越开越发达。卖给同样有财有势的地主们，只是赚个一成手续费，买得个大家笑哈哈。单单说高价卖货，冯庆余也不会开这间铺子，他还发放高利贷，借青苗钱，借十斤谷子，还十五斤二十斤，赊一斤油赚三倍利，还钱的时候，利上滚利，那就算不清这笔账了。大峒乡头号地主兼乡长刘大鼻子刘德厚，是他的把兄弟。他们两个人虽然是一鼻孔出气，一个红脸，一个白脸，什么坏事都做得出，心眼里却又是各怀鬼胎,他计算他,他又计算他。

"庆余伯……"

"不要叫我庆余伯,伯呀伯的,人没有老,就给你叫老了。"

"叫你什么好呢?"

"叫一声庆余哥嘛!"冯庆余在绣花鞋戴着充玉镯的手臂上捏了一下。

"不要!……"

门口进来一个瘦瘦的农民,冯庆余急忙缩回手,那副嬉皮笑脸的神气,一下都收敛起来,换上一副假正经的样子,眉头紧皱,额头中间现出一条深深的纹路。

"彭桂,你是来还账吗?"

"冯先生,真是为难你了,这个月又还不出……"

"还不出?那不是为难不为难,你简直要我的命嘛!这笔钱又不是我的,是我替你担保,钱是刘德厚刘大先生的,他的脾气,你不是不知道的……"

"我请你再宽限一个月……"

"一个月,我来替你算算。"冯庆余走进柜台里,在抽屉内拿出账簿,翻开彭桂的户头,用算盘一打:"你三月初八借了五十斤谷,一个月利息三十斤,四月初八到期还不出,八十斤本,利息四十八斤,现在第三个月,一百二十八斤本,外加利息,连本带利,下个月还二百零四斤八,好了,零头不算了,还二百零四斤,记得吗?"

彭桂听到那个数字,象山水冲下来似的,越涨越高,自己的家当也快要给冲掉了,他呆呆地站着,……

绣花鞋乘冯庆余和彭桂打算盘计数的时候,她走到货架前面,伸手拿了四条腊肠,用一张旧报纸包好,对冯庆余扬了一扬,似真似假的说:

"庆余哥,你替我记记账!"

冯庆余在彭桂面前,不便发作,只好眼睁睁看着她走出去。冯庆余一面可惜四条腊肠的损失,一面可恨彭桂来的不是时候,只摸了一下手臂，就失掉机会，于是，他气愤地对彭桂说：

"二百零四斤八，少一两也不行……"

绣花鞋将腊肠放进衣袋，笑眯眯地又爬了一层坡，来到刘德厚的家门口。这是一座"青砖镶耳"的大屋，门口有石板铺的小院子，大门两边是八字墙，门头有"拔贡"的匾额，进门是四扇屏门，正厅象祠堂，放着"天地君亲师"的牌位，两边是住房。她跨进门来，很熟悉地向东边小门走进，穿过耳房，是一个花圃，坐北朝南的一排三间房子，玻璃窗，高台阶，那是刘德厚和他的小老婆冯氏的住房。一只大狼狗，蹲在门口，知道她是熟人，摇摇尾巴又蹲下了。绣花鞋跨上台阶，假咳一声：

"嗯咳！大奶奶在家吗？"

隔了好一会，才听见里面回答：

"谁呀？"

"是我，大奶奶！哎哟，你老人家睡午觉，不打扰你啦，我走喽！"绣花鞋用假嗓子说话，好象十分体贴冯氏，深怕嘈醒了她似的。

"是三婶吗？你坐坐，我也不睡了。"

一会，冯氏从房间走出来。电烫的头发，莲蓬松松好象一只哈叭狗，三角尖瘦脸，面色苍白，黄蜡色的耳朵上戴着金耳环，一身黑哔叽的衫裤，紧紧窄窄，看上去就知道是城市流行的服装，她衣衫的钮扣只扣上两只，拖着皮拖鞋，懒散地走出。她向绣花鞋点头招呼，然后四边看了一下，好象受惊似的叫道：

"阿巧，阿巧！这个死'妹仔'（婢女），死到哪儿去了！"

"大奶奶，你要什么？"绣花鞋赶忙站起来。

"有客来了，她也不来倒杯茶！"

"自己人嘛，不客气，不客气！"

巧英约莫十五岁的年纪，面目清秀，一条长辫子拖在后面，样子倒是蛮伶俐的，但眼睛流露出恐惧的神色，行动很迟缓，害怕走错一步就会惹出一身祸事。她走进来，望着冯氏，不知该怎么好，站在门口不敢动。冯氏慢慢走到阿巧面前，装模作样地说：

"哦,我们的巧姑娘,出门去做客了?"

阿巧望着她翻眼睛,摸不透她的意思。

"说啊,你到哪儿去了?"

"我,我,冯水叫我去……"

不等阿巧说完,冯氏伸手打了一巴掌,阿巧的右边脸上顿时现出五指红手印,然后冯氏一把拧住她的耳朵,狠力地扭了几下,耳朵撕豁了一小块,血流出来了。

"你这个死'妹仔'!有客来了,你都不招呼!"

"不要紧,常来的……"绣花鞋插嘴。

"呀,你不要紧,我可要紧啊!我好容易才睡着了,她就不让我安静一下,追命鬼!"

绣花鞋听冯氏这样说,知道她"指和尚骂秃驴",但是她受惯了,也不觉得稀奇,心里反在宽慰自己:"有钱人都是有点脾气的",表面上装出不介意,顺水推舟地说:

"大奶奶身体贵重,应该养息养息!阿巧,你这个蠢东西!"

绣花鞋拉着阿巧的辫子,用力一拉,阿巧头一侧,痛得眼泪扑簌簌往下淌。

"大奶奶,你歇歇!"

绣花鞋扶她坐下。阿巧忍着哭,走去倒茶。

"这种死'妹仔',气死我了!从前我在广州的时候,象她这样,打就打死喽!"

绣花鞋一听到冯氏说到"从前我在广州的时候",她觉得情势和缓,有插言的机会了。冯氏是在广州认识刘大鼻子的,那时,他是陈济棠手下的一个税务局长,冯氏的兄弟冯达春是税局的小职员,由这种关系,她当了刘大鼻子的小老婆。后来,陈济棠倒台了,刘大鼻子回到乡下,是"绅士"也是大地主,更兼了大峒乡的乡长,独霸一方的土皇帝。去年,他的兄弟刘德铭,又当了本县的县长,这样,刘大鼻子的声势更显赫了。不过,冯氏对于乡下的生活,是不习惯的,她开始有很多怨言,后来,常常用"从前我在广州的时候"这句话,来安慰自己,来向别人炫耀。

绣花鞋知道她的癖好，只要和她谈谈广州，听她一味吹下去，她就会对你很和气，混一餐晚饭，保险没有问题。

"是啊，广州是大地方呀，大奶奶，广州到底有多大呢？"

"大得很，从东到西，走一天也走不到头，从前我在广州的时候，坐汽车也没有走得完哩。"

"哦！"绣花鞋听她讲过不知多少遍了，照样每次要发出惊叹。"你讲讲那些繁华，让我们乡下人见识见识。"

"繁华？哎哟，那可讲不完呀！"冯氏的情绪热烈了，那张苍白的尖瘦脸上，现出笑容，但是看上去好象在哭。"要什么有什么，吃得舒服，住得舒服。从前我在广州的时候，做梦也没有梦到你们这个鬼地方，到处都是山，到处都是穷鬼，连一个谈谈知心话的人也没有……"

"真是……"

"从前我在广州的时候……"冯氏接过阿巧的茶杯，试了一口，突然象发狂似的，把满肚的冤气一下喷射出来，将茶杯对准阿巧的头掷过去，茶水流了她满头满脸。"你这个死'妹仔'，想害死我啊，睡醒喝冷茶，不是要我的命吗？"

绣花鞋马上走过来，做好做歹地扶她坐好，又在她的背上轻轻捶几下：

"不要生气！阿巧，快倒杯热茶来！"

等到冯氏气平了，绣花鞋又转了话题：

"大先生到县里去了，有什么要紧的事吗？"

"你怎么知道？"

"我啊，我是黑猫四爪白，家家熟，大先生是我们乡里天字第一号的人，他下山去哪能不知道？"

"他的兄弟派人送信来，说有要紧事商量。谁知道他们有什么鬼事！"

"大先生是乡长……"

"是乡长又怎么啦？从前在广州的时候，他是局长，什么事也告诉我哩！男人就是变心快……"

"大先生不是让你当家的吗？"

"他怕我喽！"冯氏说到这里，象鸡叫似的笑起来。"要不是他怕我，早就讨第二房了！"

"嘻，嘻！"绣花鞋赔着笑。"你有个舅老爷帮手哩！"

"对了，达春跟着他，什么事也瞒不了我。"冯氏觉得绣花鞋谈话投机，她高兴起来。"你在我这里吃晚饭。我们谈谈新闻。"

"我们村里刘申的老婆……"

"就是那个'番头婆'吗？"

这时，刘大鼻子家的老长工冯水走了进来。

"老冯，事情办好了吗？"冯氏问道。

冯水是刘大鼻子父亲手上的长工，他在刘家差不多五十年了。六十多岁的年纪，单身一个，精神还是很好，做工抵得上一个小伙子。他的性情耿直，说话不会转弯，思想也是直来直去。平时沉默寡言，从早到晚，难得说十句话，做工从不偷懒，不在他分内的事情，绝少过问。有时发发牢骚，顶撞两句，说完了也就忘记了。刘家的人并不喜欢他，但是，因为他是老辈手上的人，更重要的是他做工勤快，有口无心，所以还用他当长工。今天冯氏要他去向一个佃户讨债，他去了一转就空手回来了。他刚才要阿巧来回话，阿巧被打了，不敢再提，他才慢吞吞地来了。

"要不到！"冯水简单地回答。

"要不到？"

"人都快饿死了，哪有钱还债？"

"啊！你的良心倒好？……"

"你又不等钱买米下锅，急什么？"

"你吃我的饭，做我的事！反倒帮穷鬼说话？"

"我替你做工，又不是替你要债的！"

冯水睁大眼睛，气呼呼地顶了过去。然后，他掉转身就走，嘴里还叽叽咕咕地低语着。

冯氏气得说不出话，用手捶胸口。

阿巧在门口台阶上，用破手帕在揩拭耳朵上流下的血，眼泪汪汪，冯水走过时，朝她怜惜地看看，低声问："不要紧吧？"阿巧点点头，冯水大踏步朝耳房那边走了。

　　冯氏捶了一顿胸口，也就停下来。如果刘大鼻子在家，他怕她捶胸口，一定会来敷衍她，现在捶胸口又有什么用呢？她站起身，大声叫：

　　"阿巧，阿巧！"

　　阿巧又要挨一顿打了。

第三章　恩　情

刘申从田里做工回来，累得要命，腿肚上都是泥巴，浑身是汗，想喝口水，茶壶是空的，想洗脚又没有热水，不禁生气了，一脚踢开身边的小凳子，坐在床边，堵着嘴发脾气。申晚嫂和阿圆在地上玩，她笑，孩子也笑，根本没有注意到刘申的神情。刘申发起火来：

"笑，就是笑，死了人你也笑！"

申晚嫂抱住受了惊的孩子，愣了一下：

"你吃了老虎胆吗？干什么这样大声？"

"家里的事你什么也不管，连茶水也没有！"

"啊，你是什么大老爷，回来一定要有茶水侍候的呀？"

"你光记得孩子，没有饭吃，穷快活！咳，咳！……"

申晚嫂本想和他顶几句，可是看他咳得那个样子，心里有些不忍，就走到"灶前"去烧水。"灶前"，是在房间的一角，用几块泥砖架起来的，上面放着一口缺了一角的破锅。她点起茅草，发出浓烟，弥漫在没有窗户的房间内，熏得人睁不开眼睛，刘申给呛得咳个不停。

"你抱阿圆出去透一透气，闷在房里等呛死吗？"申晚嫂嘴上是在斥骂他，心里是在怜惜他。

他们的生活本来很苦，佃耕刘大鼻子的八分水田，交了租剩不下多少谷子，再扣去谷种、肥料等等，剩下的也就更少，全靠山地上的一些杂粮和做零工来糊口。自从孩子出世之后，申晚嫂分出一部分时间去照顾她，劳动就减少了，而且孩子张口要吃，伸手要穿，怠慢不得，刘申的咳嗽又比以前厉害，精神不好。因此，刘申虽然也爱孩子，但心里烦得要命。申晚嫂对阿圆，却疼爱非常。她下田或者上山，都要背着孩子，自然吃力很多，可是她既不怨苦，似乎还增添了乐趣。有时，她把孩子当作谈话对象，会说出心里的话：

"你知道妈的心事吗？人家瞧不起我，说我嫁了三次，你爸爸又是一个怕事的人，在人面前大声说句话也不敢，妈只有你是知心的人。"

阿圆好象懂事似的，紧紧搂住申晚嫂，她可真的乐坏了，抱住她不断亲吻。

刘申抱了阿圆走到外面。阿圆一会扯他的耳朵，一会又扪他的鼻子，一副天真的样子，完全不明白今天晚上还有吃的没有。刘申觉得可怜她，也爱她，他闻她的脸，孩子怕他的胡须，一面躲，一面笑，刘申也笑得格格的，忘记刚才对老婆发脾气的事了。

吃晚饭时，申晚嫂端上一大碗大葛片，另外用小碗盛了大半碗的稀粥。她接过孩子，用稀粥喂她，自己和刘申吃大葛片。当她看到刘申那副样子，骨瘦如柴，两只眼睛都凹了进去，咳个不停，她的鼻子一酸，眼泪几乎流下来。她拿起另一个碗，从孩子的半碗稀粥中，分出一些给刘申。阿圆看见分掉她的粥，伸出小手想拦阻，申晚嫂挡住了她，将碗送到刘申面前：

"你吃吧！"

"我不要！"刘申又将粥倒回孩子的碗内。

刘申夹着一块大葛片，咬了一口，一面因为咳，一面心头压着一块石头，喉咙里好象有什么东西卡住，咽不下去。

"阿圆的妈，这日子……咳……"

"你愁什么呢？有一棵青草就有一滴露水珠。穷不死人，愁倒会愁死人的。"

"我……"

"你吃吧，饿坏了身体就更糟！"

刘申看到家里的景况一天比一天困难，想到自己的身体一天比一天坏，往常做一天工，累是有些累，还能支持，现在锄一遍地，腰酸骨头疼，猛一抬头，眼睛里直冒金星，头晕得站不稳，胸口好象有个东西在敲打，疼得很。他害怕自己有个三长两短，阿圆和阿圆的妈该怎么办呢？偏偏害怕的事，他越想越多，精神越加恍惚。有时在田畦上一坐就好一会；吃饭吃不上两口，就放下筷子；半夜坐在床上咳嗽，两只眼睛定定地看着老婆孩子，淌下眼泪。

申晚嫂也看出丈夫的心病来。她在过去的生活中间，受过苦，咬一咬牙根，还是熬了过来。现在的日子，虽然比不上孩子出生以前，比起她一个人挣扎的时候，还算强一些。她并不悲观失望，她更加卖命的去劳动，天不亮就背着孩子下田，或者去扛木头，再不然就是到大金山去淘锡砂。她觉得两个人只要再用些力，不偷懒，日子还是会好起来的。

"我们两个人，谁也不是烟鬼懒汉，只要起早带晚，田地不会亏负人的。你放宽心吧，我不是那个懒货绣花鞋，我做得动……"

吃罢晚饭，刘申收拾东西，准备去山上守夜。他们佃耕的水田，净收获不够三个月的粮食，除了打散工，山地的杂粮是养命的根。这时，大葛生得很高了，番薯也有孩子的拳头般大小了，山猪活动得很，一只山猪一夜就可以搞翻一亩多地，连根翻起来，东咬一口，西咬一口，破坏个精光。在这时，大家要去山上守夜。申晚嫂看到丈夫的身体这样单薄，就提议由她去，刘申坚决不同意：

"不行，你不能去！"

"你怕山猪把我给吃了？"

"说不行就不行……"

"你身体不好，熬夜着凉，又要咳上几天。"

"你一个女人在山上过夜，出了事情怎么办？"

"人家桂五嫂，容三嫂，不都是一个女人去守夜？"

刘申好象没有听见，在收拾竹笠帽和蓑衣，又将一个破面盆取出来，和一根粗木柴放在一起。刘申听她举出的几个女人，都是寡妇，心里

老大不高兴。申晚嫂看到他不理睬,也有些急了:

"你去,你去,你去!回头你病下来,可不要来磨折我!……好象我要去玩儿似的,一个劲儿不行!"

"行!等我死了,什么都行!"

刘申赌气去了。申晚嫂看见桌上放着一盒火柴和一包烟叶,是他忘了拿的。夜晚抽烟,据说可以避寒气。她急忙拿起来,准备送给他,刚一转身,她也赌气:"狗咬吕洞宾,不识好人心!"她又放下来。再一想,还是不妥,她叫阿圆送上去。

山上的夜晚,比较平地凉得多,特别是快交秋了,睡觉不盖上被子,会觉得冷。半夜,一阵急雨,将申晚嫂惊醒了,她用破被单替阿圆盖好,自己蜷缩着。雨还是不停。

"我的天啊!阿圆的爸一定会着凉!"

刘申缩在小茅棚里,雨从四面打进来,他将蓑衣紧紧扣在身上,竹笠帽戴在头上,用带子扎好,裤管卷到膝盖,赤脚蹲在地上。这茅棚是盖在山边斜坡上的,用几枝竹竿和树枝撑住,上面略为铺些稻草,再在稻草上用树枝和石头压着,四边是通风的。

天,黑漆漆的,伸手不见五指。风呼呼响着,猛烈摇动树枝,仿佛要拔起它们似的。雨哗哗地下着,简直象天漏了,直冲下来。一个闪电,照着山坡、树林,照着远远近近的山峰和天上的云块,在黑暗中一闪,好象有许多怪物蹲在四周,随时要跳起扑过来。有时闪电如同一条鞭子,发出耀眼的青光,朝着湿淋淋的大树直裁过去,跟着一个响雷,就在身旁爆炸。在大风雨未来之前,隔着山谷,隔着小河,隔着林木,时时传来敲锣、敲面盆、敲响器的声音,和令人惊心的长长的尖锐的"哦——咿"的吆喝,整夜在起伏呼应。风雨来了之后,什么也听不见了,只觉得天地连成一片,似乎要毁灭了。

从山坡上冲下来的雨水,小河似的哗哗流过茅棚地下,刘申觉得两只脚冰凉,他将破面盆放在地上,蹲在上面,一会,激流又漫过面盆。突来一阵狂风,掀走了茅棚的上盖,刘申完全是露天了,雨水直灌下来,透进蓑衣,湿透了里面的衣服,连那包烟叶和火柴也淋湿了。四边的木架摇摇晃晃地作响,就要倒下来的样子。山上的水冲到河谷去,轰隆轰隆的,时时还夹着树木折断的声音,山上大石头崩坍的巨响,简直象有一个看不见的巨人,用什么力量在摧毁一切。刘申对这种景象,有些畏惧,自然就想到申晚嫂了:

"哼,她要来,看她怕不怕!"

雨打风吹,刘申冷得发抖,连打了两个喷嚏,咳嗽又厉害了。

天亮时,刘申走下山,两条腿软绵绵,不听使唤,胸口有些作呕,嘴里发苦。到家时,申晚嫂已经烧好了一锅热水,叫他洗澡,并泡了生姜汤给他喝,要他喝完好好睡一觉。

刘申睡下了。申晚嫂拿了他的衣服,拉着阿圆到灶前去:

"你不要吵,让爸爸睡一觉,我们烤衣服去。"

阿圆三岁多了,很懂事。申晚嫂平时关照她的话,她都能遵守,叫她不要吵,就不吵,叫她在家里坐着,她也坐着,虽然外面有什么事情,她会走到门口看看,只要人家对她说:

"阿圆,你妈妈不是叫你不要出来的吗?"

她马上就转回家去。

跟申晚嫂外出时,看过申晚嫂拾猪屎,她以后如果看到有猪屎,也会用铁铲子铲回来,双手捧着说:

"姆妈,我也拾猪屎了,可以卖多少钱?"

每次在吃饭时,因为家庭生活更困难了,总是吃杂粮,有时连杂粮也吃不上,只有苦麦菜和豆角,没有油盐,只是用水煮了吃,她也会哭丧着脸,要米饭要粥;申晚嫂说:"好乖乖,别闹,等爸爸赚到钱,一定买肉给你吃!"她就低下头吃苦麦菜或豆角了。申晚嫂这样说得太多了,始终没有买过一次肉,连饭的滋味也忘记了,她也会说:

"姆妈哄我,爸爸没有钱,我也没有肉吃。"

"乖乖,等你长大了,也去做工,要吃多少猪肉,就有多少猪肉。"

"几时才长大呢?"

"今儿晚上乖乖睡觉,明儿就长到这里。"

申晚嫂在桌子上划了一道印子。第二天,如果她记起了,也会到那儿去量一量，然后高兴地说：

"姆妈，高了，我长大了！"

她和申晚嫂蹲在灶前烤衣服，叫她不吵，她果然不吵，申晚嫂撑开衣服放在柴火烧剩的火堆上，她也伸出两手抓住衣角。申晚嫂说：

"你不会的！"

"我会！"

正说着，她的小手抓不紧，一边衣角掉在火堆上。

"你还说会？"

"嘻嘻！"

她扑在母亲的怀里笑。

刘申在床上翻来复去，含含糊糊地在说话。

"阿圆，你去看看爸爸要什么。"

阿圆跳起来就走。她看见刘申睡在那里，闭着眼睛，听不清说什么话，阿圆走近去问：

"爸爸，你……爸爸！"

刘申不回答，仍在嘀嘀咕咕地说话。阿圆就爬上床去，靠近他的头，叫道：

"爸爸，爸爸！"

当她的手碰到刘申的脸，她吃了一惊，为什么这样烫人？吓得她爬下床来，连跑带叫：

"姆妈，姆妈！"

申晚嫂赶紧迎上来，抱住她：

"什么事？"

"爸爸，"她手指着刘申。"火烧，烫人！"

申晚嫂放下阿圆，俯身摸了摸刘申，果真烫手，而且他仍在胡言乱语。

"糟糕，生病了！"申晚嫂慌乱地摇动刘申："你醒醒,阿圆的爸！"

刘申被摇了几下，突然咳嗽起来，一声连着一声，来不及喘气，张大嘴，胸脯凹进去，两腿弯起来，一只手撑在床上，一只手抓住申晚嫂，抓得很紧，好象要借她的力量帮助自己停止咳嗽。阿圆缩在妈妈背后，不敢动，不敢作声。刘申猛然放开手，推开申晚嫂，抬起身来，头伸到床边，张嘴就吐。

"姆妈，血！"阿圆惊叫。

申晚嫂也看到，而且闻到浓重的腥臭味，她鼻子一酸，眼泪簌簌地掉下来。急忙扶好他，要他安稳地睡下，然后又用一块布替他揩揩嘴。将地上的血扫干净了，拉阿圆出来。刘申咳得稍停些，在微弱地喘气。

申晚嫂看到丈夫这般情形，前思后想，悲从中来，搂着阿圆，坐在灶前流眼泪。阿圆天真地对妈妈说：

"姆妈，不哭，我们不哭！"

申晚嫂听她这样说，一面笑，一面眼泪象断线似的往下淌。她自己有些惊慌，不知怎么办好，就走去找金石二嫂和四婆。

"四婆，阿申吐血，有什么草药可以治的？"

"等我想一想……"

金石在旁边插嘴了：

"我看申哥是痨病，要请先生看。"

"你少说一句吧！"金石二嫂打断了丈夫的话，而且做了一个眼色，止住他的反驳。"晚嫂，申哥是受了凉，煲点红糖姜汤给他吃。"

"使不得，使不得！"四婆懂得点草药常识，有经验。"吐血是肺燥热，不能再吃姜汤！金石的话也对，最好请个先生看看。"

申晚嫂知道金石的话是对的，丈夫得了痨病，她们不许他说，不过是宽宽自己的心。请先生？谈何容易！看一次，五斤谷子，配一剂药，三十斤五十斤谷子。家里穷得连豆种也没有一颗，哪来这么多谷子？她痴呆呆地站在那儿，一句话也说不出。

四婆看出她的为难，嘴快心直地就说：

"唉，大家都难啊！没钱请医生，就煮点粥汤给他喝喝，补补元气。"

"四婆，屋里老鼠都要搬家啦，哪来的米呢？"

金石站起身，在缸里拿出约莫五斤谷子，对申晚嫂说：

"你拿去，给申哥煮粥吃！"

"怎么成呢？你们……"

"拿着吧，晚嫂！"四婆说。"穷人不帮穷人，难道指望那班财主佬发慈悲吗？"

金石用竹篮盛好谷子，交给申晚嫂，亲切地说：

"你不用发愁，天跌下来有头顶，愁也没有用。申哥养好身体是头一件要紧的事。"

第四章　冤　仇

在刘大鼻子的山地上，蛇仔春拿着一条藤鞭，神气活现地走来走去。这是一片松杉林，前前后后有五万多株，全是属于刘大鼻子的，其中有些是他霸占山地，强迫农民给他植苗的，有些是连林和地一起霸占的，有些是租出山地给农民植苗，没有到期又给他借口收回的。这一片松杉林，看去苍翠葱茏，十分可爱，实际上这里也是血泪斑斑。金石的父亲就是吊死在这里的一个，因为他租了山地，用了全部家当，借了债，种下了树苗，指望到期有个收成，不料刘大鼻子那年从省城回来，说他旧欠未清，硬生生地收回去，他才寻了短见。刘申在刘大鼻子家当长工，也曾被工外加工，赶到这里种过树苗。蛇仔春从这头走到那头，一路吆吆喝喝：

"快点啊！要想领工钱就快点！啊？"

松杉林里，有二三十个农民在砍伐已经成材的杉木。斧头伐木的声音，锯木的声音，一棵大树倒下来了，树枝折断的声音，还有人声，响成一片。采伐杉木一共是一千根，是刘大鼻子的弟弟刘德铭代他接洽卖给省城的，他从县城回来之后，马上就开工。

刘申也是被雇的短工，他的病还没有好，勉强起床带病上工。爬上山时，已经上气不接下气，汗湿透了褂裤，眼睛发花。拿起斧子，手抖得厉害，砍几下要歇一会，别人砍倒了一棵大树，他还只在树根处添上几道白印子。

蛇仔春走到他面前，用藤鞭在他背上敲了一下，冷笑说：

"啊，我们请了一个老太爷来了！"

"冯先生，我病了几天，气力不够，咳……"

"气力不够？喝点人参汤补一补啊！"

"冯先生，请你包涵点！"

"他妈的，是下帖子请你来的，还是派轿子接你来的？做不动，你来干什么？"

"家里没有吃的，没有办法，……咳……"

"好，是你自己说的：没有办法。没有办法，就不能领有办法的工钱！你就可要记清楚呀！"蛇仔春再盯了他一眼，荡到另一边去了："你们看什么？快干！"

太阳落山之后，大家都收工回去了，刘申一步一拖地走着，金石在旁边陪着。

"申哥，你不该来的，累坏了身体，还要受蛇仔春的龟气！"

"唉，累死好过饿死，一天不做，一天没得吃。"

"晚嫂呢？她身体好，能扛能抬，是一把好手，不比我那个。"

"一个妇道人家，能做也有限啊！再说，现在有什么可干的，淘沙，轮不到我们；托杉，又没有个准；唉，难呀！不知道怎么个了局。"

"饭给刘大鼻子一个人吃尽了！田是他的，山又是他的，兄弟做县知事，自己当乡长，独霸一方，我看皇帝也不会比他好多少。有他的份，自然就没有我们活的！"

"金石，快别这样说！传到他耳朵里去，又该我们倒霉！"

"倒霉，我们的霉也倒尽了，还有什么可倒的？申哥，你在刘家打长工，有二十年吧，人累坏了，别说他应该养你的老，人情总该有一份呀！好，一脚踢出门，……"

"只能怨我的命……"

"申哥，我说你就是怕事！"

到刘大鼻子家时，蛇仔春照花名册发工资，只剩下三五人，其余

的临时工差不多散清了。刘申和金石站在一旁等候。最后,蛇仔春对金石说:

"刚才叫了你,你死到哪儿去了?人穷架子倒不小!家里不等钱用,是吗?不等钱用,就别来!"

"你以为我想来的吗?你以为我喜欢这份工的吗?"

"他妈的,口胃倒不小!"

"将力气换饭吃,有什么口胃小不小!"

"刘金石,我知道你的牛脾气,小心点嘛!"蛇仔春卷起花名册,转身走了。

"冯先生,还有我呢?"刘申慌忙上前追问。

刘大鼻子走出门口,站在台阶上,大狼狗跟他一起出来,在他旁边摇尾巴。

"你还想要工钱?"蛇仔春将花名册在手心拍了一下。"我问你,你做了多少工?"

"冯先生,我是做少了……"

"少做就不给!你自己说过没有办法……"

"你这是哪一门子的道理?少做顶多是少给,怎能不给呢?"金石气愤得抢前一步,大嚷起来。

几个临时工也回转来看着他们。

"你是谁?你知道在哪儿说话?"刘大鼻子的鼻子更红了,大声的骂起来。"混蛋,在我家里都敢吵闹,还有王法吗?"

蹲在地上的大狼狗,听见主人骂人,"汪汪"的吠了两声。

蛇仔春在旁边也帮腔:"不知死活的家伙!"

"王法?……"金石还想说话。

"金石,你少说两句吧!"刘申拦住了金石,转身向刘大鼻子:"老东家,我做得少,你就少给些吧,他们五斤米,我两斤米都值吧!"

"一斤也不给!"刘大鼻子说。"告诉你,我刘德厚不是克扣下人工钱的人,可是你误了我的工,这就误了大事,不罚你,已经是我老东家的宽厚了!"

"罚我？"

"是呀，罚你！"蛇仔春开口了。"东家砍木头是国家大事，啐，说了你也不懂……"

"少跟他说废话！"刘大鼻子打断了蛇仔春的说话。"刘申，你不去，我可以请多一个工，你挂名不做事，有工夫鬼混，我可给误了大事。滚吧，再呆下去，惹我发脾气，那就不能怪我了！"

"老东家，咳，咳……"刘申走近刘大鼻子，想再求求他。

"欧兮！"刘大鼻子唤狗去赶刘申。

大狼狗跳起来，就向刘申扑过去，吓得他一面急忙向后退，一面伸拳作势来招架。大狼狗逼得刘申退到墙角，它还是举起前腿，站得老高的要咬过去。

"你们要杀人哪！他是有病的人，你们用瘟狗来吓他，还有良心没有？"金石跳到刘大鼻子面前，拳头举得高高地对他说。

刘大鼻子对蛇仔春说：

"赶他出去！"

这时，突然听得刘申"哇"的叫了一声，他的右腿上裤子破了，连皮带肉给大狼狗咬下一大块，血淋淋的。大狼狗也给刘申顺手拿到的木柴，打中了鼻子，躺在地上直喘气。刘大鼻子和蛇仔春，急忙抬它到屋里去。

金石扶起刘申，那几个农民也过来帮助。他们一路走，一路骂。刘申腿上的血，一路向下淌。走过小木桥，刘申又吐了一口血，血饼落在河里把河水映红了。

送到家里，刘申眼睛发黑，睡在床上，胸口象火烧似的难过，腿上也疼得很。申晚嫂一面用破布将伤口包扎，一面听金石讲原委。她恨得牙痒痒的，不断咒骂：

"狼心狗肺的东西！……"

阿圆吓得缩在一边，睁着大眼睛望着。

邻舍们来了一大群。四婆坐在小凳上，感叹地说：

"还说是老东家？老东家就下这样的毒手！"

"他妈的，刘大鼻子，这个吃人不见血的笑面虎！"金石更是愤慨。"申哥帮他做了二十年工，身体糟蹋坏了，他养申哥一辈子也是应该，现在为了两斤米，你们说说，就是为了两斤米，两斤米都不够他刘大鼻子一口洋烟，就这样干了！我操他十八代的祖宗！"

"绝子绝孙啊！"

"有钱人的心是铁做的啊！"

申晚嫂包扎好了伤口，刘申昏昏沉沉的不知是睡着了还是晕了过去。她想：这回是完了，人搞成这个样子，又没钱医，要想复原，怕难有希望了。自己嫁了三次，咳，命多苦啊！现在又加上一个阿圆，孩子可怜，瞧她缩在墙角，又惊又怕。有钱人家的孩子，十岁八岁还要喂饭吃，我们的孩子什么苦也尝够了。唉，阿圆的爸，你要是好好的，我们一起来熬日子，会有出头的一天。如果……，苦还会有个尽头吗？天诛地灭的刘大鼻子！我们一家子算完了，坑在你手上了。她越想越乱，越想越恨，在乱里头她很清楚的想到刘大鼻子，恨集中在刘大鼻子身上。突然，她站起来，向门口冲去：

"我跟他拼了！"

许多人来拉住她，劝她：

"晚嫂，不行呀！"

"照顾申哥要紧，有账慢慢来算。"

"鸡蛋哪能跟石头碰啊！"

阿圆也哭着跑过来拉着她的腿：

"姆妈，姆妈！"

申晚嫂气得涨红了脸，一面想挣脱，一面申诉：

"这口冤气，叫我怎么忍得下去啊！"

第二天，天刚麻麻亮，刘申已经醒在床上，他听外面狗吠得厉害，人声嘈杂，由远到近,好象到他家来似的。他吃惊了，紧张地叫醒申晚嫂，她急忙下床，轻轻地开了大门，只见蛇仔春带了几个乡公所的所丁，从金石家里，将金石反绑了手，推推搡搡地拉了出来。旁边有些农民愤愤不平地望着。

"我犯了什么罪?"金石大声喊叫。

"恭喜你呀!"蛇仔春阴险地笑着。

"壮丁中了签,送你去升官发财!"

"他是独子啊,拉走他叫我们母子怎么活呀?"

"他妈的!"蛇仔春用力推开金石二嫂。"当壮丁嘛,又不是要他去见阎王!再说,中了签,大总统的儿子也要去的。"

申晚嫂转身告诉刘申,他一怔,出了一身冷汗,咳嗽着,断断续续地说:

"咳,……都是为了我!"

"不为你也要抓的。"

"他这个牛精脾气!唉,二嫂怎么过呢?"

"……真叫人受不了!"

蛇仔春一脚踢开大门,"嘭"的一声,吓得刘申在床上跳起半寸多高,阿圆也惊醒了。

"好啊!你们高卧未起,打扰啦!"蛇仔春一副泼皮无赖相:"刘申,你闯了好大的祸,知不知道?"

"冯先生,……咳,我们是粗人……"

"粗人?怎么着,粗人就可以造反?"

"他生病,你有话好说,不用这样嚷!"申晚嫂捺着性子,严正地说。

"喷,喷!哎哟!生病?你他妈的是贵人多病啊?"蛇仔春说得更大声。"姓刘的,告诉你,大先生的狼狗给你打死了,我来给你算账的。"

"人咬伤了还没有去算账,狗死了倒来算账?"申晚嫂怒冲冲地说。

"男不跟女斗,鸡不跟狗斗,我知道你是泼妇,我问你,你家里有男人没有?"

"冯先生,……"

"谁要你叫冯先生!大先生的大狼狗是死了,这是他心爱的东西,本来要叫你垫棺材底,不过看在老宾东的份上,他说免了。可是,钱总得要赔,他买回来的时候,花了五十块港币,四年的伙食,一顿四两牛肉,还有米饭、人工,他妈的,反正这笔账算不清了。他老人家吩咐,不必算细账了,你佃耕的八分水田,他收回去了,今年的收成,全部归大先生,另外,你住的这间房子,也算是赔偿,还要外加两担谷子……"

"这不是杀人吗?"申晚嫂冲到蛇仔春面前。

蛇仔春转身就走,走到门口,他说:

"话是说定了,限你们五天搬家!田里不许动一下,要是去了,当心你们的狗腿!"

申晚嫂气得要发疯了,抿紧嘴,手握成拳头,站住一动也不动。来了几个邻舍,心里恨得要命,但不晓得怎样说话才好。申晚嫂看到阿圆蜷缩在床里边,象一只受惊的小猫,令人可怜。刘申闭着眼睛,脸色灰白得象麻布,嘴唇合拢,嘴角上流出泡沫和血。申晚嫂跑过去伏在他身上嚎啕大哭。四婆慌忙上前,探探胸口:

"胸口还暖,是昏过去。谁有艾绒?"

有人跑回家拿了艾绒来,点好放在刘申鼻子前,熏了一会,他慢慢苏醒。大家帮他抹掉泡沫和血,又倒了一杯开水给他,这才安定下来。

申晚嫂坐在刘申床前,看到他一时清醒,一时又昏昏沉沉。清醒的时候,两眼无光,直流眼泪,对她说:

"我不中用了,害了你们两母女!……"

"你别……"

申晚嫂想叫他别说丧气的话,别把一切罪过自己担戴起来。是谁害了她们的,分明是刘大鼻子,不是他。她一向不满意他的胆小怕事,树叶子落下来怕打破头,连她稍微反抗一下,他都吓得赶紧拉她回去,但是看到他在生产上勤勤恳恳,对自己又好,更加上病不离身,平素也就原谅他、顺从他。现在,他们和刘大鼻子仇深似海,她以为一定要报仇,他却绝口不提,老说些丧气的话,她恨他的懦弱,同时也怜惜他。想到结婚以来,两人恩爱,半路上少了一个,将来的日子,多可怕啊!她忍耐住,转而安慰他:

"你放宽心吧，养几天就会好的……"

刘申摇头。

"晚嫂，你出来，我有句话跟你说。"

四婆在门外叫她。四婆这两天要去金石二嫂家里，又要到刘申家里，两头忙。这个老人家变成了他们的支持力量，帮他们出主意。

"晚嫂，他这个病不轻呀，一定要请个医生看看。"

"四婆，你知道……"

"当然知道。不过，我是过来人了，不怕你生气，家里少一个男人，就象屋子少了一根顶梁……"

"是的，我……"想起两次守寡的生活，她忍不住哭泣。

"你瞧，金石被拉走之后，二嫂好象天坍下来似的。晚嫂，人总是要紧哟，留得青山在……"

"我也是想医好他……"

"想办法啊！"

有什么办法好想呢？借，没处借，卖，没得卖；人又非尽力救治不可。她仿佛掉在黑漆漆的山谷里，摸索不出一条路来。

"晚嫂，你不要骂我狠心，我看，阿圆……"

"卖阿圆？"申晚嫂睁大两只眼睛，吓得慌慌张张。

"不行，不行！"

"你救申哥要紧啊！再说，不要卖断，订五年期，到时有钱再赎回来。"

"不行！我不卖，死也不卖！"

当晚，她睡在床上，阿圆和她一头，睡得很熟。她一只手放在胸前，一只手握住申晚嫂的手臂，好象怕妈妈跑掉似的，申晚嫂将她拉近些，脸靠着脸，她轻微的呼吸吹着她的脸。申晚嫂看到她可爱的模样，懂事聪明，无论如何也不能离开她。

"这是我的性命，怎样也不能卖！"

刘申又发出呓语，一连串的胡话还夹着哭声，半夜听到叫人汗毛直竖。申晚嫂的心，象给一只看不见的手紧紧抓着，感到绞痛。

"眼看他死掉不救？"

"不能！不能又怎样呢？"

"卖女儿？不行！不是卖，是押，五年之后赎回来。不行，到时候没有钱赎怎么办呢？不要紧，我们两个人做工，五年也能省下点钱。不行，我舍不得！不是卖，是押！人还是自己的，可以赎回来。丈夫死掉了，还有什么呢？……"

一夜都是反复斗争，申晚嫂睁眼到天亮。早上，她的头痛得厉害，眼皮也肿了。

"今天是第五天了，他们会来赶我们的，晚嫂，……我死都没有个地方……"刘申时刻忘不了蛇仔春的威胁，象一根骨头卡住他的喉咙。

"大清早，别说这些——我就不搬，看他们怎么样？"

"大腿比不上人家胳膊，拗不过他们！"

"拗不过，拗不过！"申晚嫂将下面的话忍住了："你说这些干什么？叫人心烦！"

申晚嫂走到四婆家里。四婆一见了她，放下手上的功夫，急忙对她说：

"晚嫂，昨儿跟你说的话，你不要怪我。我不是拆散你们母女，我是为你打算的呀。你以为我喜欢人家卖儿卖女吗？一想起我那个丫头，卖出去之后，生死存亡，一丝风声都没有，我的心就碎了。你家的阿圆，乖巧伶俐，别说你舍不得，我何尝舍得呢？唉，能有第二条路走，谁肯走这条路？"

申晚嫂做事从来有决断，她的性格象一块钢，如果能够敲的话，会"铛铛"的响，现在，一头是丈夫，一头是女儿，叫她来分个轻重，她就手掌手背分不出厚薄了。等四婆说完，她自言自语的说：

"不卖，一定不卖！"

"能有别的法子想，不卖就不卖吧。申哥今儿好些吗？"

"好些了。"

她随口应了一声，慢吞吞走了。走出门口，她又责备自己：

"好些了？谁说好些了？要不快点医治，人影子也没有了。……

我来干什么的？话没有说清楚就走，真是掉了魂！"

她回转身又进去。四婆摸不清她干什么，连忙迎上来。她劈头就问：

"是不是一定要卖？"

"不一定，不一定！卖不卖，你自己作主，人家怎能逼你卖呢？"

"不是，我问你：不卖可以不可以？"

"可以，可以！"四婆赶紧申辩。"我不是一定要你卖的！"

"不是，我说押给人家……"

"哦！前几天我听说迳尾黎木林，他要'妹仔'，买、押都行，……"

申晚嫂自管想着，四婆再说些什么话，她听不见了。她下了狠心：

"救他的性命要紧！救他的性命要紧！暂时押出去，暂时押出去！"

她回家的时候，一路说着这几句话。回到家里，拣出一套算是最好的衣服，给阿圆穿上，又拿邻舍送来的米，煮了干饭，要阿圆吃饱，吃了还要她再添，阿圆天真地问：

"姆妈，今天是过节吗？"

申晚嫂听了这话，好似万箭钻心，她想伏在桌上大哭一场，当着刘申和阿圆的面，怎能这样做呢。她背转身，偷偷抹眼泪。

阿圆又问：

"眼睛有灰吗？"

"乖乖，你吃吧！"她紧紧搂着阿圆。

"你们有什么事？"刘申也忍不住问了。

"你别理！"申晚嫂想到这样说不妥当，接着说："我和阿圆去徭坑，怕她肚子饿。"

"扛木头不要带她去呀！"

"留在家里没有人看她……"

"晚嫂，"刘申挣起半身，想拦阻她们，但一阵急促的咳嗽，使他说不出话来。过了好一会，才断断续续地说："你不要做糊涂事啊！"

申晚嫂拉着阿圆的手，走出门来，正遇着四婆来找她。

"你不要去吧，申哥要照料，我来送阿圆。"

"不！"申晚嫂拒绝了。"我自己送她去，心里好过些。请你照顾一下他。"

申晚嫂背起阿圆，还带了一副空箩筐，眼睛红红地走了。四婆望着她们，轻轻地摇头，叹了一口气，就进门去看刘申了。

从虎牙村到迳尾有四十里山路。申晚嫂一路和阿圆谈个不停，她用谈笑来遮掩心里的痛楚，用谈笑来表示对女儿的情爱。阿圆从来没有看到母亲这样快活过，她也是快活得很。在母亲的背上，摸摸母亲的发髻：

"姆妈，你没有梳头。"

申晚嫂心里回答："妈的心快碾碎了，哪有心思梳头！"

有时，阿圆看到一些野果，就问：

"这是什么果子？姆妈，我要吃！"

申晚嫂不但去摘，而且摘了一大把，阿圆两只手也捧不完，漏掉很多。阿圆笑得浑身动起来，连连说：

"好多啊，好多啊！"

申晚嫂心里在说："孩子，你要什么，妈给你什么，你要妈的命，妈也给你。"

走到迳尾，找到了黎木林的房子，一连三进的大屋，原来是一个大地主。申晚嫂的心都凉了：

"这不是送女儿入火坑？不行！"

她脚步停下来，然后回头走了几步。

"姆妈，我们又回去？"

"回去？"申晚嫂想道。"回去怎么成呢？不是等钱救命吗？"

到底她还是进了门。阿圆的头靠近申晚嫂，在她耳朵旁边，低低地问：

"我们来做什么？"

"阿圆，妈害了你……"

"姆妈，你说什么？"

"没有什么，这里有好东西吃……"

黎木林看看孩子，尽在挑剔：

"太瘦，太小，要养多少年才能变钱呢？"

黎木林的老婆，拉他到旁边，对他小声说：

"长得倒是眉清目秀，将来可以捞他一笔。"

"她是押的，不是卖的。"

"啊哟，量这穷鬼也赎不回去。"

谈好身价，然后黎木林的老婆领她走开。

"姆妈，我不去！"阿圆缩在妈妈背后。

"去，乖孩子，太太有糖给你吃！"申晚嫂哄了好久，她才答应。申晚嫂最后一次紧紧抱着她，用力的亲吻她，小心地替她把衣服拉好，又抹平她的头发。

"姆妈，你等我呀！"

阿圆走了。申晚嫂象被打了一棍，差不多昏倒。她跌跌撞撞地又追出去看，看不见了，她冲到黎木林面前：

"我求你不要难为她，她还小，不懂事！"

"废话！你舍不得，领回去好了！"

申晚嫂糊糊涂涂地在契约上盖了指模，黎木林又说：

"我们讲明在先，往后你不许来找她。再有，契约上写明，限期五年，到期不赎，就算卖断了。你明白吗？啊？"

申晚嫂象犯了罪似的，只求快点离开。头脑昏昏，脸上象火烧似的热烘烘，胸口好比受了重压，气也透不过来，听不清黎木林说些什么。她走出大门，还想再看一眼阿圆，黎木林恶狠狠地挡住了她。她出了村子，忍不住放声大哭：

"阿圆，妈狠心，坑了你啦……但愿救了爸爸的命，一定来接你回去！"

申晚嫂回到虎牙村时，已经快要上灯了。刚进村，只见村西鱼塘边的烂屋门前，围着一大群人。这两间烂屋，是本村的公共屋，堆放些柴草杂物，但早已放弃不用了。它们互相依靠着，假使将它们分开，哪一间也不能单独站得住。屋顶倾斜，好些地方的泥砖倒坍了，露出三四处的缺口。这是虎牙村最破烂的房子，平时简直没有人来过问，一直孤零零地被冷落着。今天为什么有这样多的人，莫不是又出了什么事情？申晚嫂的心抽搐，挑着卖女儿的八十五斤谷子，摇摇晃晃地站不住脚。

"回来了！"有人嚷着。

四婆从烂屋里跑出来，眼泪鼻涕一脸的拉着申晚嫂，半晌说不出话。

旁边有一个人说："申哥过世了！"

申晚嫂石头般的站着，失去知觉有一两分钟。肩上挑的箩筐滑落，谷子倒翻地上。

"真是缺德呀！封房子、赶人，送掉一条性命。"

"蛇仔春将他摔出大门，跌在露天，又生气又受惊，怎能不死呢？"

申晚嫂进了烂屋，看到刘申躺在那儿，说不出，哭不出，邻舍们在帮她出主意，安排料理后事。

蛇仔春又带着一班人来了，看到谷子，冷笑道：

"好，说没有钱，原来还留着谷子送终！来呀，挑走！"

跟他来的人，心里也有些不忍，踌躇着不敢下手。蛇仔春暴跳起来：

"他妈的，看什么？挑走！"

乡公所所丁赵三被他威逼着，只好慢慢上前去挑，嘴里嘀咕：

"挑就挑喽，恶什么？"

蛇仔春的突如其来，蛮横不讲理，使得在场的人也都动了火，大家愤愤地盯着他。申晚嫂慢慢从烂屋走出来，看到蛇仔春在那儿大模大样的指手画脚，她一把就扭着他的衣领，打了两个耳光。他挣不脱，就求饶了：

"不是我的主意，是大先生的吩咐！……"

"大先生，什么杂种大先生！我收拾了你，再去收拾他！"

蛇仔春用手来叉她的咽喉，被她一口咬住他右手的小指，他杀猪般的狂叫。有人怕闹出命案，上前拉开他们。蛇仔春被放开了，他又神气起来，转身威吓：

"我操你的娘，老子总要杀了你这个烂货！"

申晚嫂又追上去，旁边的人也气愤极了，大家叫喊着追上去：

"打！打这个龟孙子！"

一直追到小桥边，申晚嫂和梁树、彭桂、麦炳等几个农民，还想冲到石龙村去。年老的和稳重的农民，象梁七、四婆等人，拦住了他们：

"算了，算了！不要吃眼前亏，有账慢慢算！"

连拉带劝的将申晚嫂拥了回来，大家才跟着转头，一起去料理丧事。

从虎牙村到山下去，要赤脚涉过沙河，爬上对面河岸的斜坡，才到得了峡道。如果从石龙村下山去，那就另外有一条便道，一面沿着沙河，一面沿着山边，弯弯曲曲，一会高一会低，约莫一里多路长，然后也是穿过峡道下山。这是石龙村的地主们下山必经之路。这条便道虽然是又小又窄，但是在它穿过村边的一片果树林的时候，却是平坦的沙土路，而且也算宽阔，只是树木太密，地上落叶和蒿草太多，有些阴暗潮湿。

在贴近道路的几棵柚子树旁边，有一个大草堆，申晚嫂在草堆后边已经等候了整个下午。她早晨看到刘大鼻子下山，中午就藏在这儿。自从刘申死后，她好似完全变了个人，以前的坚决刚强，一下不见了，成日不说话，坐下来象一尊石像，老半天动也不动。四婆和金石二嫂她们逗她说话，她也不答理。大家不免为她担心了：

"晚嫂失魂落魄，你们可要留神，不要再搞掉一条人命啊！"

"丈夫死了，女儿卖了，可真惨！要一个人不变形，确实也难啊。"

她坐在草堆后面，思前想后：

"她们怕我寻死，我才不干哩！他搞得我家破人亡，我一定要报仇，打死这个老狗才能雪恨！寻死？我不是那种人！刘大鼻子希望我死，我偏要活下去！"

她从果树的缝隙中，远望山边的便道，不见有人影。

"太阳快到山背后了，还不见他回来，莫不是在县城过夜了？……回去吧，不！这个死老狗缩在窝里难得出来，前几天我去找他算账，他就是不见面，今儿不能放过他。不回去，等到天黑也要等，等到他回来；要末他死在山底下，如果回来，我可不会饶了他！……"

再过了一个时辰，申晚嫂等得太累，不觉打起瞌睡，靠在草堆上睡着了。她并没有睡得很熟，仍旧在想着怎样才能痛快地打击他，怎样才能报仇……

刘大鼻子和蛇仔春，四个轿夫，沿着便道走回来。他和蛇仔春走在前面，轿夫抬着空轿子跟着。刘大鼻子得意洋洋地说：

"这批木头真是卖了好价钱，达春，你准备一下，我要请一次客，不要怕花钱，要有个排场！"

"当然，我到高要去采办东西……"

"到广州去也行！哈哈！"

一阵笑声，惊醒了申晚嫂。他们已经走到她的跟前，她象猛虎一般地跳起来，冲到刘大鼻子身边，没头没脑地擂了他几拳，打在他的头上，脸上，胸口上，顿时头发披下来，嘴里流血了，胸口痛得直不起腰。刘大鼻子被打了一顿之后，才弄清是怎么回事。申晚嫂还扭着他打。他叫道：

"你们还不替我抓住她！"

蛇仔春拔出手枪，刘大鼻子怕他乱开枪打伤自己，连忙叫道：

"不要开枪！不要开枪！"

蛇仔春又不敢靠近来，他挨过申晚嫂的打，右手小指上还包扎着纱布，心里害怕，他命令轿夫去抓她。那几个轿夫在一旁看着，又惊奇又高兴。

"抓住她！抓住她！"蛇仔春用枪逼着他们。

轿夫上前拉开时，刘大鼻子已经血流满面，弯着腰在喘气。

申晚嫂被他们押到乡公所，蛇仔春将她绑在门口的旗杆上。当时风声传了出去，有不少人围在那里看着。

"真够胆！连大鼻子也敢打！"有人悄悄议论。

"打得好！"

"她要吃苦喽！"

申晚嫂虽然被反绑着，她站得很直，头昂得很高，大眼睛放光，薄嘴唇抿得紧紧的，显得又愤怒又高兴。

冯氏听说刘大鼻子被打了，一路跑着，一路嚷着：

"不得了啦，造反啦！"

她经过申晚嫂面前，想上去打她一下，骂她两句，申晚嫂威严地瞪了她一眼，她停也不停地又跑进乡公所去。

"哎哟，德厚啊！你，你……"

"你吵什么？大惊小怪！"

刘德厚已经抹掉了血迹，重新梳了头发，坐在他的乡长室中。他的脸色白里透青，眼睛阴险地眽着，隐约看出紫红色的大鼻子在掀动。蛇仔春坐在另一角落，瞅着他，不说话。

冯氏碰了一鼻子灰，弄不清他为什么动火。她瞧瞧蛇仔春，他轻轻点头，暗示给她：刘大鼻子正在发脾气。

"你伤得重不重？"冯氏殷勤地问他。

"伤，什么伤？"

她吃惊地退后一步，以为他一定是恨申晚嫂，所以火气那样大。她讨好地说：

"气什么呢？她不是在你手掌心里，……"

"我说，杀了她倒干净……"蛇仔春插嘴。

"你们懂个屁！"

刘大鼻子吼起来。他被申晚嫂突然的袭击，弄得很心烦。他一开始的念头，是杀了她。这是毫不费力的事。再一想，如果杀了她，不就是承认了她是打过自己，她是反抗过自己，这是很失威风的。一个女人敢起来反抗，以后自己还能说得嘴响吗？不杀，一定要想个妥善的办法，既要挽回自己的面子，又要整得她很厉害才行。

冯氏眼看讨好反碰了钉子，生气也是撒娇地说：

"为了这一个疯疯癫癫的女人，也值得……"

"对了！"

刘大鼻子刷一下站起来。

"对了！她是疯子！你们出去对人讲，她是疯子。我刘大爷不会跟一个妇道人家,跟一个疯子计较……"

"你说放掉她?"

"当然放掉她!你慢点奇怪。我要杀掉她,容易过杀一只鸡,不过杀掉她就显得做事不漂亮。你还记得你在虎牙村动了公愤吗?那就太蠢了。放掉她,我要她认得我刘德厚,要她活活的饿死。阿春,你通知大家,以后谁也不许雇她做工,批田给她自然更不行,我看她有什么活路!"

申晚嫂被绑了一天一夜,背上一个"疯子"的名声,放了出来。

第五章　桐花馆中的密谋

"几点钟了？"

刘大鼻子正在一张张的检查着田契地契，听冯氏问他什么时间，很不耐烦，想不理她，自己不知不觉又去看了看手表：

"他妈的，十一点钟啦！搞了一天一晚，筋骨都疼了。哎哟，哼！"

他伸伸懒腰。冯氏和蛇仔春也放下手里的东西，象受了传染似的打呵欠。冯氏说：

"明天再收拾吧！"

"明天？还有几个明天啊！快动手！"

冯氏和蛇仔春挤在一堆皮箱、樟木箱、阳江的漆皮箱之间，将祖传的衣服，不用的旧衣服和新衣服，布料和各种零碎衣物，翻来复去地在检查，看看这样，比比那样，放到这边，又拿到那边，决不定要还是不要。刘大鼻子坐在一大堆田契地契面前，打开一张看上一会，然后又在十行簿上记上一笔，又在他自己画的图上添上一块。他们把陈年古代的东西都翻了出来，屋子里充满了腐旧的气味和灰尘。吊在屋梁上的一盏大白罩煤油灯，象给薄雾盖着似的，灰蒙蒙的。

刘大鼻子又登记了一张田契，他放下笔，擦擦眼睛，掏出一枝香烟，吸了一口，看看冯氏和蛇仔春。冯氏正拿着一件旧的棉袍，犹疑着。刘大鼻子吐出烟圈，狠狠地说：

"要就要，不要就不要！慢吞吞的，等共产党上来了，你还搞不清楚！"

"你呢？一大堆烂字纸，搞了一天！有嘴说人无嘴说自己！"

"你懂个屁！要没有这堆烂字纸，你喝西北风的吗？"

冯氏生气地将旧棉袍朝箱子里一摔，又将一些烂布料塞进去。嘴里叽叽咕咕：

"要——都要！"

"他妈的，你不想理，就给我滚！"

冯氏给刘大鼻子一骂，更生气了，一脚踢开凳子，转身走开，走到门口，放声大叫：

"阿巧，阿巧！"

"你这个死女人，嘈什么？半夜三更了，怕人家不知道你吗？……"

"你怕，我不怕！共产党来了，我还要嘈！阿巧——"

阿巧睡眼蒙眬地走过来。冯氏一肚子的气无处发泄，象一只饿狗似的扑过去，拳打脚踢，嘴里嚷着：

"你们都是一窝里的人，欺负我！……"

阿巧双手护住头，弄不清为什么挨打，尽是躲避。

刘大鼻子撂下香烟，冲到冯氏面前，忘记了要小声说话，大喊大叫：

"你再嘈，我枪毙你！"

冯氏停了手脚。蛇仔春赶忙走出来，他拦住刘大鼻子，又拉开冯氏，再对阿巧说：

"快去，端宵夜来给太太吃！"

大家都没有心思再去收拾了，闷闷地坐在那些衣物田契面前。刘大鼻子对蛇仔春说：

"解放军到岭下村，到底真不真啊？"

"真！千真万确！我亲眼看见的，一共有一排人的光景，驻在彭家祠。"

"一天一夜了，他们还没有上来？"

"你想他们上来？"冯氏又搭腔了。

"你少说废话！阿春，上山的地方，派人守了吗？"

"派了，一有风声，他们会报信的！"

"奇怪，要上来，早该上来啦！或者共产党也不中意我们这个山顶上的地方。"

"谁中意啊！从前在广州的时候……"冯氏很快忘记了刚才的被骂，她若无其事地又参加谈话了。

"共产党是在山区住惯的……"刘大鼻子打断了她的话。"不可不防！"

石龙村和虎牙村似乎入睡了，乌黑的，平望过去，一点光亮也没有；如果从山上望下来，透过那些大屋的天井，可以看到有些人家有灯火，而且人影晃动，显得很匆忙，那是一些地主、富农们的家庭在连夜收拾东西。外面静悄悄地，一个人影也没有。派到山路上去"放风"的人，也蜷缩在那儿打瞌睡了。时不时有一两声狗吠，打破这凝固的静寂。

阿巧端进三碗鸡粥，一人面前放一碗。冯氏尝了一口，说：

"胡椒粉！"

"将就些吧！"刘大鼻子喝了一口热粥。"这是什么时候，还要讲究？"

"你说什么时候？我们这里太太平平，你还是乡长，也没有少掉一根毛！"

"共产党在山底下，一上来……"

"上来怎么着？我要吃要喝，谁管得着？他们不是三头六臂，我不怕！阿巧，拿胡椒粉来！"

外面狗吠得厉害，一声接一声，一只传一只，全村的狗都吠起来了。在半夜里，狗这样的齐吠，令人惊心。

刘大鼻子放下碗，侧过头来静听。蛇仔春走到外面台阶上，望着漆黑的天空，听不出什么动静。阿巧从过道那边走过来，她的脚步声，吓得蛇仔春吃了一惊，向门内退了一步。

"来，加点胡椒粉！吃吧！"冯氏很镇定的样子，替他们加了胡椒粉，自己端起碗来，大口的喝。"狗叫嘛，有什么奇怪！"

"你倒大胆啊！"刘大鼻子夸赞她。

"亏你们还是男人！格格！"她得意地笑起来。

阿巧走出门口，刚和匆匆跑进来的冯水撞个满怀。她没有料到门外有人，突然一撞，把她吓了一跳，脱口惊叫：

"啊！"

这一声尖锐的叫喊，吓得屋内的刘大鼻子等三个人，一起跳起身来。冯水跨进门，气喘喘地说：

"外边，外边……"

"来了！"刘大鼻子随声应了一句，他自己也不知道说这句话是什么意思。

"哎哟，哎哟！"冯氏好象被人打了一棒，全身发抖，手里拿的碗"当郎"跌破了。

蛇仔春站起来又坐下去，脸色雪白，眼睛定定地看着冯水。

冯水摸不清发生了什么事，他望望他们，又望望站在门口的阿巧。等到气喘平了，他才说：

"外边二老爷打门……"

"谁？"刘大鼻子听不明白，紧张地问。

"二老爷，在外边打门。"

"二老爷？怎么不请他进来？"这时，他才弄清楚发生了什么事。

"你叫我不要放人进来的！"

"啊！你真是古板！二老爷嘛，快点，快点！"

他们一起拥了出去。

刘德铭头戴竹帽，身穿一套破烂的衫裤，胡须很长，慌慌张张地闪进门来：

"大哥，村里有没有老八？"

"没有，听说到了山底下……"

"快关门！"

他们一路走进去。大家因为刘德铭的突然归来，显出不安。这一个县大老爷，平素的威风没有了，变成这末褴褛，是大家想不到的。

冯水和阿巧留在后边关门,他小声地对她说:

"瘦得这个样子,不象他了,我几乎认不出他……"

"他那双老鼠眼,烧成灰我也认得。"

"看样子是挨了一家伙啦!"

"活该!"

他们走进客厅。刘德铭看到乱糟糟的一大堆东西,他愣了一愣,随手拿了一叠田契翻看,诧异地问:

"现在才收拾?"

"我们以为共产党不会到山上来……"

"会的,他们会来的。此刻他们忙不过来,慢慢就会上来的。你们有准备吗?"

"准备?"刘大鼻子不明白指的什么准备。

"钱啊,衣服啊,都收拾好了。"冯氏以为他们很有准备了。

"不是说这个。好,慢慢再说。"刘德铭放下田契。"我饿得很,弄点东西给我吃。大嫂,有干净衣服,拿一套来换一换吧!"

刘德铭脱下衣服,腰间露出一枝左轮手枪。他看到鸡粥,端起来一大口就吞了下去。

冯氏一路叫着"阿巧",出去张罗了。

"共产党到了本县,我一直打听你,他们说你走了。"刘大鼻子递给他一套衣服。

"说来话长。"他一边穿衣服,一边回答。"解放军还没有到,东区的土八路(按指我们的游击队)就打进县城,给我们一个措手不及,没有时间来通知你们。我带了县大队和驻军退到南区,跟解放军碰了一下,垮了,什么都垮了,剩下我一个人,要不是山路熟,早叫俘虏了!……"

"弟妇她们呢?"

"我和她们分手了……"

"啊?"

"她们前一个月到广州去了。"

"为什么不叫她们上山来住呢？"

"她们不肯，说山上住不惯。"

"这个时候，还……"

"人家读洋学堂的！"冯氏走了进来，马上插嘴说。她对刘德铭的老婆一向不满，自居是大嫂，但刘德铭的老婆说她是刘德厚的姘头，看不起她。"享惯福，到这种地方来？……"

"废话！晚饭搞好没有？"

"阿巧，阿巧！"冯氏又拿巧英发气了。"死'妹仔'，快点端来啊！二老爷等吃的，……"

冯水突然又走了进来：

"外边又有人打门……"

刘德铭比谁都紧张，赶紧问：

"谁？"

"是赵三。"

"快开门，一定有消息。"刘大鼻子对刘德铭说："是派到山底下去放风的。"

赵三只走到耳房那里，刘大鼻子就迎了上去。刘德铭留在客厅上，注意听着。

"赵三，快说！"

"岭下村的共产党走了，今天晚饭后走的。"

"往哪儿去？"

"往北开，好象去搭船。"

"好，你去吧！"

刘大鼻子走回客厅。大家听了这个消息，好象放下了重担，松了一口气。冯氏望着厅上一大堆东西，她发起牢骚来了：

"我说不用收拾，共产党不会来的。你瞧，搞得天都翻了！"

"大嫂，收拾一下也好，反正我们有用处。"刘德铭很有深意地笑了一笑。

在石龙村的山坡上,也就是在刘大鼻子的住家后面,有三间房子,一个小小的院落,有两棵桐树,还有些芭蕉之类的植物,那是本乡地主们当作议事和俱乐部的地方,他们题上一个风雅的名字,叫做"桐花馆"。

刘德铭和一班本乡的地主"士绅",吃罢饭,正在商量。一群人围住他,等他发言。他抽着烟,仰着头,望着正厅壁上的横额"桐花馆"三个字,并不答复他们,却慢悠悠地说:

"这三字题得好,也写得好。妙,桐花馆!"

他身旁的几个地主,象冯庆余、张炳炎等等,你望着我,我望着你,大家都猜不透刘德铭耍什么把戏。

刘大鼻子心里明白,他的兄弟和他计议过,要把他们组织起来,一起对抗共产党,不过,刘德铭说:

"这班家伙,不见棺材不掉泪,我们先别提出办法,等他们要求了,我们再提也不迟。"

吃晚饭的时候,刘德铭露出一点口风,说是最好把各家的军火武装集中起来,先藏到山上,等待时机。当时,有几个地主就不同意,冯庆余怀着鬼胎,他怕刘大鼻子乘机搞掉他的几枝"快掣驳壳",犹犹疑疑,说出一大套理由,不肯同意。刘德铭看出了他们的心思,对刘大鼻子眨眨眼,就不再提了。后来,刘德铭就长篇大论的说共产党如何如何,宣传了一顿。冯庆余急了,连忙说:

"我和共产党是势不两立的,你们别误会我,他们如果上来了,你们瞧我姓冯的!"

刘德铭不答复他。现在他们等他提出办法,他似乎悠闲起来了。张炳炎看看大家,大家向他示意,他开口了:

"德翁啊,你是一县之长,父母官,你说说,我们该怎么办,就怎么办。……"

"我是为你们好的,这一点大家要弄清楚。我呢?住几天就要走。大峒乡是大家的,共产党来了,我是不会受损失的。"

"当然当然,这个,我们都明白。"

"你们明白就行了,将来都有见面的机会,看我刘德铭到底有无桑梓之情?"

"德翁别见外,我们要听你的高见!"

刘德铭走了两步,那几个人跟着他,他停下来,立刻又把他围住了。

"庆余兄,你说共产党会不会上山呢?"

"这个……"

"哼,"刘德铭很低地冷笑了一声。"共产党一定会上来,只不过是早迟而已。如果上来了,你们该怎么办?避一避?那你们就别想再回来。拼一拼?不行!你们说,到底该怎么办呢?"

"该怎么办呢?"

大家叽叽喳喳地议论起来。冯庆余站在一旁,定定地望着刘德铭,心里也在焦急,不过,他还是想到:"他妈的,你们刘家兄弟,就是嫉妒我姓冯的,我跟刘德厚是拜把兄弟,处处让着他,现在连我的老底子也挖出去?"

"德翁,出个主意吧!"

"不说我多事吧!哈哈!"

"老二,你说吧,都是自己人,手臂朝里弯,哪有朝外弯的,谁多心谁就是王八蛋!"刘大鼻子气冲冲地说。

"好!我说说。第一,乡里的局面要改一改,我的大哥不要再当乡长了,小学校也要换一班人。再选几个心腹人,布置好,等共产党来了,要他们出面。以前出面的人,都不要出面,大家要劳动生产,共产党就喜欢这一手,你们装也要装得象点样子。第二,共产党要通知办事,尽快办好,这是缓兵之计,他们可以慢点上来。第三,你们要消息灵通,山底下共产党有一个政策,你们要马上跟着做,当然是往反面做了。例如他们要搞农会,你们也搞,千万别让那些穷鬼耕仔(佃租的农民)参加,要做得漂亮。第四,现在就要准备起来,田地该送的就送,该分的就分,衣服物件拣一些送给那班穷鬼,有'妹仔'的送还给人家,长工也辞掉他,收买收买人心。再有,大家要团结,行动要一致,武器集中起来,等我去广州联络好了,大事犹有可为!……"

"好极了！"

"真是高见！"

"庆余兄的意思呢？"

冯庆余正在想着："……反正有共产党就没有我，不如暂时忍耐一下，不要吃刘家的亏。"刘德铭突然一问，他来不及考虑，很激昂慷慨地脱口而出：

"为了反对共产党，我什么都干！"

"好极，好极！"

刘德铭等大家都表示同意了，他郑重其事地说：

"现在我们是一伙人了，都是共产党的对头，谁要泄漏出去，谁也活不了。"

大家沉默了一下，然后指天划地地发起誓来。但是，心里各有一把尺，偷偷地在量着对方。

"我还有一句话要说。"刘德铭从口袋里拿出一张盖有红印的纸来。"这是正式的委任状，委我的大哥做团长，留在本县工作。诸位，我现在还是国军的县长，代表国军委刘德厚当团长，大家要听他的指挥，公事公办，讲不得私情的。"

刘大鼻子装出一本正经，双手接过"委任状"。这是他和刘德铭两个人搞出来的，红印是伪县府的，团长却是自己封的。刘大鼻子也不相信这个官衔，但刘德铭主张这样做，好把邻区邻乡的地主恶霸们粘在一起，等他到广州之后，再想法子"加委"。刘德铭交出了"委任状"，瞟大家一眼，又装成和颜悦色的样子。

"今后我们有福同享，有祸同当。大家想做点事，要点什么名义，可以和团长商量。等国军反攻，功劳簿上有你们的份！"

冯庆余看到这张"委任状"，他暗自盘算："他妈的刘德厚有后台，到这个时候还捞个团长做。肥肉给他吃了，我也要喝一口汤啊！让给共产党，我不甘心，白白给刘家占便宜，我也不干！反共反共，不为自己，真是天诛地灭。"他听到刘德铭说到要名义，马上就接着说：

"谈到反共，我兄弟绝不后人。德厚兄当团长，我助一臂之力，就算个副团长吧！"

这样一说，连刘德铭在内，大家都转过头来看着他，几秒钟内没有人作声。冯庆余又补充一句：

"请德铭兄也发一张委任状给我！"

"好吧，可以商量！"刘德铭用眼光征求刘大鼻子，刘大鼻子轻轻点头。于是，刘德铭说："大家有什么意见，不妨说出来，都是自己人嘛！"

他们好象一群饿狗争骨头似的，从四面抢上前来，你推我搡地围住刘德铭，自己说出想做什么官。一时间，静静的桐花馆，好象拍卖市场似的，讨价还价，自己封官。站在另一角落，始终没有说话的蛇仔春，这时也悄悄地走到刘大鼻子身旁，哀怜地说：

"我跟姐夫一辈子了，这回也要栽培栽培！"

"你少说废话！有了我，还能少了你！"刘大鼻子拍拍装"委任状"的口袋，得意地说。

蛇仔春耸耸肩膀，侧过头媚笑着，赶紧倒了一杯茶递过去。

第六章　偷天换日

赵巧英的母亲赵伯娘，坐在家里等她的女儿。房子里黑漆漆的，没有点灯。她坐在墙角一张椅子上，全身软绵绵的，使不出劲，心情是紧张的，她思前想后，越想越不安。夜深了，外边传来打二更的梆子声和破锣声，更增加她的不安。

在这房间里，她曾经为丈夫送终，陪伴儿子到最后咽气，也曾亲手埋葬了大女儿，最后只剩下了一块心头肉，还是养不住，送进了刘大鼻子家。阿巧自从卖给刘家当"妹仔"，一晃就是十年。十年间，母亲受够了饥寒，女儿受尽了辱骂殴打，母亲和女儿不许见面；偷偷见面的时候，只能抱头大哭一场，做妈妈的回家来，丧魂落魄好几天。五个月前，刘大鼻子忽然通知她，叫她领回阿巧，不收她的钱，还要送她两身衣服。赵伯娘象是做梦一样，听到了也不敢相信，站在那儿不知怎办。阿巧领回来了，母女两个面对面，一会笑，一会哭。赵伯娘整天说着：

"真是菩萨开眼喽，真是菩萨开眼喽！"

巧英回家以后，不到十天，完全变了个样子。人比较壮健了，精神恢复了，头发也比在刘家黑些，一条长辫子油光水滑，还扎上一根红头绳。伶伶俐俐，跳进跳出，全身焕发着青春的气息和光彩。本来是冷冷清清的家里，一下子充满生气。赵伯娘的脸上，出现了多年不见的笑容。

"多谢菩萨，多谢刘大先生……"

"妈，你又多谢刘德厚了！"

"不多谢他多谢谁呢？不是他开恩，我们哪能团圆呢！"

"你知道他安个什么心事？糠到他手上还要榨出油，他有这样的好心？"

"人家不是一个钱不要？"

"哼，要不是山底下有共产党，他肯？"

"快不要这样说！……你这是听谁讲的？"

"晚嫂喽！她在山底下听过共产党的宣传……"

"她疯疯癫癫的！……"

赵伯娘又添上了一重心事，怕巧英人大心大，管束不住。刘德厚人多势大，得罪了他又惹出祸事。她想替巧英找一个婆家，快快成亲就好了。

五天前，新任小学校长张少炳，突然通知：全乡十五岁到二十岁的姑娘们，一起要参加"跳舞会"。接替刘大鼻子当乡长的刘华生，到处宣称：不参加不行，这是"共产党的规矩"。巧英就这样参加了。一连四个晚上，巧英都是半夜才回来，第二天精神不好，做工也有气无力。赵伯娘每晚都等她回来，看到女儿走进门，她才能放下心。今天下午，赵伯娘听到有人说，小学校每晚乱七八糟，男女混杂，散了的时候，张少炳他们还要留几个姑娘过夜。赵伯娘就不放巧英去，但是不去要罚二十斤谷子，哪来的谷子呢？

赵伯娘坐在椅子上，心收缩着，越想越怕：

"阿巧才十六岁，终生的名声啊！"

打更的梆子声、锣声，从村头到村尾，又响着回来了。

"不行，我去看看！"

赵伯娘象给火烫着似的，一刻也坐不住了，匆匆忙忙地赶到石龙村小学校去。

学校大门紧闭着，里面操场的篮球架上，挂着一盏汽油灯，照得通明的，只听得锣鼓乱敲着，夹杂着笑声和脚步声。门外已经有七八个妇女和老人，都是姑娘们的家长,他们拥挤着,谈论着。赵伯娘走到前面，从门缝看进去，只见在操场边上，有十几个姑娘低着头，坐在地上；场中间，张少炳、小学的教师和几个本乡游手好闲的二流子，一人抱着一个姑娘，搂得紧紧的，脸贴着脸，在乱蹦乱跳，那几个姑娘的脸涨得通红，眼睛里有泪水，昏乱地给他们抱着转来转去。赵伯娘找了好一会，才看到阿巧给张少炳抱着，他的半边脸压在她的脸上，赵伯娘出了一身冷汗，她的脸也涨红了。她擂鼓似的打门，其他的人也叫着，一起打门。里面继续乱敲着锣鼓，好象没有听到。一片乱嘈嘈的声响，引得好多人来看，大家也在发议论，表示不满。

"这是什么规矩？"

"缺德呀！"

刘大鼻子、张炳炎、冯庆余和蛇仔春，慢慢地走近来。刘大鼻子露出阴险的笑容，心里在赞许他们搞得好。赵伯娘一眼就看到他：

"大先生，你开一句口吧！"

"叫他们放人！"

"叫他们放人！"

"好，等我来问问！"刘大鼻子假装同情。"这样太不象话了！"

他走上去叫门。赵伯娘他们把刘大鼻子当成救星，拳头雨点似的擂打。

"开门呀！刘大先生来了！"

里面静了一下，有一个人隔着门板在问：

"谁？"

"是我！"

张少炳开了门。外边的人就准备往里冲，张少炳拦住门口，刘大鼻子也拦住了他们：

"大家别乱挤！等我问清楚再说！"

门外的人停住了，操场上的妇女们，很羞涩地慢慢向门口移动。

"少炳，这是怎么回事？"

"打倒封建，解放妇女嘛！"

"混账！"

"你们这些没良心的！"

人们咒骂着。

"大家少放屁！"张少炳气势汹汹地说。"这是共产党的政策，谁反对就是反革命，要杀头！"

刘大鼻子心里说："好小子，装得真象。"他对赵伯娘他们，却摊开双手，摆出无可奈何的样子说："嗨，大家听到的，这是共产党的政——策。我跟你们一样，现在是平民大百姓，管不着了。走吧！"

刘大鼻子闪了闪身体，仿佛要走开。跟他一起来的几个人，七嘴八舌的批评起"政策"来了。

赵伯娘他们开始给张少炳的声势吓了一下，但是她并不懂得他说的是什么。看到刘大鼻子不想管这件事，他们也顾不了许多，一拥就冲开了大门。

"巧英，过来啊，回家去！"

姑娘们跟着巧英跑出来，张少炳想去拉她们，刘大鼻子在后边戳戳他的腰杆，他改口说：

"老封建，反革命，要办你们！"

人们不理睬他，一下走光了。

刘大鼻子和他们站在操场上，一小群狐狸似的家伙，狡猾的笑着。刘大鼻子拍拍张少炳的肩头：

"干得好！就是要这样！你们记得德铭走的时候说过吗？共产党有一套正的，我们来一套反的……"

"上次'白毛女'也演得好，喜儿偷人养汉，黄世仁应该打她。喂，你扮的黄世仁真不错哩！"

"少炳，今天晚上让她们走，不然要闹出乱子。"刘大鼻子摸摸他的红鼻子。"明天重重的罚她们一笔！"

傍晚的时候，大金山峰顶上的云彩，越聚越多，慢慢地弥漫到峒面的上空，又逐渐下沉到峒面，灰蒙蒙看不到三尺远。这时候如果从山下望上来，就好比有一块老大老大的毯子，一直盖到半山腰。山上的人是在云端里，手伸出去摸到的是云雾，脚踢出去也是云雾。入晚以后，一阵凉风，小雨淅沥淅沥的落下来。山上的夜雨是凄凉而令人愁闷的。

申晚嫂戴着竹帽，迎着雨丝向村中心走来。走到赵伯娘的门口，里边透出微弱的灯光，人影晃动，同时听到低低的哭泣声。她推门进去，看到赵巧英坐在床边上，两手蒙着脸，不断抽抽咽咽地哭着。有几个年老的妇女散坐在她的旁边，四婆劝说着：

"巧英，别难过了，你妈也有那么一大把年纪了……"

巧英听了这些安慰的话，不但不能安静，反倒伏在床上放声大哭。她为母亲的死伤心，母亲死得太冤枉，是张少炳他们逼死的。他们说她带头捣乱，是"反革命"，"老封建"，昨天拉她到操场上"斗争"过，罚她二百斤谷子，她又气又怕，今天天没亮在屋后上吊死了。一大把年纪，难道就应该死？巧英自从在屋后看到了母亲的尸体，她一直在哭泣，发狂似的号叫，邻舍怕她也会寻短见，大家轮着来陪她。送母亲去下葬的时候，她差不多要跟着下去，人们用泥土掩埋时，她叫喊着不准那样做。四婆她们寸步不离地守住她，尽在说些空空洞洞的安慰话，她听一次就大哭一次，人家还以为她想念母亲而失常，其实她是越想越气愤才忍不住哭的。

巧英离开刘家以后，在本村和申晚嫂是很要好的，晚嫂对她的关心慈爱，她觉得温暖，晚嫂对地主的反抗与仇视，她起着共鸣。她爱妈妈，不过妈妈太相信刘大鼻子，她受过多少苦，忘不了这份仇恨，跟妈妈谈不来。她有空的时候，总是到申晚嫂家里去。赵伯娘死了，申晚嫂帮助料理后事，她是充满愤怒的，眼睛望着石龙村的高房大屋，心里是牢牢记住这笔账的。她关心着巧英，想到她以后的生活，象母亲似的关心着，这个孩子受尽磨难，刚刚回家，享受到母亲的疼爱，现在又变成孤苦伶仃的一个人了。申晚嫂不觉负起母亲似的责任，要来照顾她。

申晚嫂走进来，四婆马上问她：

"木星怎么样？"

"老毛病，我刚刚看过他，睡着了。二嫂是没主张的人，她又吓得手忙脚乱了。"

"晚嫂，你该休息了，两头忙，当心累坏！"

申晚嫂走过去，巧英扑在她怀里，眼泪扑簌簌掉下来。晚嫂看到她，马上想起阿圆，摸着她的头，轻轻叹了一口气：

"可怜的孩子！"

外边的雨已经停了，风吹着，四围山峰上的树叶沙沙作响，汇成一片风涛，包围着峒面，仿佛浪涛包围着一个小岛。气候转凉了。有时一阵风吹开半掩的门，大家打了寒噤，坐得更靠近些。巧英累了，伏在床上睡着了，申晚嫂拉过一件衣服给她盖上。低声说：

"现在还要受这样的苦！"

"现在？现在还不是一样！"

"我看现在比往时还不如，点大光灯跳舞，糟蹋姑娘家……"

"共产党说是为穷人的，怎么兴这一套？"

"解放，解放，解什么，放什么，我们还不是一样受苦！乡长换了，天下没有变啊！"

"谁说没有变？'绣花鞋'都有田了，就是你啊我的没有变，命不好，怨什么人！"

她们你一言我一语的，诉说起解放以后的感慨来。当初听到解放的时候，她们是怀抱着很大希望的，山下传来的消息，使她们相信共产党的纪律好，处处为耕田人，因而她们也确信翻身的日子快来到了。希望了一年，压在她们头上的大石头，纹封未动，又出现了许多令人寒心的事，从盼望变成埋怨了。

在她们说话的时候，申晚嫂沉默不语。她对翻身的要求，比谁都迫切；她甚至觉得要翻身报仇，只有"天下变了"才办得到。不过这个意念是朦胧的，说不出来，也想不清楚。当她到山下卖柴草的时候，在墟场上听到宣传队的讲话，说共产党是为人民的，帮人民翻身的，她的希望象火似的又烧旺了。她想，如果帮助翻身，是帮谁翻身呢？刘大鼻子他们不会要帮助翻身吧，要翻的话，只有翻得倒下来。当然是帮助自己这样的人翻身了。听过宣传队的讲话，她回家来马上和金石二嫂谈，二嫂怀疑多过相信，申晚嫂几乎和她争吵起来。后来，事实一件连着一件，许多出人意外的怪事也出现了，她不免犹疑。有一件事是清楚的，共产党没有来，刘大鼻子、张少炳做的事，怎能算到共产党的账上去？她现在又在想这些问题，看看睡着了的巧英，又看看大家，目光飘忽不定，似乎看到什么又似乎什么也没有看到。手里捏着一把木梳，转个不停。她这种模样，虎牙村的人是看惯了。她有着深仇大恨，坚定地要报仇雪恨；经过苦难锻炼的坚强性格，不会在挫折上低头，她变得深沉起来，象一条有着激荡潜流的河水，表面上却是平静的，人家对她也就不大能了解。

议论了一顿，发觉申晚嫂不言语，她们不约而同地注意了她。四婆和她感情好，看到她这个样子，知道她想心事了；其余的人，对申晚嫂飘忽的目光，呆滞的表情，长久的沉默，有点害怕。她们都爱申晚嫂，爱她肯帮助人，爱她象壮汉一样的劳动，爱她天不怕地不怕的性格，却又猜不透，摸不到她的情感变化，从热烈突然变成默不作声，人们是难以捉摸的。更加上绣花鞋、刘大鼻子，说她是"疯子"，自然会给人一种联想，她们不一定认为她是疯，都觉得她是变了，变得和以前大不相同。以前的申晚嫂是直爽的，好象"高吊水"似的，冲向山下，没有东西可以拦得住；现在象门前的小河，水还是水，九曲十三弯，快的时候快，慢的时候好似停住了。她自己不知道这种变化，只是以前凭着性子干，冒了烟就有火，现在想得多，而又想不清楚，不管在什么地方，都会突然沉思起来。

屋外风涛仍在咆哮。远远传来隐约的山上守夜人的吆喝山猪声。狗间断地吠着。

"晚嫂，"四婆打破沉默。"你说说……"

"啊？"申晚嫂惊觉过来。"说什么？"

"你说说，这个日子到底有个尽头吗？"

沉默一打破，她们又诉说起来。

"改朝换代，几时会轮到我们啊？"

"你还想沾光？"

"独牛过岗，前程难保！"

申晚嫂转动手上的木梳，凝滞的大眼睛，慢慢明亮，习惯地霎了几霎，然后轻轻地说：

"太阳都有落山的时候，他们就能威武一辈子？"

这句简单的话，申晚嫂时时用来安慰自己，成为她的思想支持。她相信穷人会翻身，但是怎样翻身，依靠谁来翻身，却是朦朦胧胧的。当大家吵吵嚷嚷的时候，她不觉又说了出来，象是说给人家听，也象是对自己说的。

"有什么出头的日子呢？"一个妇女指着巧英说。"你们瞧，解放了，还要……"

"人家说共产党兴这一套嘛！……"另一个妇女叹一口气。

"谁是共产党呢？是刘大鼻子，还是冯庆余？"申晚嫂说话还能保持平静。"共产党的影子也没有看到，就说共产党兴这一套？都是他们搞的鬼！"

"啊，晚嫂，不能冤枉刘大鼻子。人家还帮我们说话的哩！"

"帮我们？"申晚嫂说话的声音提高了。"全是他！不是他出鬼计，在背后撑腰，我就不信张少炳的胆有石磨大！"

"刘大鼻子连乡长也不当了，他也是个背时的人，管不了啊！"

一提到刘大鼻子他们，她的性子象爆竹似的，点着了就不能不爆炸。她习惯地霎霎眼睛，两只手搓来搓去，仿佛要搓碎什么东西。她的声音更高了：

"他不当乡长，是怕烫手不是？以前抢着做，摆酒请客，出钱买都干，现在乖乖地让给刘华生？刚解放的时候，他的兄弟回来过，你们不知道？"

"知道！"几个人同时回答。

"他的兄弟一回来，什么都变了样，要不是他们搞名堂，手掌哪能够变手心呢？"

大家给她这一问，哑了好一会。慢慢地想起解放后的事情，你一句我一句地交换着，补充着，发觉事情的确蹊跷，以前不注意的，凑在一起就显得木工斗榫头似的，全都合得上。那个替刘大鼻子说好话的妇人，她也不能不承认申晚嫂说得对了：

"这个黑煞星，几时才能去掉呢？"

"共产党干吗不上山呢？"

"怪我们的山太高喽！"

申晚嫂答不上这个问题。她将刚才说话时放在桌上的木梳拿在手里，转来转去。重新记起在山下墟场听到的演讲，就源源本本的讲给她们听：

"……我看共产党都是好人，要不然的话，墟场上的坏人干吗跑掉呢？"

这个简单而明白的结论，确实回答了她们的问题，启发了她们。深夜了，大家不愿意回家。越谈越起劲，愁眉苦脸的样子不见了。

突然，那个为刘大鼻子说话的妇人，不知是感染了申晚嫂的爽直，还是受了她的鼓舞，觉得心贴得更紧，她出于好意地说：

"晚嫂，以前人家说你疯了，我还有些相信的。现在要是谁再来嚼舌头，我一定吐他一脸唾沫！"

这一番突如其来的表白，大家吃了一惊，四婆更担心，怕引起申晚嫂的不痛快，连忙抢着说：

"好话不说，说这些干什么？"

大家看着那人，心里是赞成她的话，她说得对，申晚嫂没有疯，她比谁都清醒。眼光却对她表示：你说得不合时宜，怎能这样直来直去呢？她一时兴奋，的确也是喜欢申晚嫂，才毫不考虑地说出来，看到大家责备的神情，不觉后悔：

"我，我……"

申晚嫂微笑着，露出那一排洁白整齐的牙齿，用木梳轻轻拢了头发，很安详地说：

"真金不怕火烧！打得死人，饿得死人，咒不死人的哟！"
大家都笑了。巧英给笑声惊醒了，一骨碌抬起身，问道：
"妈呢？"
申晚嫂怜惜地搂着她，温柔体贴地说：
"阿巧，睡吧！"

第七章　热切的盼望

在虎牙村的"地塘"上，闹哄哄的，三四层人围成一个圆圈，外边还有人跑过来，硬往里挤。里圈的人也有往外挤的，他们满怀着意外的高兴心情，走出外面，就快步朝家里走，如果一把给新来的人拉着，他就站下来说开了，说呀说的一会又围成一个小圆圈。"地塘"成了墟市，东一堆西一堆，到处听到人声，可又到处听不分明。

申晚嫂费了好大气力，挤进里圈，才看到本村的贫农梁七，正被人包围着，他兴奋得额头出汗，脸上又红又有油光。他刚答复了这个人的问话，新挤上来的人又提出问题：

"七叔，你再说说！"

"来了，来了！"

"谁来了？真要命，你说清楚些啊！"

"就是他们来了！"

"哪个他们嘛！"新挤进来的人在着急。

"就是分田的他们，共产党他们，我亲眼看见有二十几个，背着小行李包，进了岭下村……"

"还有呢？七叔，说话不要留尾巴呀！"听的人不满足。

"留什么尾巴？"梁七也给问急了。"我看到多少讲多少，就看到这末多嘛！"

"真是！他们也来了！"有人好象叹息又好象高兴地说。

申晚嫂望着梁七用衣袖擦汗，他虽然给问得急了，但那股高兴还是掩盖不住的。她也染上了高兴。转身往外挤，她的黑黑的圆脸上，掠过从来未有的光彩，微微张开嘴唇，好象满肚子的喜悦留藏不住，要从嘴里冲出来了。她一路遇到很多人，觉得他们全很好，要想和他们招呼。

将要实行改革土地制度的消息，从山下传出来，仿佛是一阵风，不分高低远近，一下子都传遍了。这个消息到了大峒乡，好似山洪暴发，震动人心，大家早上盼，晚上望，做工也谈，休息也谈，有人在相信中带着怀疑，有人在怀疑中又带着相信，真实的消息，经过一传再传，改变了样子，越来越象个神话。农民自己在谈论的时候，加上许多自己的想象；地主们散布的谣言，却带着很多可怕的成分。大峒乡就是在怀疑、相信中间，在神奇而又恐怖中间，激荡了一个月，谁也得不到更进一步的证实。梁七好象是久旱天的第一声雷响，报告风雨就要来临了。

申晚嫂赶回家去。她刚走过村西的鱼塘边，就叫起来：

"二嫂，二嫂！"

金石二嫂自从金石被拉壮丁之后，抚养多病的儿子木星。她本来是没主张的人，有个风吹草动，就慌了手脚，现在更是眉头打了结，日坐愁城。她和申晚嫂一起住在村西的烂屋中。这两间烂屋，互相依靠着，支撑着，墙壁缺了，用竹席稻草塞住；屋顶也破了，坐在里面可以望见几块月牙似的蓝天。申晚嫂和金石二嫂，也如同这两间屋子，互相依靠着，支撑着。申晚嫂象男子汉一样的爽快坚强，在二嫂愁闷的时候，她劝解她，鼓励她；她们母子有困难的时候，她比自己的事更关心地去帮助。二嫂呢？在申晚嫂受苦的时候，暴躁的时候，很能体贴，并且能用种种方法使她平静下来。她们象被人摆在村子外边似的生活着，两人紧紧地依靠着，互相得到温暖，有时却因为对事情的看法不同，一个是犹疑不定，一个是直来直去，天塌下来也不怕，两人也免不了争吵，吵过了也就拉倒。

"什么事啊？"

"分田的人要来了！"

"来了不就来了！"

"啊，你有田分了也不高兴？"

"分田，等分到手再喜欢也不迟！"

金石二嫂的冷淡，使申晚嫂很不乐意。她愤愤地说：

"你这个人，好象半截下了土，……"

金石二嫂对什么都是怀疑的，再加上她今天遇到冯氏，冯氏说她们以前佃耕的田，金石出去的时候被"吊耕"，现在她要再还给她，而且不要交租，当是送给她的。她心里疑疑惑惑，不知道该怎么办，收也不好，不收也不好，心里正乱，听到分田，自然冷淡。她给申晚嫂一骂，也不高兴：

"你就是乱嘈嘈的！上次解放了，你欢喜得睡不着觉，还不是空欢喜一场？现在又说分田了，连影子也看不见，又来……"

"不跟你说！"

申晚嫂掉头就走。在门外遇到巧英，她也是听到土改的消息，赶来告诉她们的。申晚嫂拉起巧英的手，拖她到自己家里去。她们两家的房子，中间只隔了一爿土墙，有一小半是倒塌了的，两边的说话可以听到，活动也可以看到。金石二嫂闷闷地坐着，她在想：

"她为什么要送田给我呢？有田多好啊！分田？还不知道是真是假，等到哪一年哦！老鸦飞过望下蛋，真是痴心妄想！现在有了田，管他将来分不分。不，她为什么要送田呢？以前差一颗谷子也不行，有这样大方，有这样的好事？想起他们拉走金石，'吊耕'那几亩水田，逼得我们母子好惨，现在大肥肉要送到嘴上来？没有的事！不会这样便宜！不，他们做得坏事太多，对不起我，良心发现。不对！……"

金石二嫂迟疑不决。隔壁传来申晚嫂和巧英的笑声：

"哈，就是这样！分到田，我们两个合起来耕！"

"嘻嘻！"

"她们倒高兴！"金石二嫂低低地说。"好象拾到金元宝！"

金石二嫂走到隔壁，只见她们两人坐在桌子前，申晚嫂霎霎眼睛，两只手搓来搓去；巧英侧着头，对着她笑。

"晚嫂，我有几句话跟你说！"

申晚嫂对巧英望了一下，意思好象说："我知道她会过来的！"然后笑嘻嘻地问：

"你也相信了？"

"我不是跟你说这个！"金石二嫂要说又下不了决心，迟疑的毛病又来了。

"还是不相信？"

金石二嫂停了一会，才说：

"刘大鼻子的老婆，说要送田给我！"

申晚嫂一听到就跳起来，嘴里一边说着，一边走到她面前，手指一直指着她，差不多碰到她的鼻子：

"你收了没有？你收了没有？收了没有？……"

"你瞧你！"金石二嫂竭力向后让开。"收了还来问你。"

"收不得！收不得！"

"二嫂，不行呀！"巧英插嘴说。

"你要和刘大鼻子和好，我们就算不认识，我死也不跟你说话！"

"我没有和他……"金石二嫂辩白。

"他倒给你一杯白开水，你要当它是苦蔓藤（野生的毒草）煮的汤！"

"她为什么要送田给我呢？我就想不通。"

"这个，"申晚嫂也回答不出，直觉地干脆地说："嗯，总之是没有好心眼就是！"

巧英接着说："那个死龟婆，她屙泡屎也不肯给狗吃，能有便宜给人！我刚刚离开他们的虎口，我知道他们做事没有白做的，越是装得阿弥陀佛，越是没有好心肠！二嫂，不能上当啊！"

申晚嫂坐下了，用力搓手，情绪慢慢安定下来。然后两手摊开，好象放下重担，口气和缓了些：

"二嫂,我们吃了多少苦,熬到今天,眼看就要分田了,不要上他的当!你艰难,我帮你,只要我们穷人心连心,我做死了也心甘情愿!"

"我也帮你!"巧英说。

"二嫂,你要记住金石哥啊!"

金石二嫂感动地望着她们,想起金石,出去几年了,至今生死不知,"哇"的一声,伏在桌上放声大哭。

第八章　出征者

又是一个月过去了。

岭下村确实是有风又有雨,土改进行得有板有眼,人人都动起来了。大峒乡还是静悄悄的,人们心里虽急,一天又一天的等呀等呀,也就减少那股热劲。

"怕是不来了,我们这里山又高人又穷,唉!……"

"自古以来,有几个外人到过大峒乡,数也数得出啵!"

就在大家连埋怨也快停止的时候,一天,有四个干部,背着行李,从山下茶亭那条小路上来了。

他们坐在那棵悬崖边的大榕树下休息时,长头发有一绺飘在帽子外面的宋良中,气喘吁吁,看看刚刚走过来的路,又抬头看看高耸上去的"天梯"路,只在摇头:

"究竟有多高啊,走来走去走不到头!"

"反正有个尽头,你打起精神来走吧!"长面孔高个子的赵晓,他的灰制服褪了色,裤子卷得高高的,脚上穿着草鞋,精神很饱满,别人坐着休息,他还是站着,好象爬山算不了什么,轻松地说着。

"同志们,这是开天辟地的工作哟!"王前之好象是在戏台上说话似的,摆出夸张的姿态,用做作的腔调发言。"自从解放以来,我们的工作人员,就没有到过大峒乡,那还是一个处女地,情况不简单呀!

就说这条山路吧，首先来一个下马威，够瞧的！"

王前之是大峒乡工作组的组长。三十岁左右的年纪，白白净净，一副聪明相，他也自恃聪明，喜欢卖弄他的聪明。起初派他到大峒乡的时候，他是不乐意的，认为到这个"附点乡"去工作，没有味道，同志们在"重点乡"轰轰烈烈的干起来了，自己却藏在山上修行，真没意思；他对大峒乡的工作无基础，情况不明，又相当畏惧。后来，经过说服和鼓励之后，他下了决心：好，你们派我到那个地方去，我要做出点名堂给你们瞧瞧！我王前之也是有两手本事的，别以为一钱不值，只配在"附点乡"当组长。他这次上山，的确有出征者的心情，好象此番一去，不是慷慨就义，就是功成业就，四海扬名了。他表面上掩饰着，仿佛是很严肃地在考虑，其实，夸张的意味，闻也闻得出来了：

"我们大家要警惕呀，孤军深入，任务可不轻啊！"

宋良中是有些害怕的，到这个大山顶上的生疏地方，情况不知道，人员又少，无依无靠，很不放心。在岭下村土改队部时，他曾经向区委兼队长的欧明要一枝短枪壮壮胆。欧明说：

"同志，我们依靠的是群众，不是枪。有枪没有群众，还是危险；有群众没有枪，我看就安全。"

宋良中不能不承认这是真理，但心里很不服：

"我也知道这个大道理！群众，群众，群众没有发动起来，你依靠谁呢？"

宋良中没有领到枪，他对王前之腰间那枝手枪，是十分羡慕的。王前之似乎发觉他注意，也似乎是无意之间的一个动作，伸手摸摸，将它扶得更服帖些。

"孤军深入？我看，只有你有枪，我们都是光杆一条，可真是孤军了！"宋良中流露出不满。

"不！我们后面有党，有组织，有全国人民在支持我们……"王前之讲得很夸张，听起来就觉得很不真实。

"困难当然是困难，不过，我们服从领导，依靠群众，坚持土改总路线,大概有错误也不会大的。"赵晓说。

"教条主义!"宋良中冷冷地说。

"我倒愿意教条,实在不喜欢你那种灵活运用!"赵晓还是走来走去。

王前之对坐在一边的副组长许学苏说:

"许同志,你有什么意见?"

"我没有什么意见,一步一步的做嘛!"

许学苏是农民出身的一个女同志,她和王前之他们第一次在一起工作,这几个知识分子的高谈阔论,把大峒乡看成可怕的地方,她是不同意的。在支部会议上,欧明要她好好帮助王前之,她觉得担子可不轻。现在对他们还不熟,慢慢再说吧。

上得山来,走出峡谷,突然看到一大片盆地,田里泛着金黄的波浪,沙河滔滔的流着,两岸各有一个村庄。宋良中首先叫起来:

"啊——多美啊!世外桃源!"

"你简直是诗人了!"赵晓有点讽刺的意思。

王前之对这一片景致,也想赞上一句,看到许学苏的不以为然的表情,马上改口:

"小宋,别忘了我们是来参加阶级斗争的……"

"好,好!"宋良中赌气了。"都是你们正确,我的思想有问题!"

"许同志,我们到哪里去?"王前之征求许学苏的意见。他看到石龙村的房屋齐整,虎牙村的房屋破破烂烂,心里很想落脚在石龙村。他对自己说:"反正是临时办公,在哪里也无所谓。"

"欧明同志不是说过吗?要我们住在虎牙,接近群众方便些,你的意见呢?"

"对!"

王前之第一个下了坡,除下鞋子,涉水过去。他下决心的时候,心里是这样说的:

"既然到了这里了,哪能不吃苦呢?"

虎牙村的人,远远看到有四个穿制服的人走下峡谷,过河向村子走来，立刻轰动，有人跑去告诉人，有人在村口瞭望着，谈论着。

"怎么样，来了吧？"

"咳，可真来罗！"

申晚嫂听到消息，立刻拉着金石二嫂向村的东头走来。

"二嫂，你说人家忘记我们，现在不是来了吗？"

"嘻嘻！"金石二嫂笑着不回答，她感染了大家共有的兴奋，飞快地走着。

王前之他们越走越近，聚在村口的群众越来越紧张。他们没有接触过干部，存留着国民党官吏留下的印象，那帮家伙千载难逢的上一次山，和刘大鼻子等"乡绅"大鱼大肉饮酒作乐，拉壮丁，抽田赋，闹得鸡犬不宁，祸从天降。现在的干部是怎样的人，可真是个谜。他们热切期盼干部上山，但谣言使他们又存有畏惧。有些人一股劲冲到村口，张望一下又退了回去；有些人站得远远的；有些人是在谈论着。焦急，欢欣，疑惑，期望，交织在一起，形成了热烈的浪潮，冲激全村而在村口汹涌回旋。

乡长刘华生，象一条被追急了的狗似的喘着气，从石龙村赶了过来，逢人就嚷：

"出来做什么？死穷鬼！回头问话答不出来，杀掉头怪谁？回去，回去！"

他一边嚷，一边赶，本来缩在门边的人，赶紧关上门；另一些人也转身走了。有几个人站着不动。

"你们为什么不走？"

"我看看！"

"你看看？你要欢迎也行，回去换一套新衫裤再来！你们这副穷相，不要吓走了人家。"

有几个人又退走了。刘华生发觉申晚嫂站住不动，他气冲冲地问她：

"疯子，你也来呀？"

金石二嫂吓慌了，连忙拉她："晚嫂，回去吧！"

申晚嫂一动也不动,好象没有听见他们说话。刘华生逼近了她,大声吆喝:

"滚吧!"

申晚嫂慢慢转过身来,狠狠地盯着他,然后对他"啐"了一口,才气愤地走开。

小桥那边,张少炳带着一帮小学生,敲锣敲鼓走来,列队在村边欢迎。

王前之他们走进村,赵晓悄悄地说:

"还是这一套,岭下有,这里也有。"

"欢迎土改同志!"

张少炳带头呼口号,小学生莫名其妙地跟着叫。有的叫得迟些,另一个教师偷偷踢了一脚,那个孩子以为要他再叫,一个人又叫了一次,其他孩子忍不住笑了。张少炳的脸象猪肝似的又红又紫,恶狠狠地瞪着小学生,一会又转过来装出假笑,表示欢迎。

王前之他们在"地塘"上放下背包,抹了抹汗,刘华生赶紧迎过来:

"同志,辛苦了!"

"叫他们回去!"王前之指着小学生的队伍,冷冷对张少炳说。

张少炳带起队伍,一路叫口号,敲锣敲鼓的又走了。

"你是谁?"王前之问刘华生。

"我是大峒乡乡长,我叫刘华生,中华的华,先生的生……"

"你是乡长?"

"是,是!我已经准备好了,请你们到乡公所去住。"

"乡公所在哪里?"宋良中挺有兴趣。

"在对面,地方干净又清静!……"

"你请回吧,这里没有你的事!"王前之打断了他的说话。

"你们住的事情……"

"我们自己解决!你回去吧!"许学苏很严厉的表示。

刘华生还想说话,他们分散开忙去和群众招呼,他只好一步一回头,带着满腹狐疑走了。走到两三丈远的地方，碰到绣花鞋，他对她挤眉弄眼的，叫她去招呼土改队。

绣花鞋装出一个路过的样子，一边走，一边朝王前之他们看。他们正和少数农民说话，农民不敢理睬，有的还一面听，一面向后退。他们看到绣花鞋，王前之首先向她招呼：

"大嫂，下田吗？"

绣花鞋好象怕难为情，低低说："是啊！"说完走了两步，停下来，又问："你们是来分田的吗？"

"对！……"

"望你们很久了，四位先生！"

"不要叫先生，叫同志！"宋良中说。

"我们乡下人，不懂叫嘛！"绣花鞋看见几个农民在远处站着，她说："人家先生，不，同志来了，帮我们分田，大家过来啊！"

王前之乘机迎上去，对他们讲了些来的目的之类的话，绣花鞋听得满起劲，那几个人却不明白，互相交换着奇怪的眼色。许学苏走到一些妇女面前，她们对这个女同志是很有兴趣的，仔细地端详她的衣服、头发，低声交谈，等她走来时，她们又很快地散开。她对最近的一个妇女笑着，那个妇女想走开也不行了，很不好意思地站着，……

王前之他们在绣花鞋的指引下，搬到一间空屋子去住，这是小学分校的教室，很久不用，门板没有了，墙壁也快倒坍。他们刚放下行李，绣花鞋就带了几个人来帮助打扫，张罗床板。最后还提了一桶热水来。许学苏拉王前之到一旁，对他说：

"不要他们做吧！"

"不要紧！"王前之很随便地回答。后来他补充说："群众的热情，不能打击！以后我们注意就是！"

"你觉得那个女人怎么样？"

"很不错，觉悟不低啊！"

"我以为要留心些，"许学苏又看了绣花鞋一眼，她正在那儿指挥别人打扫。"这种环境里，我们还没有依靠，不能被包围！"

"许同志，这是过虑！"王前之认为许学苏是在教训他，很不高兴。"刚来嘛，怎能谈到包围呢？动手吧，我们不能等人家布置好了去享受！"

宋良中搬着一副门板，准备去铺床，经过赵晓的面前，笑嘻嘻地说：

"情况还不坏吧？我以为这个荒山上有多恐怖，原来群众的基础还蛮要得！"

"别太早下结论！"

"你这个家伙，教条加保守！"

第九章　迷　惑

申晚嫂刚吃完晚饭，碗也不洗，就走过金石二嫂家来，看到他们母子还在慢吞吞的吃着，她催促他们：

"快点，快点！就要开会了，……"

"你就是火烧屁股，什么都是急吼吼的！"

"今儿晚上是头一次，听他们说些什么，漏掉了可不好。快点吧！木星，我抱你，来！"

三个人一路不停的赶，赶过了路上好多去开会的人。

会场是在学校前的草坪上，一端是不太高的土坡，另一端有个小水塘，水塘前面有几棵紫荆树，树丫杈上挂着一盏汽灯，汽灯下面是用祠堂屏门架起来的小台。先到的人已经散坐在土坡上、草地上，三个一堆五个一群，纷纷议论：土改队到底会讲什么呢？分田就分田吧，开会干什么？他们有的低声交谈，也有的大声在争执，更多人是坐在那里静听，从听来的意见中，盘算斤两。妇女们不到男人圈子中来，她们自成一群。孩子们跳来跳去，这种从来未有的集会，汽灯的耀眼的亮光下，有这末多的人，在他们看来，简直如同过年。

申晚嫂到了会场之后，热烘烘的景色，鼓舞了她的情绪。她想逐个去听人家的谈话，金石二嫂偏要拉住她，要她坐在熟悉的妇女圈子里，阿巧也在那儿。木星到灯光底下，和孩子们捉蚱蜢去了。

王前之站到台前，会场上一下子静下来。他说话的声音很低，全场凝神倾听，每一句每一个字都听了进去，只是，他们听不明白。

"……土改是富有正义性的斗争，……土改的目的是废除封建所有制……"

大家一个字也没有漏听，可就不能连贯起来，中间有很多话听不懂。他们伸长脖子，皱着眉头，还是耐心的听。

"……实行农民的所有制……解放农村的生产力……"

有的人忍不住了，偷偷问旁边的人：

"他讲的什么哟？"

"别吵！人家有学问，你慢慢听啊！"

"有学问？我听不懂嘛！"

王前之越说越起劲，声音也越提越高，手势越做越多，口水喷得老远的。会场上起先有轻微的低语，后来也是越来越大，好象一锅水似的沸腾起来，将王前之的声音盖下去了。王前之只好停下来不讲。

"请大家静一静！"宋良中拿起喇叭筒来。

许学苏走到王前之面前，低低说：

"他们听不懂，你讲简单些！"

"听不懂？"王前之好生奇怪。"我又不是外国人，讲话会听不懂？"

"不是不懂话，是不懂你的道理。"

会场又静下来。王前之下决心说得简单些：

"……分田、土改，要依靠大家……"

申晚嫂也是听不懂的一个，她还是耐心的听。她看到干部，好象看到了自己的希望。她眼睛盯着王前之，虽然不明白他说话的全部意义，对这些语言，她能感到一种力量。听不懂也不要紧，他们说的总是要分田啊！她看到许学苏，特别觉得可亲，这个女人家，除了剪短头发，倒象是种田人。那个说话的人，为什么那末白呢？是啊，城里人少晒太阳，自然白白净净了。突然，听到要"依靠大家"的一句话，她可糊涂了：

"依靠大家？依靠我们？我们做得什么事？……也对，他们人少，怎么个分田呢？……"

"……大家以后要跟我们土改队商量，不要害怕，……呐，你们瞧，这位大嫂做得对，她有事就来找我们，大家要向她学习……"

这时，申晚嫂才发觉绣花鞋一直在主席台旁边绕来绕去，一会递凳子给宋良中，一会又赶开那些爬上台的小孩子。当王前之指着她的时候，可真镀上金了，笑眯眯地对王前之看了看，又对会场上瞟了一眼。那种得意的样子，气得申晚嫂手都冷了，她拉拉金石二嫂的衣袖：

"你瞧她那副样子，真不要脸！同志没有眼光，找到她！"

"找到她，好事也变成坏事了！"

有些群众也不满意，私语声又高涨起来。绣花鞋走到台口，两手放在嘴边，做成话筒，高声叫道：

"大家不要吵，听同志哥讲话！是开会嘛，又不是赶场！"

申晚嫂想站起来，金石二嫂一把拉住她，低低说：

"不好，给同志看见了，不好的！"

王前之的讲话匆匆结束了，绣花鞋走到台当中，指手画脚地说：

"……同志哥要我们商量，大家都要照办！大家学我嘛！……"

她对群众尽在教训。一转头又对王前之媚笑。她说得很长，重重复复就是这几句话。坐在外圈的群众，不耐烦了，骚动起来。申晚嫂实在忍不住了，"嗖"地一声站起身，坚决地说：

"走！"

"这个死龟婆，迷住王同志了！"金石二嫂在路上走着，也表示很大的激愤。

申晚嫂在想：盼星星盼月亮，盼到同志上来，拿稳可以出一口气了，谁知绣花鞋又缠上了他们，她恨绣花鞋：

"不是同志不好，人家外边来的，怎知道她的底细？都是这个死不要脸的……"

她连骂也骂不下去了。

金石二嫂一路嘀咕，她认为这帮同志也真糊涂，虎牙村有这末多人，偏偏夸赞绣花鞋？可是她的激愤不能维持多久，又推翻了自己的意见：

"她能说会道，自然找她了。难道找我们？我们穷得象一双烂木屐！"

一群离开会场的人，从后面赶上申晚嫂。这群人中间有彭桂，还有那出名的爆竹性子梁树，赵巧英也跟着走来。

"绣花鞋也出头了？真他妈的天不开眼！"彭桂愤愤不平。

"提她干什么？听多了真弄脏我的耳朵！"梁树更气愤。

赵巧英挨着申晚嫂走，也是很激动，侧着头说：

"你听听，没有一个说她的好话！"

在工作队里也展开了争论。

王前之和宋良中认为绣花鞋很不错，做事有魄力，可以依靠。许学苏主张不要太早下判断。赵晓沉默，不表示意见。王前之心想：许学苏是个党员，不必和她争论。于是他用很婉转的口气说：

"许同志说得也对，应该再了解了解！我想，我们都不反对再深入了解的！不过，许同志，你是否认为这个人简直要不得呢？"

"我不是这个意思！了解之后再研究吧。"

后来，他们讨论工作和力量配备。大家觉得半山的高峰村需要派一个人去，石龙村也要派一个人去。

"我提议：许同志是副组长，到高峰村最适当！那是个附点，很重要！"宋良中说。

王前之听了，暗自对自己说："这小子倒聪明！许学苏在面前的确有点麻烦，耳朵根不能清静。"可是，他却表示反对："许同志是个女的，单独派出去，怕不大好！"

"许同志有农村工作经验，不会有问题！"宋良中坚持。

"老赵，你的意见呢？"

"我想还是我去的好！"赵晓考虑一下说。

"许同志，你的意见……"

许学苏想着：四个人中间，数我是农民出身，有农村工作经验。

我又是共产党员，凡事要带头。高峰村比较艰苦，应该我去。她想得很率直，根本没有考虑到宋良中和王前之在想什么。她说：

"我去，高峰村也不远，不要紧！"

王前之马上接下去："许同志自己同意了！大家还有意见吗？如果没有的话，我表示一下：我尊重许同志本人的意见，可是，她到底是一个女同志，我主张去一个短时期，不要长住下去！"

"开头艰难，以后自然会顺利的。能住个短时期，以后更不会有问题。"许学苏老实的说。

"总是不大好！"王前之发觉自己说话有漏洞，很勉强地坚持着。

许学苏在第二天就出发到高峰村去。她临走的时候，特别和王前之单独的谈了一次。她觉得党交给了她的任务，要她帮助王前之，她就有责任对他提意见。

"我们要记住欧明同志的话，大峒乡没有工作基础，凡事要慎重！上级要我们深入贫雇农，实行三同，我们一定要做到。……"

"当然，当然！以后隔一天汇报一次，你也回来，我们还是集体领导！"

许学苏听出他不耐烦了，诚恳地说："我很老实的说了，你是不是觉得我太噜苏呢？王同志，你的文化水平高……"

"不，不！"王前之不等她说完，抢着开口。心里却在说："党员的诚实作风，的确叫人佩服！只是，只是什么呢？只是瞧不起知识分子。我倒要做出来给他们看看。"

赵晓派到石龙村。

王前之和宋良中在虎牙村展开工作。绣花鞋象影子似的跟来跟去。有她在场，农民赔着笑脸，是啊是的应酬一下，所有的情况，不是她代答，就是她一手介绍的。王前之也曾有过怀疑，向一些农民了解她的为人，农民们看到绣花鞋和干部们很亲密，怕反映出来惹出祸事，不是支吾过去，就是说她的好话。她在干部面前，哭哭啼啼的诉苦，说自从丈夫死后，为地主做工，受尽辛苦，仿佛她是虎牙村受苦最深的人了。

王前之和宋良中在一起时，两人很谈得来。看到绣花鞋的积极，王前之说：

"这个刘金三婶还不坏啊……"

"我早说过，她很有能力。许学苏要疑神疑鬼，简直轻视群众！"

王前之心里又在赞赏宋良中："这小子真莽撞！态度倒挺坚决！"嘴上说的话却又是另一样：

"不能这样说，慎重还是必要的！这是阶级斗争嘛！"

"只有我们有斗争性？懂得阶级斗争？群众的积极性也要正确估计啊！"

"你以前不是说大峒乡情况不明，群众没有基础，怕上来的吗？"

"以前是以前，人总是发展的呀！"

"哈，一大套理论！"

"不是什么理论。老王，我觉得农民干部太死板，许学苏就是典型！"

"噫！你的意见太惊人了！我们应该向她学习，学习她的艰苦，学习她的立场。我们还要在斗争中锻炼！"王前之一脸正经。心里却在说："小宋直来直去，要碰钉子的。不过，他的意见，有时也挺对！"

夜晚，在绣花鞋的家里，聚集了七个农民，其中有四个妇女。这七个人都是绣花鞋串连来的。四个妇女中间，除掉一个叫何大妹的比较老实，其余都是好搬弄是非的人。三个男人中间，梁七是一个，那是王前之硬主张吸收他进来的，因为王前之偶然和他谈过一次话，觉得他还不坏。另外两个，一个是刘华生的堂弟刘华荣，解放前不务正业的二流子；一个叫刘栋，是绣花鞋的小叔，解放前在区上"国术馆"里鬼混；绣花鞋的丈夫死后，他们两人的来往不干不净。

在小盏煤油灯的照耀下，王前之坐在桌子前面，宋良中坐在人圈中间，正在"教育"他们：

"大家说说，我们这末少的人，能不能斗垮地主呢？"

"当然不能啦！"绣花鞋抢着回答。

"你等大家说！"王前之拦住她。

"同志要你们说，大家开口啊！"又是绣花鞋的声音。

"对,大家说说,我们都是受苦的人,有什么不好说呢?"宋良中竭力"启发"。

"我说不能喽!"刘栋首先附和。

刘华荣跟着说:"不能,当然不能!"

接着,几个人都表示了,只有何大妹和梁七沉默着。

"梁七,你的意思呢?"王前之指名问他。

"同志问你,你讲一下啦!"绣花鞋追上一句。

梁七过了好一会,才说:"三婶说不能,自然是不能啦!"

"哎哟哟,你就是你嘛,又说到我!"

"大家都说得对,我们现在只有八个人,力量不大,所以我们要去串连,将我们同心的人团结起来,力量就大了……"宋良中用手势来作比。"就象这只手,一根手指打不倒人,呐,握成拳头就有力量了!"

"大家听到吗?同志要我们去串连,就要去串啊!你们不是我串来的吗?一个串七个,七个就串……七七四十九,串四十九个,不到两天就串完了。"

王前之拦住她:"两天太快了,我们要串苦大仇深的,要使他们知道苦从哪里来的。"

"听到吗?苦大仇深的。"绣花鞋帮腔。

梁七听了直冒火,心里在骂:"操你的妈,你是苦大仇深的?王同志,拳头打到你自己头上了!"

何大妹呆坐着,时而望望王前之、宋良中,时而望望绣花鞋,又时而望望煤油灯,她似乎在听,其实一句也没有听进去。她在问自己:"他们要我来做什么的?"另外两个妇女,互相依靠着,绣花鞋说话的时候,她们碰碰肩膀,好象是在赞美她的能干。刘华荣和刘栋,等待着,绣花鞋开口,他们就点头。

王前之看大家领会了,又提出:"我们这几个人,总要有个头才行啊!"

"对,要有一个会长!"绣花鞋毫不思索。

"不是会长,我们几个人是一个小组,应该有一个组长。"宋良中说。

"组长？就是三婶啦！"刘华荣推荐绣花鞋。

"好，好！"几个人附和。

梁七堵住嘴。何大妹还听不清是什么事，别人说好，她跟着说好。

"要不要有个副的，帮帮三婶的忙？"王前之心里想梁七做。

"我做副的吧，再推个正组长。"绣花鞋心里高兴得要命，嘴上却推辞。

"谁做副的呢？"

"梁七！"绣花鞋瞟了王前之一眼，讨好地说。

梁七自己抢着反对："我粗手笨脚的，做不得！"

王前之正准备出来说话，有一个妇女却提出反对了：

"梁七不行！三拳打不出闷屁，不能做！"

"阿栋啦！正副组长在一家，好办事！"刘华荣抓住时机，立刻提出。"你们说好不好呀？"

"好，好！"

梁七就怕惹事上身，怎样也不愿和绣花鞋一起做事，这一次也开口赞成，连声叫好。贫雇农小组成立了。

第十章　豺狼会

　　大峒乡小学校，位置在石龙村村边山坡上，是一排三大间两小间的平房，三大间是课室，两小间是办公室和宿舍。房子后面的更高一些的小坡上是厨房和厕所。小学校是在村边，而且又是在山坡上，所以白天少人来，夜晚就更静，除了教师进出，连一个行人也没有。

　　阴历二十几了，下半夜的时候，一弯蛾眉月，已经挂在大金山主峰的峰顶上，就快落到山后去了。

　　小学校一点动静也没有，但是在西边的小间宿舍里，却坐满了人，那里边有冯庆余，刘华生，张炳炎和张少炳父子以及两个小学教师。窗户用被单蒙着。他们来了很久了，要说的话也说完了，此刻闷声不响，焦急地等待着。刘华生坐在靠门口，他轻轻地将门开了一条缝，向外边张望，马上有人轻声喝止：

　　"关上，关上！"

　　刘华生关上了门，转身轻蔑地说："怕什么呢？大峒乡还不是大峒乡，没有变！"

　　"话虽如此，不过那个姓赵的可讨厌得很！"

　　"你说赵晓吗？不要紧，他钻来钻去也钻不出名堂，石龙村的人都封了口，谁敢说就要谁的好看！他们敢？"冯庆余很有把握地说。

　　"呐，还是我们的副团长有办法！"

"不！姓赵的和那个姓王的不同，他跟穷鬼混来混去，不能不防！"张炳炎停了一停，挪近冯庆余。"日久生变哪，庆余兄，谨慎为佳！"

"还要谈谨慎哩！德厚已经骂我们太过守势了！"

"外边有人！"不知道是谁紧张地说。

冯庆余一口气吹熄了灯，屋里一片漆黑。大家十分紧张地等待有事情发生。没有声响，也没有人来。黑暗中有人埋怨了，说那个冒失鬼吹熄了灯，大惊小怪。灯又点上了。

"笃笃笃！"

突然的敲门声，非常轻微，室内的人仍然象触电似的震动了一下。又是三下。刘华生象从喉咙里逼出来的：

"来了！"

打开门，蛇仔春溜了进来。他的头发长长，衣服上有好多泥迹。

"你一个人来？"

"他在外边。"

"请他进来啊！"

"不，在西头树林，叫我先看看，用灯光通知。"

张少炳提着煤油灯，好象去解手似的，上到小高坡上，用手遮着灯光，重复三次。那儿地势高，西头树林是看得很清楚的。

刘大鼻子匆匆走进来，坐下连连喘气，一面抹汗，一面将室内的人看了一遍。他头发连着胡子，面色灰黑，两只眼睛深陷下去，露出凶光，大鼻子过去红得象酒糟，现在变得好似猪胆。这模样象一只恶狗。他打开衣服，露出手枪，开口道：

"谁有烟？"

几个人递烟卷过去，他统统收下了。

"怎么这样晚才到呢？"

"你问他！"刘大鼻子指指蛇仔春。

"操，走错了路……给点烟我尝尝！"

"春哥，你不是很熟路的吗？"

"你当是'趁墟'吗？"刘大鼻子很生气。"你去试一试，夜晚走山路，真是遇到鬼！华生，东西带来了吗？"

"带来了！"刘华生连忙将一个小布包递过去。

"枪呢？"

"去挖了两次，挖不到，大奶奶说，埋枪的时候她不在场……"

"不是说得清清楚楚，在菜园的东墙根……"

"春哥说是西边。"

"真他妈吃屎长大的！"刘大鼻子打开布包看看，又重新包好。他在口袋里也掏出一小包，交给冯庆余。

"你收下吧！"

"什么东西？"

"毒药喽！"

"毒药？"冯庆余好象手上就会中毒，连忙放在桌上。再一想，又怕大家看不起他，慌忙又拿回来。"做什么用？"

"做什么用？干他一场！"

刘大鼻子说出他在山上，已经和邻区邻乡的地主恶霸们有了联络，正在集合力量，等到时机成熟，要干一下的。刘德铭逃到广州，和反革命分子接上线，他曾派人回来找到山那边的关系，和刘大鼻子见了面，这些毒药就是那人带来的。

"老二说，他们和台湾有联络，大概在下个月十五，台湾会派飞机来接济。……"

"真的？"几个人同声问。

"那还有假的？"

"可好了！"

"到时候我们要干一下才痛快！现在真憋死人！"

刹那间，这个小小的房间，仿佛变得广阔无边，许多人叽叽喳喳，设想将来的好日子，甚至觉得好日子已经来到了。

"谈到大干，我兄弟一定效劳。"刘大鼻子停顿一下说。"不过，经济方面，我可不比以前了。"

"不能使你为难，我们应该出一份力！"冯庆余挺身而出，但是，他仍然害怕刘大鼻子独吞利益，又补了一句："有福同享，有祸同当，现在我们大伙出力，将来还不是大伙享用！"

"好，一言为定！大家斟酌一下，枪枝和钱，尽快送到山上去，集中起来好办事！"

后来，大家又谈到村里事，刘大鼻子很不满意：

"我们不能采取守势，要搞得厉害点！绣花鞋是个没遮拦的人，你要抓紧些，告诉她，既然跟我们做事，共产党知道了，她也没命。"

"你放心，我知道！"刘华生说。"她是个无底洞，见面就要钱。……"

"给她！没有长线，钓不到大鱼！这件事，庆余兄要关照多些！"

"我的经济也不宽……"

"在村里的人，大家有份吧！"刘大鼻子好象下命令。"再有，我听六区的人说，那边搞起什么斗争，我们这里也不能幸免，大家要早点准备，送点东西给那些穷鬼，安安他们的心——还怕将来收不回来吗？华生，你告诉大奶奶，叫她不要肉疼。另外，就是他们要斗争，让他斗，不过告诉绣花鞋，火要烧到别人头上去……"

"是，我知道！"刘华生应承。心里却在盘算："他说得倒轻巧，好象大峒乡还是他做皇帝。"

冯庆余心里也怪不舒服：刘德厚指手画脚，他说了就算数，眼睛里还有没有我这个副团长呢？他开口是钱，闭口是枪，知道他是什么心眼儿。唉，不跟他走又如何呢？共产党是生死对头，刘德厚是利害对头，两害相权取其轻，暂时忍着点儿吧。不过，就怕他是一派胡言乱语，台湾会有飞机来接济？……

"庆余兄，"刘大鼻子突然一叫，冯庆余吓了一跳。"村里的事情你作主了！你们千万不要提我在家，说到了香港。庆余，过两天你会知道的。走吧，约好的事大家可要照办！"

"住一晚吧？"

"不行，那要误大事！"

刘大鼻子走到门口，又叮嘱刘华生：

"记住送粮食来！晚上送到石灰窑后边的山洞，我们自己去拿。会面的时间，你也别忘了！"

第十一章　榕树下

　　绣花鞋当组长的贫雇农小组开始串连活动了。

　　她和刘栋、刘华荣最积极。另外两个妇女轻浮得很，人前人后说几句油滑俏皮话，有时摆摆架子，用"同志"来吓唬人，有时打打闹闹，笑个不停。何大妹一直在问自己：他们要我来做什么的？自己也回答不上，成天疑疑惑惑，管自做工，不理闲事。梁七是个直性子的人，他和绣花鞋、刘栋在一起，象掉在粪坑里沾上一身臭，见不得人。他有他的古怪脾气，高兴的时候，说话滔滔不绝，生起气来，嘴嘟得高高的，闷声不响，最近他可气坏了，嘴嘟得更高，不管人们是好心好意的来和他谈话，还是有意无意的开玩笑，他一概不理，有时开口了，就会顶撞两句，对方只好摇摇头走开。他的老婆来劝他，一闷棍打过去，老两口子赌气两三天不说话。

　　绣花鞋一晚串门子，串五六家，开口第一句就是"你们想不想分田"，底下接着是"同志要你们入组"，对方没有表示，就算"说定了"。如果对方有些犹豫，一大套连哄带吓的话搬了出来。妇女在她这种手段底下，只好应酬着：

　　"你怎么说就怎么好吧，我们一个大字不识，还不是沾你的光！"

　　"你知道我们穷忙，写个名字也是凑凑数。"

　　绣花鞋对于男人，另有一套法宝，她拍拍对方的肩头，捏一下对方的臂膀，或者靠近对方的耳朵叮嘱，头上贱价的油香，逼得人作呕。

她走到梁树的家里。

梁树是二十二岁的青年贫农，和老母亲住在一起。他的母亲忠厚非常，走路也怕踩死蚂蚁。有一天，她在山边遇到刘大鼻子的小老婆冯氏，突然塞给她一卷布，笑嘻嘻地说：

"梁大婶，这点小意思，送给你做新衣服！"

梁大婶真是吓了一大跳，手抖得厉害。冯氏硬往她怀里塞：

"往时少照应你们，请你包涵些！"

梁大婶还想推辞，冯氏指着后山说：

"那边有人来了，快收起吧！"

冯氏匆匆走了。走了大约十来步，转身对她说：

"大婶，你要收得密实些，给人知道了，你我都没有命！"

梁大婶好象给蛇咬了似的，又惊又怕，浑身出汗，心跳得象要跳出来，手抖得好似大风中的树枝，布卷拿不稳，掉下地又拾起来。想不要，害怕后面有人跟着认出来。胡乱塞在柴草里，三脚并作两步赶回家，坐在地上，痴呆呆地半晌透不过气，稍微镇定些了，才将布卷藏在床底下。

这件事，她一直瞒着儿子。梁树是个爆竹性子，遇不得火星，她深恐给他知道了，闹出大事。后来又有谣言，说收藏地主的东西要重办，急得她偷偷躲起来哭。

绣花鞋一进大门，梁大婶的心直往下沉，沉到深不可知的地方去。她以为绣花鞋跟"同志"办事，也算公家的人，"糟了，糟了，一定来查问了！"装出一副笑脸迎上去，说是笑脸，看上去实在是压抑着的哭相。

绣花鞋还是那一套办法，要她入组。她才定了心："她还不知道，谢天谢地！"

"这就算定了啵！"绣花鞋追了一句。

"是，定了啵！"梁大婶糊糊涂涂应承着。一会又说："要我这个穷老太婆有什么用呢？"

"你的儿子一起算上！"

"不，不！"梁大婶一口气不同意。她知道儿子的牛脾气，不敢作主。"他的事，要问他自己！"

"好吧，好吧，就是你一个人！"

绣花鞋走到下一家门口，看见远远的大榕树下，有一群人在谈话，她怀着鬼胎，轻手轻脚地沿着墙根走过去。

茂密的大榕树，象一把张开的大伞，罩在头顶上，露出地面的树根，有如一堆乱石头。树下有七八个人，有男有女，坐在树根最高地方的是申晚嫂，其他的人围绕着她，有的坐在树根上，有的坐在地上，有的坐在推来的大石磙上。

自从土改队入村，群众的情绪由热望转到愤激，时时一小群一小群聚在一起谈心。申晚嫂愤激起来比谁都厉害，又说又骂，很激昂很尖锐，可是她也能冷静下来，做很朴素很简单的分析。她坚决相信"共产党如果不是好人，坏人为什么要跑呢"这个道理，因此她的说话，常常给群众带来信心，她很自然的成为一个中心了。

申晚嫂端坐着，巧英紧紧偎依着她。金石二嫂一面参加谈话，一面又要照顾木星。四婆坐在石磙上用烟叶卷烟，旁边有一个妇女，看到四婆卷好一枝烟，伸手要了去。四婆虽然把烟卷给了她，但唠唠叨叨：

"看你这个馋相，烟虫要饿死啦？"

坐在地上的是三个男人，一个是彭桂，一个是爆竹性子梁树，一个是麦炳。他们自成一堆，争辩着。梁树的嗓子最大，说着说着站了起来：

"……他妈的，什么东西！破布烂棉花，也当个宝贝！要我们入组，跟那些东西在一起？我就不干！……"

"哼！"绣花鞋在暗中轻蔑地哼了一声。

"你不干，谁希罕你干！"

"我说同志没有眼光！"彭桂说。

"七哥跟他们鬼混，真不值得！"麦炳为梁七惋惜。

"不，我听七婶说，是同志硬要他去的！"四婆吸一口烟，为梁七解释。

"这倒说得对,我也不喜欢梁七!"绣花鞋对自己说。

"归根到底,同志做得不周详!"

"人家是外乡人,怎么会知道呢?比如你吧,到墟场卖柴草,谁好谁坏,你哪里会知道底细?"

"绣花鞋迷住他们,我们应该去说清楚!"申晚嫂提出了她的主张。

"哇,——这个疯子倒有一手!"绣花鞋在墙角冷冷地说。她怕群众会拆穿她,再一想:"这班穷鬼,有胆吗?哼!"

"我去找他们!"申晚嫂坚决地说。

"啊!——"绣花鞋大吃一惊。

申晚嫂猛一站起身,差点把巧英撞倒。旁边金石二嫂愣了一下,马上抓着申晚嫂的手:

"你又要闹出事!去找他们,他们相信你吗?晚嫂,坐下来,坐!"

"吁!"绣花鞋松了一口气。觉得事情不过如此,待要走开,却又想到:"我怕他们?后面有靠山,怕他们?"自说自答,仿佛真的大权在握,勇气百倍。她从墙角走出来,大摇大摆地走向他们。

"哦,——大家谈什么呀?"

大家开始一怔,分不出来人是谁。

"我听见了!……"

"听见又怎么着?"梁树迎了上去。

"你不入组?真是癞蛤蟆跳上戥盘!你想入组,我们还不要哩!"

"你的组是什么组?打拳卖武的组,三姑六婆的组!哈哈!"

梁树笑,大家也忍不住跟着笑。

"你的妈也入了组啦!"

"什么?"

"回去问问你妈!她比你开通,入了组啦!"

梁树象爆竹似的一点就着,跳起身就走,彭桂一把拉不住,差些给他摔倒。

"绣花鞋!"申晚嫂大声叫她的绰号,使她不免一惊。"顾住你的狐狸尾巴！"

"疯子，不跟你说话！"绣花鞋看着申晚嫂，很胆怯，装出不理她的样子。心里在发狠："瞧你死在我手里！"

"谁是疯子？"申晚嫂逼近她责问。

"你说，绣花鞋，谁是疯子？"几个妇女一起嚷起来，巧英更是愤慨。

"你们想造反啊！"

"噫，"申晚嫂冷笑一声，对大家说："这句话活象刘大鼻子说的啊！"

"哈哈！"

提起刘大鼻子，绣花鞋是惊慌的，她深恐识穿了她和刘大鼻子的关系，急忙想脱身：

"我没有工夫和你们拌嘴！"，

她转身想走。梁树象一阵风似的跑过来，挡住她的去路：

"不要脸，你骗一个老太婆……"

梁大婶跟着一拐一拐地跑来了，她有心事，怕儿子闹出乱子，她拦住他：

"别吵了！……三婶，你包涵点！……天啊，你们大家来劝劝吧！急死我了！"

"大婶，别怕！阿树做得对！"麦炳支持梁树。

巧英将梁树拉过一边。他卷起袖子，动手动脚，好象要扑过去打人。申晚嫂扶住梁大婶。梁大婶说出一句只有自己明白的话：

"叫我怎么办呢？"

"大婶，不要紧！"

宋良中刚巧走过，听见吵闹，很快地赶过来，他朝着绣花鞋问道："什么事？"

"宋同志！"绣花鞋遇救了，急忙闪到他身后。"他们，那个疯子领头，要……"

"你才是疯子！"

"什么东西！一只烂绣花鞋！"

"大家不要吵嘛！"宋良中自以为很公正，说话的态度是严厉的，多少是袒护绣花鞋的。"有意见可以慢慢提，吵有什么用！"

大家静了一下，不约而同的散开了。远远传来低声的怨愤："瞎了眼睛！……"

人们都走开了，梁大婶独自呆站着。

第十二章　你是谁派来的

王前之从岭下村汇报出来，沿着山路回大峒乡，好象这条路比平时延长了好几倍，老是走不完。路上的石子和野草似乎也多了起来，不是石子碰痛脚，就是野草钩住裤管。他集中精神想一个问题，想来想去，理不出个头绪。走到"天梯"路口，他的衣服给汗水湿透了。在树下站住，脱下衣服，一阵凉风吹来，精神爽快。他抹抹额上的汗，望着前边的深谷，长满杂树蒿草，深不可测。

"这里也许有野猪，他妈的，打它一枪！"他的手不觉去摸了摸腰间的左轮。"不行，将来又要挨批评了！"

他在岭下村汇报的时候，挨了批评，他觉得受了委屈，心里很不服：

"我错了？在这个倒霉的荒山野岭上，辛辛苦苦，哪一件不是从工作出发？你们来试试，在这个空白点上，不一定就做得比我好！不了解情况，教条！……"

他用力挥动帽子，仿佛在驱赶可恶的思想，也仿佛对自己生气：

"……或者是我自己不行，汇报得不清楚，解释得不明白。真他妈的低能！这样一来，多没有意思！……不对，是他们有成见，简直找刺儿嘛！鸡蛋里寻骨头，真无谓！许学苏更不应该，好象大峒乡的工作她不需要负责，居然在会议上又提出意见。她的意见跟我谈过，我又不是不考虑，有什么必要又提出来？显然是他们有成见。成见，肯定是成见在作怪！第一是对我这个知识分子，第二是许学苏对刘金三婶，都是成见！我这个知识分子并不坏啊，忠心耿耿的工作，不计较个人的得失名位，坚决执行土改总路线，有什么可非议的？刘金三婶有什么不好？又劳又苦，工作积极，够得上条件。至于说到我忽视对敌斗争，也不尽然，没有群众基础，怎能展开攻势呢？……许学苏留在下面开支部会议，恐怕有一箩的话要说哩！……"

他越想越气，想到后来反倒心安了。他认为自己的工作没有差错，全是别人的挑剔。从岩石滴下一滴水，刚刚滴在他的脖子上，冰凉的，他吃了一惊。

"……老实说，别人的话我根本不想考虑。不过，欧明还算诚恳，他也是知识分子，到底斯文些，他的话总算有几分对头。老实说，我考虑他的话，是因为他说得对，绝不因为他是队长，我不是那种人！他说要重新摸摸底，抓紧对敌斗争那一环，这样提法还可以接受。……我要做给你们看，事实胜于雄辩。我王前之不是没有能力的人，而且也是忠实工作的人，我不相信做不好！……"

他独自坐在树下，前后左右想了一想，增加了自信心，心情也比较安定。四围的山色变得可爱起来。

回到虎牙村后，他召集了宋良中和赵晓，简单地传达了队部的意见，他说得很婉转也很轻淡，但是，宋良中还不满意，他带有责问的口气：

"你为什么不和他们争一下呢？"

王前之很赞赏宋良中的坚决，嘴上却很谦虚："他们说得也对，我们可以乘机检查一下，有则改之，无则加勉，并无不好之处啊！"

"我倒很同意欧明的意见，我们的队伍要好好摸底，敌情也是严重的……"

"你有什么根据？"宋良中追问过来。

"根据是群众很沉默，没有动起来！"

"笑话，我们现在刚有了一批骨干，不能要求过高！你要知道这是新区呀！"

"小宋，你不必激动。"王前之说。"老赵的话也对，摸摸底也好。

不过，我以为问题不在这里，问题在于我们忽视了敌情，所以群众摸不到我们的底，不够活跃。如今之计，先搞起政治攻势，将锋芒转到敌人身上去……"

"怎么转法呢？"宋良中问。

"从查敌情入手，查到之后，马上展开斗争，打下他们的威风！来一个新局面！"

"这就有意思！"宋良中高兴起来。

赵晓沉思着。他觉得王前之的说法虽然对，但和大峒乡的实际情况不相符合。向谁去查敌情呢？就算查出了，又依靠谁去斗争呢？那个贫雇农小组，先别说分子纯不纯，就是人数也不多啊。他不能不表示意见了：

"我觉得实实在在摸一摸，是有必要的；马上展开斗争，未免过早……"

"不早不早，太沉闷了！"宋良中又抢着说。

"老赵太稳重，队部已经批评我们了……"

"等许学苏同志回来商量一下吧！"赵晓让步。

提起许学苏，王前之可动怒了：这家伙心里就没有我这个组长！于是他急匆匆地说："有问题我负责！"

"这不是负责不负责的问题，是对工作有没有好处的问题。"

"你说我不想做好工作？"

"不是这个意思。我是主张全面了解，看条件够不够。"

"我说过了，有问题我负责！"

王前之这样的坚决，赵晓只好沉默了。

在贫雇农小组中，王前之旁敲侧击地试探大峒乡敌人的活动，可是绣花鞋不等他的娓娓发言完毕，马上就抢着说：

"王同志，你不问，我们可不敢说，近来啊，地主造谣，分散物资，可真厉害！"

"果然有敌情！"王前之暗自惊讶。嘴上却说："真的吗？"

"不假，不假！"刘华荣和刘栋，同声应和。

"地主张仲明，就是那个死鬼张南宏的兄弟，他分散物资，还造谣破坏土改……"绣花鞋接着说。

"分散到什么地方，有人知道没有？"

"知道，我们有人看到张仲明夜晚到申晚嫂家里去的……"

"申晚嫂？"宋良中奇怪地问。

"就是那个疯子！"

"这个人觉悟低，难怪地主钻空子。"宋良中还留有大榕树下的印象。

在王前之到山下汇报时，绣花鞋和刘华生商量过，他给了她一些钱，教她提出张仲明来斗争。张仲明的哥哥张南宏曾经在解放初期，给伪农会斗争过，因为害怕，自杀了。他们一来怕翻案，二来搞个满城风雨。绣花鞋竭力夸大张仲明的罪恶，刘华荣和刘栋竭力附和。梁七不开口，但下定决心，斗争的时候不到场。宋良中一心盼望搞起斗争，他对这沉闷局面是厌倦了。王前之在想象一个新局面，准备用新的行动来表示自己的魄力，来答复同志们的批评。

一场匆匆忙忙的"攻势"上场了。

那天黄昏，刘栋打锣，从虎牙村敲到石龙村，要大家吃完晚饭，到学校操场开会。许多人疑疑惑惑，不知道开什么会，有人猜想又是同志来讲话，不想去；有人看到刘栋打锣，心里已经不愿意，懒得去理他。

申晚嫂吃完晚饭，和巧英坐在门口闲谈。金石二嫂来拉她们去。

"我不去！"申晚嫂坐着不动。

"我也不去！"巧英学申晚嫂的样子。

"啊，我的菩萨！"金石二嫂可急了。"你们又不是不知道的，绣花鞋当时当道，不去要罚钱，那可怎么办？去一下就走，也算到过了，将来有话好说。去，去，点个卯就走，吃亏也不大！"

"二嫂，你怕绣花鞋吃了你？"

"我是胆小，好了吧？"金石二嫂说。"我认输了，你们还不去？"

申晚嫂和巧英都笑了。

她们来到会场，只见到会的人稀稀拉拉，没有一点热烈的样子。地主们反倒全数来了，夹在农民中间，后来农民发现了他们，大家避开了，他们自然形成一堆，挤在正面的台口，一般群众反而退在后面和侧面。宋良中走出来，讲了一番大道理，要提高警惕，要打击敌人活动，要自己团结……讲了大约有半点钟，最后才高声问道：

"大家听懂了没有？"

"听懂喽！"台底下有几个人答应。

绣花鞋出场了，她扭扭捏捏地走向前来，向台下瞟了一眼，刘华生和冯庆余离开她不到三尺远，眼睁睁地望着她，她有些胆怯，他们动动眼角，鼓励她说下去。她说：

"现在土改了，啊，我们大家要翻身，啊，地主出来破坏，啊，张仲明，你破坏土改……"

申晚嫂看到绣花鞋出来，转身要走。金石二嫂紧紧地握着她的手，悄悄说：

"听她再说什么，……"

"还不是那一套！"

申晚嫂和巧英刚一转身，忽然听得台下有人大叫：就是他，就是他！她们又站定了，只见刘华荣和刘栋二人，从人丛中将张仲明推到台前。人们立刻吵吵嚷嚷地哄起来。张仲明自己也不明白，张大眼睛，好象熟睡时给人吵醒的样子，迷迷糊糊，愣头愣脑地站着。刘华荣走过去打了一巴掌：

"跪下来！"

张仲明跪下了。绣花鞋跨前一步，指着他，说他造谣破坏，分散物资。

"你认不认？啊！"

说着，又打了一巴掌。他们三个人，说一句打一下，张仲明的头忽左忽右的让着，说什么也不认。台下群众哄成一片。宋良中急忙和王前之商量，王前之叫他：

"马上停止，这样打下去不是办法。"

"王同志，……"赵晓很诚恳地要提个意见。

"你别说了！"王前之劈口就拦住。"要批评检讨，回去再说！现在没有时间！"

宋良中慌忙上了台，示意给绣花鞋，要她停止。

申晚嫂到这时实在不能再停留了，她和巧英就转身向外走。不料刘华荣从台上跑过来，迎面一把抓住她，连拖带拉地拥到台口，他嘴里嚷着：

"来了，来了！对证的人来了！"

"张仲明！"绣花鞋指着申晚嫂对张仲明说。"你不承认？刘申老婆同你收藏东西，你还要赖！"

申晚嫂突然被拉，完全弄糊涂了，跌跌撞撞给推到台口，还不明白是怎么一回事。直到绣花鞋走到她面前，指着她破口大骂，她才醒悟过来。

"你这个烂货，私通地主，收藏地主的东西，破坏土改！"

申晚嫂看到绣花鞋的样子，火上加油，气得说不出话。绣花鞋指手画脚，手指几乎碰到她的脸，她伸手用力一推，绣花鞋倒退几步，一跤跌在地上。

"你们绑起她呀，打人哪！"

下面的群众，觉得意外，奇怪地望着，等到绣花鞋大叫绑人，才一哄而起。会场顿时混乱，胆小的，不愿管闲事的，纷纷散开，也有不少人拥到台前。

申晚嫂面色发白，威严地站着。刘华荣和刘栋还想动手，梁树象一只小老虎似的冲过去，一把揪住刘栋，大吼一声：

"你敢？"

麦炳、巧英、彭桂和四婆他们，一起上来护卫住申晚嫂，金石二嫂站在一旁，老是发抖，不知是气愤还是害怕。

王前之看到这种混乱，不能不慌了手脚，只好走出来，结结巴巴地说：

"……大家静一点，……今天晚上，我们，我们主要是认识地主阴谋，他们，他们破坏，我们不要上当！……"

"上当？不知道谁上当？"梁树朝着王前之，面对面地说。

人们簇拥着申晚嫂走了。边走着，边叫嚷着，咒骂着。

绣花鞋睡在地上撒赖，哇哇地哭着。刘华生和冯庆余，缩在阴影里偷笑。赵晓急得满头是汗，他感到在这种时候无能为力，是十分难受的。王前之看了看宋良中，那个眼光好象在说："糟了！怎么个收拾呢？"

簇拥着申晚嫂的一群人，还加上散开又聚拢的一部分群众，已经走过了小桥，一片喧声地回到虎牙村。

"成了什么世界？"

"菩萨瞎了眼！"

"你干吗拉住我呢？要不，我打她两个巴掌才痛快！"

人群到了村里，分散开来，一堆一堆在谈论。留在村里的人，披了衣服开门出来。谈话的圈子中，分不出是谁的声音，也听不清说的话，好象是一锅沸水在翻腾作响，分不出每一颗水滴的声音了。申晚嫂被围在中间，巧英和金石二嫂怕她再被人拉走似的，分在左右两边，紧紧搂着她。申晚嫂沉默着，突如其来的事件，使她来不及思索。人们的谈话，她听不进去，只觉得大家对她好，为她抱不平，维护着她。

王前之、宋良中和绣花鞋一帮人，偷偷地从人圈外边溜过去，深恐被人发现。王前之想听听群众说些什么，但又胆怯，不敢停留。赵晓留在石龙村，他被几个老实农民围着，谈论着。

王前之和宋良中走进驻地，两人面面相觑地坐着。王前之将前后的经过想了一想，打破沉默：

"小宋，问题到底在哪里？"

"我也说不出来！"宋良中犹犹疑疑地回答。

"难道我们真的做错了？"

"也许，"宋良中沉吟了一下，继续说："也许老赵说对了，我们……"

"你也动摇了？"王前之觉得自己陷于孤立，坐在那儿望着煤油灯出神。隔了一会，他低低地说："就算是错了吧，总得想个办法出来……不过，我想，我们的主观工作还是次要的问题，主要的是山区群众觉悟太低……"

外边的谈论，一直没有停止，群众象卷进激流中间，越流下去越汹涌。申晚嫂始终没有作声。后来，她突然摔脱巧英和金石二嫂，坚决地说：

"找她算账！"

她直奔绣花鞋的家里，群众在后面跟随着。绣花鞋听到人声嘈杂，擂鼓似的打门，吓得连忙翻墙逃到王前之那儿去。

"她到那边去了！"

人们拥到王前之的门前。王前之开始也有些畏惧，群众的情绪高涨，是一股不可侮的力量，他不能不害怕。但是，事情到了这一步，他又不能不出来收拾，他怯生生地迎上前去。绣花鞋缩在里边，惊恐地张望。

"叫她出来！"

申晚嫂严厉的目光，威胁着王前之。后面，梁树、麦炳和彭桂等，大声地吆喝着：

"出来嘛！有胆的就出来！"

"不出来？我们去拖她出来！"

申晚嫂一面拦住后面的人，一面等待王前之的答复。

"大嫂，有什么话，明天再说！"王前之的声音有些颤抖。他对着申晚嫂严厉的目光，对着群众的愤怒，他不能不说："有不对的地方，我应该负责！……"

申晚嫂强抑着激怒，好一会不开口。她想到：共产党是帮我们的，为什么要相信绣花鞋和刘华荣呢？斗争我自己倒不要紧，这样做下去，大家分田还会有希望吗？打倒刘大鼻子还会有希望吗？你这个姓王的同志，真是鬼迷了心！她沉痛地说：

"你到底是谁派来的？"

王前之羞惭地垂下头，一句话也说不出。……

第十三章　新的开始

在斗争申晚嫂的第二天中午，欧明和许学苏，一同来到大峒乡。

欧明听完了汇报，阴沉着脸，斩钉截铁地说：

"这是严重的错误！完全丧失立场！"

大家沉默着。赵晓低着头，手里拿着一枝铅笔，在纸上无意义的划着。宋良中脸色发白，不敢看欧明。许学苏想到工作受了损失，一阵痛苦的感情涌上来，好象有什么东西堵住喉咙，透不过气，头涨得难受。王前之也发觉事情严重，可是，他还要辩白：

"工作受到影响，这是事实。不过，怎么能说是丧失立场呢？那个申晚嫂疯疯癫癫的……"

"这是什么观点？"欧明接着说。"是疯子观点，不是阶级观点！申晚嫂是贫农，拿贫农来斗争，不是丧失立场是什么？你说说！"

"不是我同意的，是临时发生的事情……"王前之说。"控制不住会场，我应该负责。"

"又是你负责！我提议不要开会，你说你负责，你到底负什么责？"赵晓抬起头，严厉地说。

"控制不住会场，你当然应该负责！要不然，工作队来干什么的？"欧明停了一下又说："控制不住会场，事实上就是一个没有群众基础的问题，你依靠错对象的问题。"

"依靠错对象？"王前之觉得意外。

"对！你看，广大群众不同意，正派人不跟着刘金三婶走，贫雇农小组没有人拥护，不是很好的证明？"欧明说。

"昨天晚上散会之后，我和石龙村几个农民谈话，他们气愤得不得了。"赵晓补充说。"说申晚嫂解放前受欺负，解放后还要受欺负，他们愤愤不平。又说刘金三婶是个女二流子，和地主不干不净……"

"你为什么不早点反映？以前干什么的呢？"王前之很不高兴。"早有了这个材料，我也不会……"

"王同志！"欧明说："把责任向别人身上推，这不是一个革命干部应有的态度，特别是领导人，更不应当这样做。犯了错误，不从整个革命事业去考虑问题，却要找出种种借口，来掩饰推卸，简直是可耻的行为！"

欧明这种严厉的说话，激动的神情，是非常少有的。许学苏和他一起打过游击，相处了四五年，从没有看见过他这样对待人。王前之的横蛮和骄狂，的确刺激了欧明，使他不能再心平气和了；同时，整个大峒乡的工作，也使他不安。

"党和政府的威信，受到了不应有的损失，我是觉得很痛心的，我想同志们也觉得痛心。王同志，你觉得怎么样呢？"

王前之停了很久才说："我当然很难受！"他心里考虑的还是自己的问题：他妈的，这一下可垮了，本来想做出点成绩给人看看，谁料到一败涂地，还有什么脸去见人呢？土改出了毛病，今后的工作也成了问题，真倒了霉！

"我想你考虑自己的问题太多了一些！"欧明似乎摸到他的思想。"小资产阶级知识分子的严重病根，就是太相信自己，太相信个人，而不相信集体，凡事以自我为中心考虑问题，夸大专横，事后又诸多逃避，不愿接受教训，改正自己。在队部开会的时候，我们对大峒乡的工作，不是没有布置，要大家先摸摸底，整顿组织巩固组织，别忙着搞斗争，可是你要另搞一套，要表现自己，这简直是不能容忍的事情！"

王前之皱着眉头，不再辩白了。

"以前对大峒乡关照太少，我也要深刻检讨的。"欧明停顿一下，继续问道："大家研究一下，看工作怎么搞？"

几个人交换了意见。王前之孤零零地坐着，他不出主意了。

"开个大会，我们来检讨检讨！"许学苏提议。

"王前之同志要在会上发言，要向申晚嫂公开道歉！"欧明补充许学苏的意见。"不必开群众大会，开贫雇农大会好了。"

王前之吞吞吐吐地说："我愿意这样做！"

"我也要检讨！"宋良中低低地说，他的眼睛里有泪水。"欧同志，我也犯了错误！"

"你的问题，在工作队内部解决。"

"欧同志！"王前之用低沉的声音说。"我有个意见，能不能提呢？"

"你说吧！"

"要我公开道歉，毫无问题，我一定这样做。不过，这样做会妨碍工作，影响工作队的威信吧？"

"不会，绝对不会！相反地，你这样做了，倒能够扭转群众的看法！"

"你还不是心甘情愿！"赵晓顶了过去。

"王同志，你应该认识自己的错误，你说你要负责，就应该对群众负责！"许学苏诚恳地说。

"你还有意见吗？"

"没有了！"

"同志们，王前之同志的群众关系太坏了，他不能再留在这里，大峒乡的工作组长，暂时由许学苏同志代理，等我向区委会汇报以后再决定。另外，我从岭下村调两个同志上来，大家一起展开工作。宋良中同志，要在队内深刻检讨！"欧明最后宣布。"现在大家再到群众中间去了解了解，准备今天晚上开大会。王前之同志也去，不要害怕群众。许同志，你留一留！"

欧明和许学苏沿着沙河边走着。

"欧同志！我当组长，恐怕……"

"慢点！我问你一句：四八年的时候，你在西河区受伤了，是怎么回去的？"

"你不是知道吗？"

"再说说！"

"那时候——"许学苏停下来，侧着头，望着缓缓流着的河水，望着河边的杂树，她想了一会，仿佛当时的情景又浮现在眼前。她低低地说："那时候，我的右腿受了伤，烂得有碗口大，生了蛆，一步也不能走。自己的队伍又撤退了，我一个人睡在山上，心里想，这一下大概是完了，不是给他们俘虏，也是九成死了。我越想越难过，后来就哭起来。……你不笑我吗？又谈这些噜哩噜苏的事情。……我哭一会想一会，问我自己：就这样不明不白的死吗？不能！后来我就一步一爬地下了山，晚上爬着，白天躲起来，过了七天七夜，才遇到你们的……"

"那时候你想些什么呢？"

"我啊？疼得要命，爬一下停一下，老是想算了吧，疼死了不如死在山上吧！但是，我又想，我是一个党员呀，这一点苦不能吃，哪能革命呢？我又一步一步地往前爬。我想，我一定会找到队伍，党一定会来帮助我的，后来，果然遇到你们了。"

"你说，现在的情况比起那时候怎么样呢？"

"不能比啊！"

许学苏应了一声。她发觉欧明的诚恳的敏锐的眼睛望着她，似乎还带着微笑，她明白他问话的意思了，她羞涩地说：

"我不是不愿意当组长，我是怕……"

"有什么可怕呢？你刚才还说过，党会来帮助你。……许同志，凡事依照党的政策、路线去做，很好地依靠群众，工作任务就可以完成。那一次，要不是群众送东西给你吃，你有一百个决心，也不会爬得到的。王前之就是两头不靠，所以他跌跤了。你明白吗？"

"我明白！"

许学苏的信心增加了，她脸上现出笑容，黑黑的脸上，好象开了一朵灿烂的花。

欧明和她一起走回虎牙村。

他望着这个二十多岁的姑娘，想起五年前，她还是一个"妹仔"，骨瘦如柴，给地主磨折得毫无生气，现在是多么的壮健啊，从肉体到灵魂，她都出落得和以前绝不相同。他心里在说：

"党培养了她，还要培养千百万象她一样的人！真是了不起的改造啊！"

许学苏稳重而又矫捷地走着，有时也和相识的农民招呼一下。

欧明想着想着，他对自己说：

"我好象有点爱她了，真怪！以前连想也没有想到过。慢着，私人感情夹进去不大好搞。……她的进步速度比我快，我要警惕！"

"我去找群众谈谈。"

"好吧！"欧明同意。"去找申晚嫂，让她先有一个思想准备，出其不意，是不大好的。"

在工作组临时办公的地方，人到得很多，密密层层地坐着，连床上和台阶上也坐满了。人虽然是拥挤着，但比起任何一次集会来，这个贫雇农大会，却显得很安静。

申晚嫂坐在廊檐下的长凳上，巧英紧紧地靠着她。在她们旁边，坐有金石二嫂、四婆等等的一大堆人。申晚嫂和许学苏谈过，多少明白了今天开会的意义，可是，在她的生活中间，从来没有发生过象这样的批评检讨的事情，她无从了解这个会怎么个开法。她的两只手，紧紧地握着，望着到会的人越来越多，也看到王前之和欧明在低低地谈着，她的心情很紧张，心嘭嘭地跳着，自己问自己："到底怎么搞啊？是不是要捉人呢？……呸！不要胡思乱想，等着瞧吧！……"巧英的眼睛老是瞟着申晚嫂，仿佛要从她的脸上，看出什么道理来。四婆她们本来是很喜欢闲聊的人，此刻也因为不明白底细，只是偷偷地对旁边的人耳语："你瞧，那个大个子的欧同志，好象很和气，……"旁边的人又不同意："不，王前之很怕他哩！"

绣花鞋和刘栋、刘华荣一批人，坐在另一角落。绣花鞋倚靠在墙上，用一根稻草在剔牙齿，看上去很无所谓，很自由自在；然而她的眼睛瞒不了人，骨碌碌地盯住欧明、王前之和许学苏。刘栋轻轻地拉她的衣袖，她眼睛不离开欧明他们，用力甩了衣袖，不想和刘栋讲话。她希望从欧明他们谈话的姿势中，分辨出事情的轻重："那个大个子好象是王同志的上司，他到山上来干什么的？为了我们的事情？要问我的话，我就说：我们乡下人，什么都不懂。对，不懂，是不懂嘛！你们有同志在这里，我们哪能做得主呢？王同志是个好人，做事又有胆量，不怕！……"

梁七一个人孤零零地坐在天井的地上，低着头，两手抱着膝盖，不看别人。他痛恨绣花鞋那帮人，可是自己又跟他们混在一起，人家当自己是和他们一路的货色，自己也没有脸和大家坐在一道。真是"跳到黄河洗不清"！他只好一个人坐着，低着头不看大家，又好象觉得大家都在看着他，他脸上热烘烘的，身上发痒。

大家都在等开会，一阵一阵的低语声，轻轻地荡漾着。

梁树匆匆从外面走进来，他用原来的大嗓子说道："开会了吗？我来……"他发现大家都是静静地，一齐转头向着他，觉得情形不对，立刻把刚要说出口的话又咽了回去。稍停了一会，轻轻地走进去，麦炳招呼他坐下来。

梁树问麦炳："干什么呀？好象拜神似的！……"

麦炳说："你小声点儿！……"

欧明对许学苏说："你宣布开会吧！"

许学苏刚站起来，所有到会的人，几乎同时望着她，连低着头的梁七，因为大家一致的动作的影响，也抬起头来，很注意地望着许学苏。

许学苏走到人圈中间，庄重地但带着隐约可见的微笑，首先对大家看了一下，然后说：

"现在开会了！"

王前之脸色发白，他一只手撑在凳子上，一只手解开制服的第四颗钮扣，又扣上了它，扣上了又解开，毫无意义地反复做着。他在人群中看到了申晚嫂，皱了皱眉头，心里说："都是你惹出来的问题！"他又看到绣花鞋，她那副剔牙的模样，叫他也不禁厌恶："十足的女二流子！"他自个儿在想着，完全没有听到许学苏在说些什么。

许学苏在说："……地主阶级的破坏、捣乱，当然应该拆穿他，斗争他，地主和我们农民是死对头，我们绝不能放松他！不过，前天晚上的斗争，搞得不好，申晚嫂是贫雇农，贫雇农是自己人，自己人有错的话，可以批评他，纠正他，不必用斗争的方法；再说，申晚嫂又没有错，……"

申晚嫂坐着，一动不动地望着许学苏，巧英却一只手伸到申晚嫂的臂弯里，紧紧地圈住。

梁树轻轻碰了麦炳，说："许同志说得对！"

麦炳看也不看他，只是说："你听着吧！"

绣花鞋丢掉那支稻草牙签，紧张地听着，她听到许学苏提到地主的阴谋，心里就有些害怕，莫不是他们知道了？再听到她提起申晚嫂，说她是贫雇农，又说斗争她不对，更说到以前没有能够依靠大家，和大家多商量，所以工作做不好……绣花鞋越听越不安。她倒不是害怕自己受罚，她早下了决心，说都是王前之搞的，她没有责任；她怕的是许学苏如果真的依靠大家，和大家商量，事情就不好办；申晚嫂出了头，自然就没有自己的份。她恨得牙痒痒地说："这个'番头婆'，她要爬到老娘头上来了！"

许学苏解释了开会的目的之后，轮到王前之发言。

王前之走前一步，那只摸钮扣的手，还是解了又扣，扣了又解的在活动着。另一只手挪挪帽子，又放在身边。不象他以前说话时两只手挥来挥去，那副神气不见了。人们都焦急地等待着。梁七从天井地上站起来，偷偷地走近些，好听清王前之说些什么。王前之首先把事情的经过详详细细说了一遍，这是大家早就知道了的，所以有些人不耐烦了，不象刚才安静，有的挪挪座位，有的咳嗽，有的在卷烟抽了。

欧明和许学苏交换了眼色，许学苏很着急。旁边，赵晓和宋良中也着急，赵晓如果不是看在开会的份上，真会跳起来指着王前之数说一顿。欧明用目光叫他们安定些，他比较了解王前之这种人，做错了事不容易认错；认错吧，也不是很痛快干脆的，要扭扭捏捏，绕大弯子。今天他不认错也不行，等着瞧吧。

　　王前之说了一顿，发觉会场情绪不对头了，他回头一看，赵晓他们不以为然的神色，欧明的镇定而锐利的眼光，使他不能不改口，不能不接触到中心问题：

　　"……那天晚上，工作出了偏差，我是应该负责的！……"

　　大家等他的下文，可是他停住不说了，似乎在考虑说些什么动听的话。

　　赵晓倒抽一口气，鼻子里哼了一声："又说负责了！"

　　在静寂之中，梁树忍不住了，他的大嗓子打破沉默："你说说，怎么个负责？"

　　这一问可出人意外，大家不约而同地望着他。

　　欧明从心里赞扬梁树："多可爱的精神啊！"

　　王前之受了突如其来的袭击，脸上发青，解开的钮扣忘了扣上，嘴唇抖着，结结巴巴地应付着：

　　"……我，我，我做得不对，没有和大家商量……"

　　梁树不理睬大家的惊讶，也不理睬麦炳对他的拦阻，他站起身来，高声说："说什么商量？你整天东逛西逛，从来也没有找过我们一次！"

　　跟着，有人说话了：

　　"你少跟那些不三不四的人商量就好了！"

　　"没有人理的人，你把她捧上了天！"

　　王前之头上出汗，他想脱下帽子，可是脱下又戴上，不知道该怎么办才好。他在这种估计不到的压力下，急忙用诚恳的口气说：

　　"……是我做错了！我没有把大家的事办好，我心里很难过。……申晚嫂受了委屈，我向她道歉！……"

　　王前之的眼泪快流出来了，他强制着不让它流出来，闭着嘴说不出话。

会场上，顿时又静寂下来。

申晚嫂特别觉得不安，她想站起来说几句话，可又不敢，也不知道说什么好。她一路来对工作同志是爱护的，她认为大峒乡的事情搞不好，都是绣花鞋这帮人的罪过。王前之虽然做得不对，到底是外边来的人，怪不得的。而且，他今天不是认错了吗？她心里说："人家做工作的人，在我们'穷佬仔'面前认错，是开天辟地没有听见过的事。梁树这个爆竹性子，说话也不知道轻重！"

梁树看到王前之的样子，他心里也后悔了，悄悄坐下来。麦炳在他的腰杆上戳了一下，他霎霎眼睛，缩在别人的后面，怕给人看见。

绣花鞋想不到梁树会这样大胆，不禁吃惊。她觉得那帮穷鬼居然直起腰来，她的家底保不定会漏出来。王前之的样子，倒没有引起她的同情，她担心的还是她自己。

梁七站在墙边，两手抓着衣角，一个劲儿地在着急，他责怪梁树，更责怪自己："梁树做得就不对了，哪能对同志这样说话呢？……唉，事情搞得这个样子，你这个老糊涂，今后怎么有脸见人呢？……"

散会之后，人们热情地谈论着，兴奋地走着。点燃着的"篱竹"照亮了村中村外的道路，谈话声飘扬在夜空中。

申晚嫂和金石二嫂，在"地塘"上和大家谈了一顿，后来她们走到村外的鱼塘边，才发现巧英还跟在身边。

申晚嫂说："你回去吧！"

"不！"巧英不肯走。"我一个人不想回去。"

"怎么办呢？"

"要你搬到我家里去住，你又不肯……"

"哎哟，巧姑娘，"申晚嫂说。"你家里有多少地方呀，怎么能容得下我们两家人呢？你总不能要我撇下二嫂不管啊！"，

巧英还是不想回去。

申晚嫂说："来吧，到我家里去住一晚，我知道你今儿晚上睡不

着觉了。你那个阿树，真是冲天炮！"

提起阿树，巧英似喜似嗔地说："他就是这种说不改的脾气！"

金石二嫂背着睡了的木星，一面走着一面说："说真的，我也睡不着觉了！……"

"你为什么高兴呢？"

"为你啊！今儿晚上你总算出了一口气了！"

申晚嫂微笑着。欧明最后的几句话，还很清楚的在她耳边响着："农民翻身，好象天翻地覆，谁也挡不住的！土改一定要完成，地主阶级一定要打倒！"这几句话，给了申晚嫂无限的勇气，她越想越有劲，忍不住笑，对她们说：

"我们也苦出头了！"

金石二嫂和巧英也笑了。

第十四章　苦连苦、心连心

金石二嫂的孩子木星，突然病倒了。

每到傍晚，木星就浑身发抖，冷得缩作一团，发冷过去又发热，身体象个火盆似的烫人，面孔烧得通红，两只眼睛象兔子眼，充满血丝。一连发冷发热好几天，没有东西下肚，他本来很瘦弱，现在只剩下皮包骨头，脑壳大过屁股，走下床来，风都吹得倒他。

金石二嫂慌了手脚，心乱得很，做起事来丢前忘后，明明记得的一句话，说了半句可忘了下半句。整天眼泪汪汪，出出进进，不知道忙些什么。

晚上，木星又发烧了，双脚踢开了破棉絮，两手在空中挥来挥去，好象和一个看不见的人在扭打，嘴里胡说：

"我不去，不去！妈，他们要我去啊！……"

金石二嫂吓得两条腿都软了，跌跌碰碰地摸到床前，扑在他身上，哭喊着：

"木星，乖乖，你去不得呀，你去了妈妈怎么办呢？"

"去啦，去啦！"

"木星，木星！"

金石二嫂拼命抓住他，搂住他，似乎真有个人要抢走他，她竭力护卫他。自从金石被拉壮丁出去，几年来毫无音讯，孩子是她唯一的希望，唯一的前途。平时象一只老雀子似的，自己舍不得吃，得到少许东西，总是用来先喂饱他。他的生命已和她的生命合而为一了，如果失掉他，她也活不成；她甚至这样想，自己可以受尽一切苦痛，孩子却不能有点头疼伤风，如今病得这个样子，她焦急得快要发疯了。

"二嫂，孩子发烧说胡话，不要紧的，你的身体可要小心啊！"申晚嫂在一旁劝慰。

"晚嫂，我就是这条命根，这块肉……"金石二嫂哭着说。"眼看着好日子快来了……"

申晚嫂扶她坐在凳子上，然后倒了一杯水，走到床边，低低叫：

"木星，木星，喝杯水！"

木星糊糊涂涂地坐起来，喝了一口水，又倒下去睡了。

金石二嫂跑到木头上面贴着纸的神牌前，扑咚跪下去连连磕响头：

"菩萨保佑啊，菩萨保佑啊！"

木星慢慢安静下来，嘴里干得难受，喷呀喷的，似乎在咀嚼什么东西。

金石二嫂看到这个样子，心里又难过起来：

"瞧，这孩子没得吃，想吃东西呐！晚嫂，要是他爸爸在家……"

"别哭了，二嫂，木星刚睡着，别吵醒他！"

插在墙壁裂缝中的"篱竹"快烧完了，申晚嫂去换了一枝，旺盛的火焰袅动着，房间光亮起来。

金石二嫂比以前更瘦，头发蓬松，两只眼睛红肿，鼻孔翕张着，稍微紧张一下，立刻就会气喘。她给生活的担子重重的压着，同时又给精神的担子重重的压着，在人生的道路上艰难地前进，要不是有着木星，真不知道几时会倒下来。她对金石的希望，逐渐觉得渺茫，有时也死了心，但是生死不明，总不免牵肠挂肚，希望有朝一日他会突然站在自己的面前。

申晚嫂受的折磨不会比金石二嫂少，但是有一个讲不清楚的力量在支持她，那就是："只要我一天不死，我总不会倒霉到底的"的信念。她不愿给人家看不起，咬紧牙在支撑。自从那晚开会之后，她的心情开朗了，爱干净的习惯又恢复了，头发梳得整整齐齐，衣服虽然补了许多补钉，依然洗得干干净净。房子里收拾得很清洁，灶前连一口锅也没有，用破瓦盆架在几块砖头上，可是洗刷得可以照见人；茅草整齐地放着，一点儿也不乱。她现在除了要和刘大鼻子算一笔账之外，还记挂着过期不能赎回来的阿圆。她看到金石二嫂为木星这样难过，自己不免想起阿圆。可是，她心里想："哭有什么用呢？"她对金石二嫂的软弱，爱哭，一遇到什么事就惊慌失措，是很不满意的。正如她以前对刘申一样，她很爱她，却又不喜欢她的怕事。她们象一家人那样的生活着。申晚嫂不会比一个强壮的男人的劳动差，她也象一个男人似的照顾着金石二嫂母子们。

"晚嫂，你说木星的爹，还能不能回来？"

金石二嫂坐在床边，突然问起这句话，申晚嫂也不知道她是怎么想起的，可是，她明白她，也听她问过不知多少次了。

"你叫我怎么说呢？我还不是同你一样，懵懵懂懂；只要不死，都可以回来。"

"你说，他到底还在不在呢？"

"啊，问这些干吗？他不比你，金石蛮灵活，身体又好，他会保重自己的。"

"我就怕他饿坏了……"

"你以为到处都象我们大峒乡吗？山顶上一个盆子似的小地方。外面地方大得很呐，要是有一点门路，我也敢去！"

"我又怕他在外面……不想家了！"

"这……"申晚嫂走去又换了一枝"篱竹"。"你又想他回来，又怕他不回来，都是你一个人胡思乱想，我真不懂！"

金石二嫂虽然受了责备，但心上解了一个结；申晚嫂天坍下来有头顶的精神，使她受到鼓舞。她有点难为情地笑着说：

"我要象你一样就好了，什么也不怕！"

"象我一样？你早已上吊死了！家破人亡，还有什么留恋？……去，洗脸去！水又不要钱买的。我看到你这副脏相，就有点作呕！"

金石二嫂乖乖地站起来，又停下来说：

"今儿晚上，你还是在这儿睡吧，木星发烧，我有些怕。"

"去吧，你们这样邋遢，可要弄脏我了！"

说着，申晚嫂动手帮她收拾了，三条腿桌上的东西，堆了一大堆，破碗破瓶子歪歪倒倒，她象一个指挥员似的，立刻叫它们站得整整齐齐，排成队伍了。

第二天早晨。

金石二嫂扶着木星坐到门槛边的小凳子上。申晚嫂忙着张罗去掘草药。

许学苏走了进来。她看到木星瘦得象猴子似的，靠在门框上，两只眼睛凹下去，变成两个黑洞洞，眼珠转动无力，定定地望着。她走到木星跟前，伸手在他额头上探热，木星向旁边让开，几乎跌下去，许学苏一把拉着他：

"别怕！……二嫂，他的病是怎么样的？"

金石二嫂看到许学苏这样关心木星，她是很感动的，一面抓住孩子的手，扶他坐好，一面说：

"他病了很久了。木星，坐好，同志姐喜欢你。他发病的时候，冷嘛，盖多少东西还是发抖，发烧了就满嘴说胡话。不发病的时候，什么事也没有。……"

"几天发一次呢？"

"哎哟，要是几天发一次，那可好了！天天发呀，一到下午就来了……"

许学苏根据打游击时候的经验，约莫知道这是发疟疾了。当时几乎所有的人都生过这种病，许学苏自然也不例外。

"……同志姐啊，有什么法子？……"

金石二嫂想要求许学苏帮助，可是，她一说出口，马上又觉得这样做不很妥当，怎么能向这个女同志要求呢？她是来土改的，又不是来做医生的。金石二嫂的话已说出口，收不回来了，望着许学苏干着急，怕她怪自己多嘴。

许学苏再看了看木星，然后说：

"二嫂，不要紧，我们有药，吃下去会好的。"

"妈，我不吃药！"木星听到吃药，就想起一碗一碗的喝草药汁的苦味。

"啊，你不知道好歹！有药吃，病就会好哪！"金石二嫂转头对许学苏又是一种口气："同志姐，不要了！又麻烦你！"

"没有关系，没有关系！"

许学苏体会到金石二嫂的心理，她希望儿子的病快好，可是，她和自己不很熟，说话就吞吞吐吐，因此，她毫不停留地走出门口，准备回去拿药。她知道土改队配有药箱，里面有奎宁丸，那是作为土改队员的医疗之用的。

申晚嫂追了出去。

"晚嫂，你说一声吧，不要麻烦同志姐了！"金石二嫂说。

在她们谈话的时候，申晚嫂站在旁边，一直没有开口。她今天才有机会详细地看清楚许学苏：高身材，长长的脸，头发剪得很短，没有梳理，任它随便地拢着，灰制服有些褪色，衣袖和裤脚都卷着，皮肤黑黑的，手并不白嫩，一双赤脚也是粗粗大大的。她没有什么特别的地方，可是又象有一种特别的力量在吸引着申晚嫂。她说话随随便便，但是显得非常诚恳，叫人很愿意接近她；关心人家，却不是可怜人家，而是当作自己的事情一样的热心。申晚嫂记得许学苏来找她的那次，她们只谈了几句话，两个人就象认识很多年似的，许学苏句句话都打中她的心坎，她很有兴趣地听着，完全不把她当成外人。申晚嫂端详着她，觉得这个"同志姐"真是和农民差不多，说话，模样，都是自己看惯了的，穿上一身灰制服，并没有把她变成另外一种人。真是这样的！申晚嫂从许学苏又联想到王前之，他们是多末不同啊！王前之和宋良中，昨天下午跟欧明一起下山去了，临走的时候，有人看见他们，那人说王前之背着行李卷，愁眉苦脸，一声不响地走了，常常在王前之腰间晃来晃去的手枪也不见了。那人把他们走的情形告诉申晚嫂，申晚嫂心里有了一个疙瘩，王前之该不是因了自己的事情要受处分吧？

她追上许学苏，连连叫："许同志，许同志！……"

"没有关系，我们有药嘛！"

"我不是和你谈这个！"申晚嫂说。"我问你一声，王同志下山去，你们会不会要他坐牢？不好啊！不是他的错，都是那个绣花鞋搞的鬼！"

"王同志要负责的，欧同志不是说过要处分他吗？不过，还不致于坐牢。"

"为了我的事……真不好！"

"晚嫂，共产党、人民政府做事，是有纪律的，不能乱来。好，我要去拿药了，今儿晚上，我们再详细谈谈。"

木星吃了奎宁丸之后，果然安静。金石二嫂提心吊胆地守候在他身边，希望那几颗小小的白色药丸发挥奇特的效力，同时又怀疑那小小的白色药丸，是不是真的能够治病。木星睡得很好，不吵不闹，呼吸平平稳稳，瘦脸上显得很安详，似乎还有点笑意。金石二嫂心里盘算："这个药真灵啊！大概很值钱吧？要是同志姐来跟我们收钱，我哪来的钱呢？不会，她知道我们没钱。同志姐真是好人啊！我们母子撂在外边，有谁来理？难得她这样好心，问病，送药。木星，你要是病好了，可千万别忘了同志姑，……"金石二嫂充满了喜悦和感激的心情，嘴里念着，心里想着，靠在墙壁上，慢慢睡着了。

屋子里没有点火，月光从门口斜斜地射进来，地上好象铺了一块长方形的银白的毡子。从门口望出去，远处的山峰衬着透明的天空，山上的树木隐约可以辨认得出，仿佛是伏卧着的巨大野兽背脊上的一层绒毛。一阵阵微风吹着，传来间断的狗吠，鱼塘边的蛙鸣。山上的五月，夜晚还是清凉如水的。

许学苏和申晚嫂坐在桌子旁边。申晚嫂入神地听着。许学苏对她解释土改工作的目的和意义，共产党和革命的许多故事，这都是申晚嫂从来未曾听到过的,她不仅觉得新鲜,而且使她打开了眼界:在这个世界上果然有穷苦人的救星,有庄稼人的引路人。她在月光中望见许学苏的两只大眼睛,滴溜溜地转着,发出亮光,她对许学苏越发敬爱。许学苏已经了解了申晚嫂的身世,对她的坚决硬朗,宁肯折断也不肯弯曲的性格,在苦难中不屈的精神,心里也是很敬爱的。两个人的心是贴近了。申晚嫂望着许学苏,暗中说:"这样年轻的姑娘人家,怎么懂得这末多的事情?"嘴上却不介意地溜出一句:

"你是打哪儿学来的?是不是在学堂里学的?"

"我上过学堂?"许学苏笑一笑。"晚嫂,我和你是一样的人哩!"

"别讲笑话吧!我怎能和你比呢?"

"真是一样的,我当过人家的'妹仔',……"

"你当过'妹仔'?"

"谁当过'妹仔'?"金石二嫂从隔壁走过来。

"许同志说她当过'妹仔'!"

申晚嫂和金石二嫂十分惊奇。"妹仔"可以当"同志","同志"居然是个"妹仔"?简直是奇闻。她们心目中,认为替政府办事的人,无论从前和现在,都是些有钱人家的子弟,穷人连饭也吃不上,天生是被人欺负的,自己管自己还来不及,哪能出去做事?至于妇女,更是"前世造孽,今生报应",一生一世绕着锅台打转。象许学苏这样的事,是超出她们的想象之外了。

"是的,我当过'妹仔',和你们一样受过苦,种过田。"许学苏慢悠悠地说着。"我五岁的时候,爸爸妈妈都死了,一个是饿死的,一个是上吊死的。外婆可怜我一个人无依无靠,把我接了去住,她也是孤孤单单的一个人,年纪又大,日子过得多艰难啊!过了两年,我七岁了,外婆生了一场大病,没钱医,丢下我一个人,她哭着舍不得我,咽气的时候还淌眼泪哩……"

"可怜啊!"金石二嫂轻轻地叹息。

"后来,我的堂房舅舅,把我卖给姚南如家当'妹仔'。姚南如是个大地主,刻薄得要命,给他做牛做马,他连给牛马吃的东西也不给你吃，做工回来，喝上一碗稀粥汤，算是好招待了，他在旁边还要说开心话：'慢慢吃，吃快了当心卡住喉咙！'白天忙了一天不算，晚上还有罪受。姚南如的老婆有个混账脾气，她睡觉的时候，要我给她抓背，抓重了要打，抓轻了也要打；有时深更半夜，她睡着了，我也打瞌睡，她一醒来，拿起藤条木棍就打，我给打醒了，还不知道做错了什么事。有时候，他们打我还不够，用铁钳烧红了来烫我，你们瞧，现在还有一块疤！"

许学苏卷起衣袖，露出伤痕，月光中很清楚的看到手臂上有一块高低不平的痕迹，永远也不能复原了。

在许学苏讲述的时候，金石二嫂忍不住了，伏在桌子上，头埋在臂弯里，低低的抽咽。申晚嫂愤怒多于悲戚，她静坐着，表面很沉静，内心却沸腾着。从许学苏的遭遇中，她看到了自己的幼年和青年：一样的在黑暗中生活，在藤鞭和饥饿中生活。苦连着苦，心连着心，她越同情许学苏，就越憎恨她们的共同敌人，那些害人的地主。她看到许学苏手臂上的伤痕，好象铁钳烙到她的身上，心都抽搐了。她轻轻抚摸那伤痕，眼泪悄悄淌下来。她压抑的仇恨爆发出来，大声的骂道：

"这些死鬼地主！绝子绝孙！……"

她呼吸急促，气闷得难受，扑的一声站起来，踢开椅子，在月影中走了两步，突然转身对许学苏说：

"我以为天下的地主就数这里的地主狠，天下就是我们两家受罪多……想不到你也是……"

"天下的农民都是受地主压迫的，天下的地主都是一样的凶狠！"

"我恨不得吃掉他们！为了他们，我的眼泪可以用桶来挑！……"

申晚嫂诉起苦来。她不是幽幽地哭诉，而是大声地控诉，以往的凄凉的遭遇，好象山坡上滚下来的杉木，一件紧跟着一件的撞击她，从自幼被卖当"妹仔"，到自己卖女儿当"妹仔"，从丈夫的死亡，到自己被人家看成疯子，这一连串的撞击，使她说话不成条理，一会坐下来，一会站起来，有时说话象倒水似的，有时又停住说不下去。她痛苦着，激怒着，用上面的牙齿狠狠的咬着下嘴唇，下嘴唇留下了深深的牙印，由红变紫，起了血泡，最后流出血来，她啐了一口，鲜红的血在月光中变成暗紫的小点散落地上……

许学苏一边听，一边暗自说：

"苦大仇深啊！烈性子，好一个刚强的人！要不是党救了我，我和她不都是一样吗？……"

木星哭着叫妈妈，金石二嫂赶紧站起，因为伏得太久，眼睛给压得看不清楚，跌跌撞撞地回去了。

申晚嫂坐下，两手抓住桌子腿，眼睛盯住地上的月光，先前月光象一块毡子，现在因为月亮西斜而成为一长条的白带子。许学苏走过来搂着她，她全身的力量似乎用完，衰弱的靠在许学苏的怀里。许学苏抚摸她的头发，凑在她的耳边问：

"要喝茶吗？"

"不要！"

一阵从来未曾享有过的同情的温柔的感觉，使这个刚强的人反倒哽咽起来：

"阿许，黄连树上挂猪胆，我们的命真苦啊！"

"从前种苦瓜，现在要种甘蔗了。晚嫂，苦也到了尽头啦。"

申晚嫂走到破瓦盆前，用手巾抹抹脸，重新又坐下来。她虽然觉得喉咙有点疼，眼睛也有点酸痛，可是心情却象洗了个冷水澡，十分畅快。许多年来积压的郁闷，一下子喷散出来。这些辛酸事；过去自己不愿提不肯提，就是提起了，又有谁肯听呢？都是压在大石头底下的人，还不是将眼泪换眼泪，解不开这心头的结。

"我的仇没有报，真是死也不甘心！"

"好日子就快来到了，你想死？"

"不，我以前不想死，现在更不会想死了。刘大鼻子不打倒，我总是有点儿不甘心！"

"你说该怎么办呢？"

"政府下个命令，杀了他喽！"

"政府下个命令，那倒不难。不过，你说说，大峒乡就是你一个人恨刘大鼻子？"

"人多得很，二嫂，四婆，梁七……是穷人都受过他的害。"

"大峒乡就是一个刘大鼻子害人？"

"嗯？"申晚嫂考虑着。过去，她没有很好的想过这个问题，一心只记住刘大鼻子；给许学苏突然一问，她不能不想一想。但是，不需怎么考虑，她马上说："当然不止他一个！"

"晚嫂，你的仇一定要报，大家说刘大鼻子要杀，政府一定会接受，这个你可以放心！"许学苏同情而又耐心地说。"不过，一条黄麻孤零零，十条黄麻搓成绳，人多力量才大。地主不是一个人，要报仇的农民也不是一个人，大家要团结才行啊！……"

"地主倒是死团结，我们农民象滚水煮饭焦（锅巴），你不靠我，我不靠你。"

"不对！你说谁不想报仇、翻身？大家都是黄连树上挂猪胆，苦连苦，心连心，团结起来比什么东西都有劲……"

申晚嫂在心里反复念着"一条黄麻孤零零，十条黄麻搓成绳"。这句话给她很大启发，过去自己一个人去打刘大鼻子，连他的毫毛也没有损失一根，自己倒活活受了不少的罪。金石和刘大鼻子吵了架，又不是给白白捉了去？真是一条黄麻孤零零，一拉就断了。要是大家齐心可不同了，那次蛇仔春带人来抢谷子，人多一吆喝，不是乖乖的放下来？十条黄麻搓成绳，这条绳子要勒死那班鬼地主了。她一把抓住许学苏的手，高兴地说：

"阿许，你说得对，我也开窍了！"

"道理是慢慢学会的。我要是找不到共产党，现在不知道是什么样子呢？"

"你真走运啊，那末早就找到共产党！"

"你们不更好了！共产党解放了全中国，现在领导大家分田，还领导大家到社会主义、共产主义，将来的日子，不知有多好！"

"嘻嘻！"申晚嫂笑了。"阿许，你说，你怎么找到共产党的？"

"那时候，我不是在姚南如家当'妹仔'吗？我们乡里来了几个游击队，领导的人就是欧同志。姚南如家的长工周四参加了，我也请求参加。"

"你不怕吗？"

"起初也是有点怕。周四常常和我讲道理，我一心想脱离虎口，想报仇，想打死姚南如两公婆，心想，再苦也苦不过当'妹仔'，再可怕也不会比姚南如更可怕了。"

"对啊，你也想报仇的？"

"后来听多了道理，我起初想的也不完全对。"

"为什么呢？"申晚嫂关心地问，侧着头等她回答。

许学苏喝了一口茶，继续说："欧同志常常跟我们讲，凡是农民都是受苦的，凡是地主都是压迫人、剥削人的，农民要想翻身，就要把地主一起打倒，杀死一个地主，农民翻不了身；单单是一个农民想报仇，也报不了仇。比如我那时候吧，要是杀死姚南如，我的仇是报了，但是我没有田没有地，要活下去，就要求地主租田租地，一在他们的契纸上画了押，他们的绳子就捆住你了，要打要杀，还不是由他们喜欢。"

月亮快落在山后了，房间里只有一线的光亮，申晚嫂睁大眼睛，用力望着许学苏，专心听着，深怕漏掉一个字。

"地主阶级是做了许多坏事，要跟他们算账，好象刘大鼻子，他害得你多惨，一定要算清这笔账。不过，地主最厉害的，是他们霸占了田地，这是捆我们农民的顶粗的一条绳子，哪个农民也给它捆得定定的，动也动不得。现在，共产党领导大家翻身，就是要把细绳子，粗绳子一起剪断，农民才能真正的翻身。"

"说得对！"申晚嫂一把搂住许学苏，从心里叫出来。

"晚嫂！"许学苏亲热地抓住她的手。"地主是一帮人，农民也是一帮人，要一帮人对一帮人，才能打得赢他们，一个人是不行的。你说，我的话对不对？"

"我明白了！一条黄麻孤零零，十条黄麻搓成绳嘛！"

第十五章　一把新钥匙

梁七是个忠厚人，不喜欢多说话，但遇到高兴的事，也会说在别人前头，说错了心里干着急。遇到看不惯的事情，比谁都气愤，嘴上却一声也不哼。王前之要他参加那个"贫雇农小组"，他又惊又怕的参加了，看到"绣花鞋"的怪模样，心都快气炸了，每次开完会回家，不是象石头似的坐着不动，就是闷声不响地踱来踱去，有时用拳头擂打胸口，自言自语，唉声叹气：

"唉，真造孽！……"

他的老婆摸到他的脾气，在他发作的时候，理他劝他也是枉然，等他平静下来，再慢慢劝他，那时或许还能听得进去。以前，她曾经当着他的火头上去问他，他硬是不开口，好象没有听见，其实心里在厌烦：妈的！我要你来管！她再追问下去，他跳起来抓住她的头发，没头没脸打一顿，打完了，自己想想做错了，又去擂胸口，干着急。她看到他发完脾气了，半责备半怜惜地说：

"四十多岁的人了，急有什么用？不去就得啦！"

"不去？你说得真容易过放屁！王同志要我去，我不去？你知道将来会出什么事？"

梁七一直是既懊恼又害怕。到斗争申晚嫂以后，他简直成了热锅上的蚂蚁，走投无路。那件事，全村的人几乎都有意见，他自己也愤愤不平；可是自己参加在那个倒霉的小组里面，免不了有关系。走在路上，仿佛大家都另眼相看，抬不起头来。他曾经想找申晚嫂，表明一下心迹，等到看见她了，脸红心跳，说不出口，回来又是搥胸口。

开过大会，梁七吐了一口气，绣花鞋到底跌下来了。但是，新的苦恼又来纠缠他：自己参加过那个小组，以后他们还当自己是好人吗？绣花鞋、刘栋、刘华荣，一窝的坏蛋，不吃羊肉也惹了一身膻，真是倒了十八代的霉。他回家又不开口了，一个人自言自语，好象失落了什么东西。

这一天，赵晓和"贫雇农小组"的人开会，梁七仿佛偷了人家的东西似的，缩在角落上，害怕得要命。赵晓的态度很和气，和大家谈了一个晚上，最后的几句话特别有力：

"农民一定要翻身，土改一定要完成，谁也拖不住！好象你们这里的高吊水，它要冲到山底下去，哪个能拦住它？谁想去试一下，谁就会给淹死！"

梁七越听越高兴，他把身体向前倾，专心一意的在听。心里连连称赞："好啊，这才象个样子嘛！"他瞟了一眼绣花鞋，看到她坐立不安，心里可乐了："这一下够你受的了！"

绣花鞋装出一脸的恭顺，老是"是啊是啊"的在帮腔。等到赵晓说完了，她笑眯眯地说：

"我们都是一个大字不识的人，王同志又不同我们讲，要是象赵同志这样，我们就提高觉悟喽！"

她说话还引用了新名词，赵晓觉得好笑，梁七却气愤得很，心里暗骂："提高，提高个屁！你是存心害人，倒往同志身上推！"

散会以后，赵晓和梁七一起出来，肩并肩地走着。赵晓对他。说：

"七叔，以后我们要多商量，你是老一辈的人，对乡里的情况熟，还要你多出主意哩！"

"我不中用！"梁七嘴里客气，心里却愉快："他们不把我当外人哩。"

回到家里，他整个人都轻快起来。老婆睡了，他去摇醒她，结结

巴巴地将赵晓的说话,东一句西一句的讲给她听。他讲得缺三漏四,她又是睡眼蒙眬,简直听不出头绪。他忍不住说:

"你要提高!"

"什么剃篙?"

他笑了。脱衣服上床,想起这句脱口而出的话,还是"咪咪"的笑。

"这个人真怪!"他的老婆翻个身又睡了。

天色刚亮,梁七牵着租来的耕牛,背着耙下田去。赵晓在村口追上了他:

"七叔,等等我!"

"有事吗?赵同志这样早起身?"梁七诧异地问。

"没有事情,我同你一块儿去!"

"去耙田?"

"是啊!"

梁七很诧异:这个同志放着自己的事情不做,要去耙田,真是怪事。细手细脚能做工,好玩儿罢了。既然想去,就去吧,随你的便。

两个人走上山坡,回头看虎牙村,一排排矮矮的房子,挤在那个好象虎牙的山坡下,灰灰暗暗,连早霞的光映上去,也不见增添多少光彩。倒是村西的那口鱼塘,反射着蓝天的光亮,显出几分生气。再看石龙村,高房大屋,一层层筑在山坡上,森严齐整,白粉墙映着霞光,大门紧闭,看上去好象阴险的人露出一脸奸笑。

梁七一边走,一边在想:赵晓要来耙田,到底是什么意思呢?不会是为了好玩,一定不会,他有许多工作要做,哪有工夫来玩儿?为什么呢?啊,莫不是想来盘问自己?这样一想,他可不自在了,闷声不响,一个劲儿往前走。他等着赵晓发问。赵晓老问些不相干的问题:

"那间最高的房子是谁家的?"

"沙河水大的时候,会不会淹到田呢?"

"最近山上有没有野猪和老虎?"

梁七又好气又好笑,这个同志讲大道理又动听又新鲜,怎么现在象个小孩子似的,问这些无谓的话。

赵晓东扯西扯地发问，梁七开始是有一句没一句地随便答应着，后来，他渐渐忘记了自己的不自在，戒备撤除了，对这些几十年熟知的事情，他象一本活字典，查到什么有什么，丰富得很。两个人一路谈着，一路走着，梁七觉得这个同志还是蛮可亲的。

到了田里，赵晓帮助他套上耙，吆喝一声，就开始干起来。梁七想拉他已来不及，好奇地看他很稳很匀的来回耙着，大出意外：

"赵同志，你也会做田工？"

"学的嘛！"

"你们识字的人，心眼灵，一学就会。我们耕田佬就不行了，你讲的那些道理，记也记不住……"

"七叔，你们耕田的经验，够我们学一辈子哩。"

"哎哟，快别学这些了！我做了几十年，又做出什么来呢？"

休息的时候，两人坐在树荫下，卷了烟叶，悠悠地吸起来。

"赵同志，你累了吧？"

"不要紧，多做就会惯了的。"

赵晓望着梁七，他面色黧黑，眼睛眯细，眼皮沉重的象要挂下来，眼角旁边，密布着好似树叶的经络的皱纹。一看上去，就知道他是饱经风霜苦难的人。样子虽然疲乏，却很慈祥。只有嘴上的短胡髭，浓黑坚硬，才使他显得刚强。

"七叔，这块田是你的吗？很好啊，靠近水，又向阳……"

"唉，我哪有这个福气哟！赵同志，不瞒你说，我想了几十年，就是想有一块自己的田……"

"牛呢？"赵晓指着在田边吃草的那条耕牛。

"除了我这条老命，什么都是人家的。唉，要不是你们来了，恐怕这条老命也不是自己的喽！"

"不对吧，你还有个七婶哩。"

"唉，说良心话，以前连自己也顾不来，对她就……"

梁七沉默着。一大口一大口吸卷烟，吸进又喷出来。眼皮完全下垂，好象闭起眼睛似的。他给引回到从前的暗淡生活中去，那杯苦酒的滋味，还留在舌尖上没有散哩。

"七叔,我有句话想问你,不过说出来你别见怪!"

"赵同志,这是什么话?你请说吧!"

"你以前做工是不是这样勤快呢?要不然,怎会弄得这样呢?"赵晓故意这样说。他想用启发的方法,使他自己来回答,从回答中提高阶级觉悟。

梁七好象被尖刀扎了一下似的跳了起来。打他,骂他,都可以忍受,要说是懒,死了也不会承认。他愤愤地说:

"象我这样又勤又快的好手,大峒乡也难找出多少个……"

梁七本打算再说几句不客气的话,一来是在同志面前,二来是他的老脾气,气愤的时候说不出话,他忍住底下难听的话,不作声了。

"嗱,你见怪了不是?"

他虽然承认自己同意不见怪,可是赵晓说话太无道理,不见怪也很难办到。他望着赵晓很诚恳的样子,不能不说:

"我起五更带夜晚,一年到头,人家做三百五十九天,我做三百六十天,连大年初一也算进去,怎么能说我懒呢?"

"那你为什么连田地耕牛也没有呢?"赵晓又追问了一句。

梁七有点忍耐不住了,赵晓这个人多荒唐啊!越说越不对头了。穷,能怨谁呢?他撂下烟头,站了起来:

"只能怪命不好!……呵,呵,哦咦——"

他牵过牛又下田了。

耙完田,梁七邀赵晓回家吃饭。他根据乡下的习惯,人家帮助做工,应该请吃饭,所以一定要邀他去。梁七又觉得赵晓说话虽然荒唐,可是他问来问去,已经引起兴趣,真想再和他谈谈。赵晓也明白他的思想开始活动,两人之间的隔阂减少了些,很高兴地和他回去了。

梁七一进门就高声说:

"赵同志和我去耙田,他真有两下本事哩。我请他来吃饭!"

七婶正在煮番薯。她一听见可愣住了:请同志来吃饭?这个死老鬼难道不知道家里连一颗米都没有?请人家吃番薯,象什么话?她勉强应酬着：

"同志哥，请坐啊！"

赵晓一直走到灶前，坐在草堆上。

"七婶，我来帮你烧火！"

七婶谦让了一会，就让给他去烧。她把梁七拉过一边，低低地埋怨他，要他出去借点米回来。梁七也知道这样简慢，不是招待客人的样子。两人正商量着，赵晓大声说：

"七叔，我有话在先，你们吃什么，我吃什么。如果加菜煮饭，我马上就走。"

"不能，你是头一回。"

"这，我就走！"

梁七急忙拦住。他望着赵晓要走的样子，又望着七婶不同意的表情，左右为难。支支吾吾地说：

"你不能走！好，好，我……"

"你真是！同志又不是……"七婶很不以为然，碍着赵晓的面子又不便说什么，只是发急。

"算了！赵同志不会怪我们的，等将来分了田再请他吧！"

"这就对了！"赵晓坐下去又烧火。

七婶无可奈何地去洗了几个番薯，一路嘀咕着，直到番薯放下锅，还在自言自语：

"多失礼啊，怎么好意思呢？"

赵晓知道她是真心抱歉的。她对干部还没有认识，总觉得这是一些客人。他带笑说：

"七婶，你不把我当外人吧？"

"哪里的话！请都请不来哩！"

"既然是一家人，你还要客气？"

七婶给他说得笑起来。

梁七提了一桶水，刚走到她背后，看着赵晓，对她努努嘴，好象说："你瞧我这个老伴儿，有多周到也有多麻烦！"赵晓也笑了。

吃完番薯，大家的感情更融洽了。七婶去洗碗筷，她对这个青年人也怪好感，听他说话，她不断点头。梁七拿出自己种的烟叶，两人对坐着抽烟。

"七叔，先头你说人穷是命不好，我真不明白，难道石龙村那些地主的命都是好的？"

"自然啦！人家祖坟风水好，……就说刘大鼻子吧，他家门口的风水竹，是主兴旺的。"

"现在有没有人动过他们的祖坟，他们的风水竹？"

"真是……"梁七又觉得他问得奇怪了。"谁动人家的祖坟呢？"

"为什么现在他们的命又不好了呢？"

"这个……"梁七答不上话了。停了一会，才说："那是你们共产党来了！"

赵晓吸了一口烟，烟叶的清香充满房间。梁七低着头，用手指剔除小腿肚上的泥巴。赵晓看出他是在思索着。一直在他思想中长留着的风水命运，过去遇到最不可解的事情，是一把可靠的钥匙。凡事往风水命运上一推，疑难就解决了，人也就没有那末痛苦。现在，这把钥匙，第一次失掉了效用。当真是共产党来了，风水命运也变了一个样子？

"七叔，这不是命好命不好。我想问问你，地主的钱是哪儿来的？"

"收租来的。"

"不交租给他，他会不会发财呢？"

"不交租？地是人家的嘛！"

"如果你耕的地是你的,收的谷子都是你的，你不会这样穷了吧？"

"不要说全是我的，有三成是我的，也不会穷得几乎连裤子也没有了。"

"有一成也心满意足喽！"七婶插嘴说。

"这样说，你们本来不会这样穷。省吃俭用，做工勤快，三餐饱饭应该有得吃。现在给地主剥削了去，他们有钱，你们就穷了！"

"剥削，剥削！"梁七低着头，小声的反复说着。这句话他听王前之说过，当时不懂，不相信，现在似乎有一点儿懂了。他问："说他们剥削，可是地是他们的，有地才能收租啊！"

"地是他们开出来的？不是。地是他们娘胎里带出来的？也不是。是祖上传下来的？祖上的地又是哪儿来的呢？"

"刘大鼻子的阿爷，只有十来亩田，"七姊气愤地说。"到刘大鼻子手上，有一百多亩良田，还有山哩地哩！"

"是怎么来的呢？"

梁七想着想着，下垂的眼皮，渐渐张开，一股对地主阶级的怨愤，逐渐增涨。他想到自己也曾有过几分九级田，瘦虽然瘦，到底是自己的啊，可是为了还债，押给刘大鼻子了。刘大鼻子名下的一百多亩田，不是也有自己的一份吗？妈的，他的房子越砌越高，原来是用我们的骨头垫底的啊。他猛一拍桌子，用尽力量大叫，好象给怨愤胀得爆裂开了：

"操他的祖宗！是剥削来的！"

第十六章　锋芒初试

在那间改作土改队队部的小学旧校舍里，申晚嫂、巧英、金石二嫂、四婆和另外几个妇女，坐在角落上，她们的眼睛都是湿漉漉的，有的人眼泪还在往下淌。巧英靠在申晚嫂身上，她断续地抽咽着，鼻子吸一口气，发出响声，身体也跟着抽搐一下。金石二嫂泣不成声，四婆扶着她。申晚嫂的两只肘弯顶住膝盖，双手捂住脸，她没有哭，也没有流眼泪，只是觉得喉咙有点疼，眼睛有点涩，心口似乎有一个硬硬的东西顶住。她想起刚才的"谈心会"，大家都是本乡的人，朝不见晚见的人，多少年来生活在这个"峒面"上，彼此都是相熟的人，可就面熟心不熟，各人的苦楚各人藏在心头，今天总算露了天，大家才算是把心挖出来，把苦水吐出来。难过当然是难过，但是，流一顿眼泪，哭一场，总比闷在心里的好。申晚嫂听了大家的诉苦，她恨，她愤怒，她攥紧拳头，想要叫喊出来，可是克制了自己，所以到现在喉咙有点疼，心口觉得有东西顶着。

刚才的"谈心会"，是许学苏他们召集的。这几天来，土改队的干部，个别发动和培养了一些农民，今天邀请他们来开个"谈心会"，好让大家见见面，心换心的谈谈心事，使怒火燃烧，斗志增强，然后团结组织起来。"谈心会"一开始，申晚嫂本想说几句鼓励大家发言的话，可是，她看到的都是前后村上下屋的熟人，都是太阳晒得黑黑的，脸上很少笑容的受苦人，他们的眼睛望着她，这反而鼓励了她的发言，她把自己藏在心里的话，忍受了多少年的苦情，尽情的倾吐出来。在她的影响之下，许多人都打开了心房，真情的话语，苦痛的往事，愤怒的感情，象暴雨似的倾泻出来。一个人的经历，激动了大家，一个人的苦情，也敲打着大家。在"谈心会"上，感情越来越激动，说话的人说不出声，听的人哭得象个泪人。后来，许学苏宣布休息一下，大家才勉强停下来，但是，啜泣声还是继续着。

　　许学苏、赵晓他们，时时走到这边，又走到那一边，低低地安慰他们，又鼓舞他们。许学苏自己也激动得很，不过，她经过锻炼，她懂得怎样使悲痛化为力量，怎样为沉重的感情找到出路，怎样使仇恨的锋芒集中到地主阶级的身上。

　　许学苏走到申晚嫂那里，人们稍微挪动了一下，让出一个位置，许学苏坐了下去，大家并没有和她说话。巧英一把抓住她的手，两只手握着它，搓来搓去。

　　许学苏停了一会才低低地叫："晚嫂！"

　　申晚嫂捂着脸，在想着她的心事，没有听到。许学苏又叫了一声，她才慢慢地放下手，应道："嗯，什么事？"人们看到她的脸色发白，两只眼睛红通通的，嘴唇上显出深深的牙印。

　　许学苏还是低低地说："晚嫂，和大家去谈谈！各人的苦都吐出来了，我们再找找看，苦根到底在哪里？"

　　申晚嫂点点头，可是坐着没有起身。

　　许学苏又和大家说："人人都有苦，人人的苦都不同，苦根是不是一样呢？"

　　大家静静地坐着。

　　许学苏站起身，巧英跟着她，走到另一边来。梁七和梁树、麦炳及另一些农民农妇围在一起。梁七脸上还有眼泪，他见许学苏走过来，连忙用手揩去泪水，喉咙干巴巴，声音沙哑，说：

　　"许同志，这里坐！"

　　那边，赵晓和石龙村及高峰村的农民，也在谈着。

许学苏望望大家，轻轻叹了一口气，说：

"今天我们大家真算是心贴着心了……"

"这话一点不假！"梁树低着头，手指在地上乱划。

"这些苦情，我们不是不知道；今天听起来好象格外伤心，这是怎么搞的？"麦炳好象为自己解释，也好象在问人。

"苦情都是苦情！以前早上也不知道晚上的事，哪有工夫去想它呢？"梁七摇摇头，仿佛要把什么东西摆脱掉似的。

"现在想起来，可真他妈的叫人恢气！"梁树接着说。

"苦情各人不同，苦根还是一条。"许学苏说。

"为什么是一条呢？"梁七奇怪地问道。

"就拿你和巧英来说吧……"

"是啊！"梁七拦住许学苏的说话。"我受的是剥削的苦，阿巧是受地主婆的折磨，怎么会是一样的呢？"

"苦根是一样的……"

"不，不！"

"巧英是怎么卖给刘家的？"

"那年——"梁七想了一想。"她爸爸死了之后，她妈妈养不活她，……"

"她爸爸又是怎么样死的呢？"

"我爸爸……"巧英想说话，刚一开口，忍不住又哭起来。

"七叔，许同志说得对，我们的苦情不同，根是一样的。"梁树抬起头来，大声说。"阿巧的爸爸，如果不是田地少，如果不是受地主剥削，他也不会死，他不死，阿巧哪会卖给刘家？"

四边有人围上来。申晚嫂她们也走过来。

"说来说去，总是吃了没田没地的苦！"有人感叹着。

"地主压迫我们，剥削我们，就仗着有田有地，田地就是他们的一笔大本钱！我们家家户户的苦，都是这条根！大家信不信？你们再想一想，挖挖这条根，看到底是不是？"

人们顿时三三两两的交谈起来。有的在自己琢磨，有的在替别人计算。找到了根源，大家的仇恨有了标的，刚才的低沉空气，一下子转变成激昂。

"我还以为是命不好，原来都是那班绝子绝孙干的！"

"我啊，以前总骂我的老公不争气，有这末一块大石头压在头顶上，想争气也不行呀！"

"看得见的石头，看不见的石头，一大堆，骨头快给压断喽！"

"压得断一个人，还能压得断大伙儿？他妈的，现在到跟他们算总账的时候了！"

人们越说越愤激，摩拳擦掌，好象仇人就在面前似的，恨不得马上就扑上去揍他一顿。梁七起先还在静静地想着，后来也跟着嚷起来。梁树象一头小老虎，跳跳蹦蹦。申晚嫂心里在盘算着许学苏跟她说过的话：一条黄麻孤零零，十条黄麻搓成绳。她看到大家的愤激，也感觉到大家的力量。她受到大家的感染，仿佛自己增加了力量，高大了许多。向地主阶级进攻，有了信心了。她用坚定有力的声音说：

"一个人的拳头就算有十斤重，十个人的拳头就是一百斤，我们大家合起来，这一拳打过去，铁人也会打碎的！那几个地主，还怕他跑上天！"

她的充满信心的说话，鼓舞了大家，许多人嚷着：

"我们真该出口气了！"

"我还想不到我们有这末大的力量！要是人人齐心，山都搬得动啊！"

许学苏心里在赞许："申晚嫂的确有了进步，她认识群众的力量了！"她望望赵晓和从岭下村调上来的两个土改队干部，他们也微微点头，似乎同意她这个见解。他们和身旁的农民们低声说话，听话的农民，哈哈大笑，整个会场完全处在高涨的情绪之中。

"对啊！我们的力量大得很！"许学苏说。"不过，要是我们团结起来，组织起来，几百个人象一个人似的，我们的力量就更大，拳头伸出去就更有力！"

许学苏用两只手做成圆圈，慢慢合拢，然后又伸出一只拳头。这个手势，帮助她的说明，大家全明白了。

"许同志，你说说，该怎么个团结组织？"

"这还要问？"梁树很有把握的说。"做会、拜太公都要有个头人，有个……"

"乱扯！这怎么能比呢？"有人打断了他的话。

"你就喜欢自作主张，等许同志说嘛！"有人责备他。

"将来我们要成立农民协会，大家农民参加，都做个会员，现在呢，我们人数还不多，好多工作要做，我们先成立个贫雇农主席团，领导大家办事……"

"我就是这个意思嘛！"梁树又出来辩白。"肚子里没有墨水，说不清楚就是了！"

梁树自己笑起来，大家也跟着笑起来。

"我还有个提议，"许学苏说。"要不要有个领导，大家讨论一下！……"

"当然要，不必讨论！"有人不赞成。

"讨论一下好！再说，选哪些人，选几个人，大家研究研究，那才选得更合适。现在，大家分开村来讨论好不好？"

"好！"梁树头一个赞成。而且，他站起身来，大声说："我们虎牙村的，就在这里讨论！"

申晚嫂瞧着他这个猴急的样子，笑着说："就是你一个人心急！"

巧英白了他一眼，低低地说：

"就听见你一个人出主意！"

梁树觉得不好意思，眨眨眼睛，咧开嘴："说做就做，我不喜欢婆婆妈妈的！"

人们纷纷站起来，各自集合到自己同村人的一块儿去。一阵忙乱，有人碰倒了凳子，有人撞到别人身上，但是，大家都是喜悦的，兴致很高。四个小组，一个组占住一角，大声说话，互相可以听得到。有时，那边一个小组提出了一个名字，给这边一个小组听到了，马上有人说：

"你们小声点好不好？尽嚷，嚷得我们都提不出来了！"

"提不出？跟我们一起选吧啦！"

不到一顿饭的工夫，大家酝酿好了，又集合在一起。互相看着，你望我笑，我望你笑；对那几个将要被提出来的人，大家更是对他们做眉眼，弄得那几个人怪不好意思。许多人望着申晚嫂，她对那个朝她做鬼脸的人，狠狠地瞪了一眼，其实是没有恶意的。坐在申晚嫂后面的巧英，轻轻戳了她一下，她以为巧英也来开玩笑，转头骂她：

"小鬼，别闹！"

巧英忍住笑，在申晚嫂耳边低低说："你瞧七叔，他好象老菩萨似的！"

申晚嫂转头一看梁七，他坐得笔直，头微低着，两眼看着地，好象睡着了，嘴嘟得好高，两手放在膝盖上。申晚嫂一看，也忍不住笑。这一笑，引起大家都去看，都笑了。梁七在想他的心事。他心里老是觉得沾过绣花鞋那个组织的边，是一桩不体面的事；刚才听得本村的人还是提出他的名来，他又惊又喜。大家笑开了，他才惊觉过来，望着大家发愣。大家笑得更厉害，人仰马翻，笑得不停。他过了一会才明白，跟着大家一起笑。

"大家研究过了，该选几个人呢？"许学苏问。

"九个人！"

"九个！"

"九个！"

"七个！"

经过一阵商量，决定是九个人。

"选哪些人呢？"

"申晚嫂！"

"申晚嫂！"

"申晚嫂！"

同时有几个人提出申晚嫂。跟着，许多人都开口了，表示同意。可是，他们并不是简单地说出同意两个字，而是根据各人的了解，说出一大篇的赞扬。所以，乱嘈嘈的，响成一片，谁的话也听不清楚。

"我们一个个来提，然后再一个个来选，好不好？"

"好！这样怎么行呢？鸭子吵塘似的！"

"许同志，你要教教我们！我们这些泥腿子，哪一辈子开过会噢！"

"不要紧，不要紧！"许学苏笑嘻嘻地说。"慢慢就会的。现在提吧！好！申晚嫂．梁七，梁树，刘火明，彭桂，杨文德，杨石，麦炳，还有谁？刘炎……"

"我不能干！我不干！"刘炎是石龙村的老农民，他听到有人提他的名字，站起身来，坚决地摇手。

"大家选你……"

"选我，我也不干！"他饱经风霜的脸上，沁出汗珠，好象在和千斤重的担子搏斗。

"好，我提一个，女的，四婆！"

"好啊！"

"还有谁？大家可以尽量提出来！"

"有几个人了？"

"一、二、三……，连刘炎在内，一共是十个人。"

"不要算我，不要算我！我不能干的！"刘炎连连拒绝。

"那就不算刘大爷吧！九个人，刚好啊！"

"不要再提了，九个人，正合适！"

"大家举举手吧，赞成他们的举手，不赞成的可别举手嗷！"

除了被提名的九个人，大家一致举了手。

"你们呢？"

"哪能自己举自己哩！"梁七慢吞吞地说。

"可以自己举自己！再说，除了自己，还有他们哩！"

梁树停了一下，头一个举起手来："他妈的，举就举吧，是替大家办事嘛，又不是分猪肉！"

申晚嫂也举起手。她说："真是的，以前哪轮到我们来问事！现在能替大家办事，不要推来推去！"

其他的几个人，也跟着举了手。可是，大家还有些不好意思，一

137

面举手,一面抿着嘴在笑。有的还偷偷瞧着别人,似乎怕有人笑话他们。

大家全举了手。

"好!我们大峒乡的头一批'头人'选出来了!"许学苏高兴地说。

"今后打仗有了元帅啦!"

"你们是什么呢?"彭桂低低问坐在身旁的赵晓。

"我们是你们的参谋!"

"参谋?"彭桂听不懂。

"啊,参谋就是军师!"刘火明不满意彭桂的唠叨。

"好啊!有元帅,有军师,真要打一仗才行!"

大家欢欢喜喜,好象孩子似的又笑又叫,不停地拍手。多少年来被人踏在脚底下,连喘一口气的机会都很难得,现在翻转身来,象一个真正的人似的站着,命运掌握在自己的手里,怎能不高兴呢。同时,他们也生长出斗志,要进攻,要向他们的死敌展开进攻……

"我的心跳得厉害!"

申晚嫂握着许学苏的手,在她耳边低低地说着。许学苏轻轻地在她手背上按了一下。看她的脸色微微涨红,鼻尖上有汗珠,两只眼睛露出不定的神色。许学苏问她:

"你害怕他们?"

申晚嫂奇怪地望望她,那表情好象在说,你怎么这样不了解我?然后,她还是低低地,可是坚决地说:

"害怕他们?我什么时候也不会怕他们!"

"我明白了!你镇定些!头一次都是免不了的,我也有这个经验。"

她们两人和主席团的委员们,一字儿排开,坐在长凳上,长凳放在贫雇农主席团办事处门口的台阶上,台阶下面放着一张长桌子,离开桌子五尺远的地方,大峒乡的地主们,分成三排,面向着主席团站着。四周有很多群众,围成几个圈儿。梁树背着一枝步枪,和几个纠察队员,雄赳赳地在外圈走来走去。

今天是新的主席团成立后的第一个攻势。

申晚嫂是主席团的主席，梁七是副主席。她今天将要领导这第一个攻势的进行。她没有领导的经验，而且这个场面显得如此严肃，长期骑在农民头上的人，俯首贴耳地站在下面，他们装出一副恭谨的样子，但眼睛骨碌碌的瞟来瞟去，右脚缩进左脚伸出，左脚缩进右脚伸出，不断在那里换脚，显然看出他们是不耐烦不服气。仇人见面，分外眼红。申晚嫂和其他的委员们一样，恨得牙痒痒的，同时她又盘算这个训话会怎样才能开得好，所以她对许学苏说心跳得厉害。

群众人数虽多，却不嘈杂。大家相信坐在上面的这些"头人"。他们虽然只有几个人，可是，他们是全体农民的代表，他们威严地坐着，群众围在四周，这就形成了一种雄伟的阵势，那些猥琐的站在中间的一小撮人，显得很渺小。群众等"头人"出来收拾他们，也准备支持"头人"。群众严厉地看着他们。

在圈子外边，两个纠察队员，押着冯庆余过来。

"快走！快走！"

冯庆余摇摇摆摆地，毫不在乎地走过来。群众闪出一条路，他走进人圈，一看这种场面，才着慌了，想往三排地主的后边躲。申晚嫂籔的一声站起来，高声叫道：

"冯庆余，过来！"

冯庆余还在犹犹豫豫，不肯听命，梁树拎着步枪，走到他身边，用枪托在地上敲了两下，命令他：

"过去！"

冯庆余走近长桌，身体挺着，昂着头，还不肯服输。

"叫他低下头！"

"妈的，叫你来听训话，你摆什么鸟架子！"

群众吵起来，他才慢慢呵着腰，低下头。

"冯庆余，你为什么来迟了？"申晚嫂问。

"我，我，小店有事，一下子不能分身……"

"啪！"申晚嫂用拳头敲了桌子。"混账！叫你来，你就要来！你知道现在天下是谁的？……"

冯庆余眼睛瞟了一下，伪装着恭敬，退后两步，嘴里连连说："我，我不懂规矩！"

"他的诡计多得很，不要相信他！"群众中有一个人插了一句。

冯庆余顺着声音找去，油滑地说："四哥，你别冤枉好人啊！"

叫做四哥的那个年轻人，一冲就冲到他身边，手指着他的鼻子，粗声粗气地说：

"我冤枉你？你，还有他，他！"四哥转身指着刘华生和另外两三个地主。"鬼鬼祟祟，勾勾搭搭，晚上不睡觉，到底做什么？不是商量诡计，还有好事吗？"

"叫他们出来！"群众叫着。

"出来！"申晚嫂命令。

主席团的委员们坐不住了，有几个人也站起来，走向长桌，分别站在申晚嫂的两旁。梁七手上拿着一张纸，折得四四方方的，紧握在手心里。

刘华生和另外两三个地主，双脚在地上一步一拖地走了出来。冯庆余转过身，一个劲儿地向他们飘眼风，要他们注意说话。四哥发觉他这样做，一把推他转个身，然后对刘华生他们说：

"你们说啊，半夜三更，聚在一起，有什么好事啊？"

"没有，没有！我们天没黑就关上大门睡觉……"

"胡说！前几天我亲眼看见你到冯庆余家里去！"

"家里没有油点灯……"

"又说关门睡觉，又说买油点灯，你到底干吗啊！"

从群众中间，从主席团委员中间，跳出几个人，围着冯庆余他们，是责问又是训斥的在数说他们。群众在一旁高声呼应。那种浩大的声势，吓得冯庆余和一帮地主畏缩着，不敢出声。他们训着骂着，随时从三排地主中间，又叫出一两个人来，马上又有一堆人围着他，骂着训着。这种面对面的训斥，群众们舒了一口气。这是从来没有过的事。群众的情绪高涨，许多人的胆子也壮了。被训斥的地主，有的一味装傻，有的象哑子似的闭紧嘴，有的"是啊是"的赔小心。

申晚嫂后来开口了。

"大家听我说几句话！"

人们慢慢静下来。梁树一声吆喝："你们站好去！"被叫出来的那帮地主，飞快地跑回到三排人堆中去。他们出来的时候，慢吞吞好象害了大病，回去时跑得比谁都快，这就引起群众的咒骂："说他们是装死，一点不假！"

申晚嫂本来站在桌子后面，边说着边走着，绕过桌子的一边，走到前面来，似乎这张长桌限制了她，说话不痛快，也似乎因为离开地主群太远，她不能给他们以重重的压力。她走到当中，庄严地站着，用洪亮的声音说：

"你们大家看见没有？我们农民比不得从前，象糯米团子似的，由你们捏成方的就是方的，捏成圆的就是圆的！现在，共产党帮助我们翻了身，再不能由你们来搞鬼！我们一定要分田分地，要打倒地主恶霸，谁敢来捣乱，我们农民就会叫他知道厉害！……"

申晚嫂滔滔不绝地说着，她自己也不明白是什么力量在支持她。先前还是心跳脸红的，此刻反而一点不觉得了。她本来只想说短短几句话，开了头，却停不住。她训了他们，历数他们的罪恶，尖锐地指出他们的阴谋活动，说得很严厉有力，群众点头称赞，许学苏和赵晓他们也觉得意外。被训斥的地主们，心里也暗暗惊奇，冯庆余暗暗在想：

"共产党真厉害，这么一个疯疯癫癫的女人，也给他们教得能说会道！"

申晚嫂说到最后，她问道：

"你们听见没有？"

群众也跟着叫："听见没有？"

"听见了！"地主们七零八落地答应。

申晚嫂抹了抹汗，退到后面来。许学苏往桌子面前一站，她向地主们望着，那些家伙赶紧低下头。她一字一句地说道：

"……我代表人民政府宣布，大峒乡以前的假冒的组织，象地主组织的农会，儿童团，妇女会，一律解散，那是非法的！今后大峒乡的土改工作，由贫雇农主席团领导，将来农民协会成立，由农民协会领导！……"

她这几句斩钉截铁的说话，非常有力，全场静静地听着。

"……共产党和人民政府，支持农民分田分地的要求。因为他们的要求是正义的！你们这班东西，过去长期压迫农民，剥削农民，罪恶不小，应该知道悔改。在土改当中，你们如果安分守法，可以宽大，谁要破坏捣乱，就要镇压，严办！……"

冯庆余一面竖着耳朵在听，一个字也不愿意漏掉。心里却在说："啊，这个女人好厉害！"

梁七手里抓着那张纸，等了好久，他的手心尽在出汗，那张纸快湿透了。轮到他说话时，他赶紧打开那张纸，放在桌上，轻轻地抹平，然后一面看，一面说：

"为了维持本乡的秩序，为了使土改顺利进行，……"

梁七把管制地主的条例，一条一条的读下去。读完了，他又将那张纸折好，抓在手心里。

申晚嫂走前一步，对站在人圈前面的几个小学教师说：

"回头你们抄几份，给他们拿回家贴起来！"

差不多要散的时候，四哥在人群中突然叫道：

"冯庆余夜晚搞鬼的事怎么办呢？"

"是啊！"有人附和。

主席团的人开始一愣，随后就坐下来交换了意见，由杨文德答复：

"他们夜晚活动，确实不对！现在根据群众要求，我们主席团决定要他们具结，保证以后不犯。他们到底搞什么鬼，以后再跟他们算账。孙猴子翻不出如来佛手心的。大家说好不好？"

"好！"

"好就好吧！"四哥说。

对地主训话会散了。那帮地主从群众面前走过，低着头，垂着手，威风低了。梁树粗中有细，他小声对纠察队员说：

"你们去看住他们，不要让他们开了这个会，又开第二个会。"

群众是第一次扬眉吐气。他们高兴地互相谈论：

"这才象个解放的样子嘛！"

"你别急，以后还要大斗哩！"

"当然，有了这帮'头人'，当然会有办法！"

第十七章　出土的矿砂

半夜。全乡都入睡了。

突然有人敲打申晚嫂家的大门，象擂鼓似的，又重又急。外边有一个女人的哭声：

"晚嫂，不得了喽！嗯，嗯！……"

申晚嫂和许学苏同时惊醒了。申晚嫂跳下床，开门看到是本村一个贫农容清的老婆，头发披着，泪流满面，那副慌乱的样子，使申晚嫂和许学苏也有些着慌。

"阿婆，什么事啊？进来吧！"

她们扶她进门，她还是在哭。

"别哭！有什么事，你快说！别哭！"

容清老婆好容易忍住哭，呜呜咽咽地说："我那个老鬼，……老头子，上山，到现在，没有回来！……嗯——"

"怕不是遇到老虎？"申晚嫂顺口说出。

许学苏想用眼光止住她，来不及了。容清老婆听了这话，马上又放声大哭：

"老鬼死了，我怎么办啊？"

"阿婆，别急，我们来想想办法！"

"去找他！"申晚嫂觉得刚才说得不对，于是坚决地提出具体的办法。

"到哪儿去找啊，怕早就……完了！"容清老婆希望有人去找，又担心太迟了。坐在那儿又急又哭。

"阿许，你陪着她，我去找人！"

申晚嫂一阵风似的出去了。

不到半个时辰，来了十几个男人，梁七、梁树、麦炳他们都到齐。各人手里不是拿着木棍、铁耙，就是拿着禾叉、镰刀。只有赵晓和梁树带了步枪。

"人到齐了，走吧！"梁树性子急。

"慢点！"梁七是稳重的，他问容清老婆："容清平时到哪儿割草？观音崖，还是牛背岭？"

"嗯，嗯，是牛背岭呀！"

"牛背岭？这条路我熟。"麦炳动了动手上的铁耙。

"哼，你熟？我闭着眼睛也走得到。"梁树不肯示弱。

"走吧！"梁七好象下命令。"赵同志，恐怕就是你不熟，小心跟着我们走！"

申晚嫂走到灶前拿禾叉，梁七诧异地问她：

"干什么？"

"我也去！"

"啊——怕我们人少，还是怕我们男人不中用？"梁树望望大家，嘻皮笑脸地说。"晚嫂，得了吧！"

"别去！"

晚嫂看大家不同意，笑着说：

"找不到人，不要回来！梁树，别光靠嘴巴呀！"

"那还用说！"

点起"篱竹"，男人们蜂拥着走了。

申晚嫂和许学苏，再加上后到的几个男人妇女，围着容清老婆，你一句我一句的在安慰她。她看到大家这样的关心，心里宽慰不少。

天麻麻亮的时候，听得外边人声、脚步声，梁七他们回来了。大家赶出门口。容清老婆不知是凶是吉,想快走出来,又不敢走出来,一步一拖,落在后面,不敢上前。

申晚嫂拨开众人,弯下腰,看到容清躺在临时用木棍树枝扎成的担架上,望着大家,似乎微微地在笑。她放下心,问道:

"怎么回事?"

"你问他吧!"梁树指着容清,俏皮地说。

容清年纪大了,气力不够,当他挑了一担柴草,走在牛背岭的险路上,一失脚跌下山沟,膝盖关节挫了出来,仆在山里动不得。他不知道伤得是轻是重,一时间思前想后,如果就此死了,老伴儿怎么办呢?不死的话,残废的人,又怎样活下去呢?家里没有隔宿之粮,养伤,还不是等死?他在山沟里幽幽地哭着。天黑之后,他曾经试着爬起来,疼得厉害,只好仍旧仆着,抬头看看,四边是山,好象掉在一个黑洞洞里。这时又冷又饿,又怕老虎山猪,真是上天无路,入地无门。到了半夜,他迷迷糊糊地睡着了,听得有人叫他,以为是做梦。再听一下,果然有人叫他,还隐约看到牛背岭上的火光。他猛抬起身,高声答应,一阵彻骨的疼痛,他又仆下去,哼不绝口。等到梁树和麦炳下到山沟,站在他身边,告诉他是专门来找他的,他感动得半晌说不出话,后来他就一直重复地说:"你们是好人,你们是好人!"申晚嫂问他,他也是在说:

"你们是好人,你们是好人!"

"送他回家去吧!"

容清老婆跟在担架后面,一面笑,一面用衣袖揩眼泪。

申晚嫂端了茶出来给留下来休息的几个人,她看许学苏一眼,脸上流露出遏止不住的愉快。申晚嫂的确是愉快的,把容清救回来,固然是令人高兴,更高兴的是"大家多齐心呀"!这是一个很大的变化。许学苏和赵晓也正谈着这件事。

"你看得出来吗?现在他们多末互相关心啊!"

"这才是开始。多好,人和人的关系变了!"

申晚嫂好象突然记起一件事情,对梁七说:

"七叔,我们到'主席团'去!"

"现在？有什么紧急事吗？"

"你来吧，快点！"

申晚嫂迈开大步，走了。梁七、许学苏和赵晓跟着走去。

天色大亮，空气清新，峒面象用水洗净了似的，清凉爽朗。青绿色山峰的顶尖上，映上朝阳的橙红色，越到下边，青绿色越浓，仿佛巨大的花茎上开放了巨大的花朵。树叶和秧苗上的露水，亮晶晶，一片绿油油。

申晚嫂兴致勃勃地开了"主席团"办事处的门锁，转身看看远近的景色，欢畅地说：

"呵，好天气！"

"到底什么事呵！"梁七满面疑惑。

他们走进里边，申晚嫂坐下来，他们也坐下来。申晚嫂非常高兴，但是尽量掩藏着，她说：

"七叔，你们做了一件好事情啊！阿许，你说是不是？"

"你说找容清这件事？这个，不是很……有什么了不得呢？"梁七真奇怪，她想干吗呢？"你就是谈这个？"

"穷人心连着心，大家的苦大家知道。"申晚嫂停了一下。"我看容清的伤不轻呀，三朝两日养不好，我想，要送点谷子给他们老两口子……"

"应该，应该！"梁七表示同意。

"在冻结谷里称五十斤给他……"

"不行，不行！"梁七反对。"公家的东西不能动！要么，许同志赵同志说一声，作个主。"

"你这个人呐！"申晚嫂很不以为然。"公家的东西不能动，许同志赵同志说一声，怎么又能动呢？"

"同志是公家的人嘛！"

"我怎么说你才好呢？"申晚嫂又对许学苏和赵晓说："你们瞧，他到现在还怕公家的人哩！"

许学苏和赵晓都笑了。许学苏觉得自己不应该出主张，要让他们自己解决，故意说：

"七叔，我们也不能作主哩！要你们商量出一个办法才好。"

"我们更不能作主了！"梁七很正经的样子。

"现在先借给他们，将来分果实的时候扣还，好不好？"

"同志，你们说好不好？"梁七等许学苏和赵晓的答复。

"你说好不好呢？"赵晓反问他。

梁七考虑了一下，说："好是好。……要借，也得开个会才行吧？"

"好，开会，马上就通知，你去，我也去。"

石龙和虎牙两村的委员到齐了。申晚嫂还没有把话说完，梁树第一个抢着说：

"我说有什么大不了的事！这末一件小事，你们两个主席还做不了主！"

"你说是小事？"梁七郑重其事的说。"五十斤谷子，是件大事啊！五十斤谷子，以前可以逼得人家上吊，卖儿卖女哩！"

"现在不同了嘛！以后全乡的田都要经过你们的手哩，该怎么办呢？"

"再多也不能乱来哟！"梁七坚持着。

许学苏和赵晓两人，心里都在称赞梁七的认真负责。申晚嫂也受了他的感染，觉得他做得对。她说：

"会还是要开的，多一个人商量，多一点好处嘛！"

"人家有急事，大伙儿应该帮忙，哪能象从前那样呢。不用商量吧，赞成的举手！"麦炳更痛快，说完他举起手来。

梁七开了房间的门，两三个人不到一会，将谷称好了。

"我来送去！"麦炳准备将箩筐扛上肩。

"慢着！"梁树拦住了他。"撑船撑到岸，做人情做到底，阿麦，你认识剃头师傅刘三，他会接骨，去请他来，给容老头子看看！"

"哗——张飞会绣花，梁树粗中有细哪！"

五十斤谷子送到容清家里。容清抓着梁树的手，想说几句感激的话，吞吞吐吐的说不出口，后来，还是重复地说：

"你们真是好人，真是好人！"

容清老婆差不多全身靠在申晚嫂身上，哭得很伤心。麦炳奇怪地问她：

"人回来了，谷子又送来了，你为什么还要哭呢？"

"开天辟地没有的事啊！嗯，嗯……"容清老婆哭得更厉害。

"是啊，开天辟地没有的事啊！"群众在议论着。

"五十斤谷子是小事，这一份人情可有千斤重啊！"

"他们真象个办事人的样子！对自己人多照顾啊！"

"他们对敌人又狠哩！这一回是选对'头人'了！"

"申晚嫂可真能干，那时候人家说她什么什么的，我就不相信。"

"那时候，好象大金山的钨砂，给土盖上啦！"

申晚嫂可真象出土的矿砂，亮晶晶，浑身是劲。一天到晚忙着，不晓得什么是累。

深夜回到家里，许学苏想睡觉了，她不许她睡，要她讲道理，仿佛从她的讲话中，看到了一个新世界。许学苏讲了不少，对她说：

"晚嫂，睡吧！明天再谈。你忙了一天，也该休息了！"

"阿许，你怎么这样的！"申晚嫂抱怨她。"要说就说完嘛！"

"你不累？"

"我不累！我恨不得一天当两天过！糊糊涂涂几十年了，还能再糊涂下去？现在有好多东西要学嘛！呵，你累了，睡吧！……不过，我还要问你一句，只问你一句！"

从一句问话开始，一扯又是一两个时辰。许学苏看到申晚嫂的渴望的眼睛，她明白她的焦急的心情，自己也是从这样一条路上走过来的。她把自己所知道的，尽量告诉她。

"阿许，旧时我是睁眼瞎子，什么也看不到。现在我好象是牛喝水，要喝就喝个饱。你不笑我吗？"

申晚嫂对什么都有兴趣。她的心情开朗了，觉得一切都是新鲜的，可爱的，连从前看来是愁闷的大峒乡那些烂房子，也变得可爱起来。当她到山上做工的时候，她往下边一望，峒面一丘一丘的田亩，稻秧绿油油，整整齐齐，河水闪闪发光，山坡下黄牛慢吞吞的鸣叫，回声拖得很长，显得很安详。她不自觉地赞叹：

"我们这个地方多好呵！这些庄稼快是我们的了，多好呵！"

一条交叉的山路，象两条蛇似的，在山腰会合之后又分开了：一条沿着斜坡盘绕过去，一条向更高的山脊爬去。路旁的梨树，结了青中带黄的梨子。其中有一棵梨树，寄生着牵牵绊绊的长春藤，在靠近树干分叉的地方，长春藤分几路绕上去。

"活象一只手抓住它。嘻！"申晚嫂天真地笑着。"这条路到观音崖，这条路到牛背岭。多好的地方啊！"

她再向前看，横过一条又深又陡的山沟，对面山上有一片广阔的杉木林，她的笑容马上不见了，脸上突然阴沉下来。那是刘大鼻子的山林。苍翠茂盛的杉树，密麻麻盖满山坡。杉树的叶子又嫩又浓，一片墨绿色，树林的边上，突出的崖石，是红赭色，衬着高高的蓝天，景色很好看。但是，申晚嫂看到一片墨绿，马上想到刘大鼻子铁青的脸色，马上想到刘申最后到这里砍木头的事，刘申被打伤了，吐血，血，那红赭色的崖石，映着太阳，真象一摊干血迹。她仿佛给什么东西咬了一口，痛苦地扭着头。

"刘大鼻子！你害人多惨！我一定要报仇！……"

申晚嫂好象在盟誓。她咬紧牙齿，望着杉树林。许学苏的声音，在她耳边响着：

"大峒乡就是一个刘大鼻子害人？就是你一个人要报仇？"

"当然不是！"申晚嫂几乎发出声音来。她责备自己："你是主席呀，大家的'头人'嘛！乡里的敌人还没有打倒，你应该做些什么呢？是啊，我应该做些什么呢？……"

正在申晚嫂思前想后的当儿，忽然有少女清脆的声音：

"晚婆！"

村里的两个女孩子迎面走来，笑嘻嘻地招呼她。"你们拾柴火？"

"是啊，晚婆！"

她们走过她的身边，另一个女孩子低低地说：

"你叫她主席嘛！"

"主席——"那个女孩子顽皮地叫了一声，伸伸舌头跑了。

"小鬼！"

申晚嫂望着她们蹦蹦跳跳的走远，隐约看得见小辫子甩来甩去的。她突然想起，那个叫她主席的女孩子，是和阿圆同一天生的。

"她多伶俐啊！……我的阿圆呢？"

她以前处在艰难的环境中，阿圆是她的希望；约定的日子过去，赎不回来了，她就想念得更厉害。这种想念藏在她的心里，就连在金石二嫂面前，也不敢透露，怕因此触动她的愁肠，想念金石，会大哭一场。后来巧英回来了，她把她当作女儿似的看待，可就忘不了阿圆，越是对巧英好，越惦记阿圆：

"我的乖乖怎样了呢？可怜啊，这末小的年纪，懂得什么呀？那些狠心的地主，怕不折磨死你了。打在你身上，疼在妈心上。……"

她给苦难锻炼成一块钢，什么打击都不能叫她流泪，只是一想到阿圆，就软弱下来。阿圆如果在她身边，她可以用生命去庇护她，现在离得远远的，有力量也使不出。

"能让她有一天好日子过，我的心也没这么疼了。"

许学苏曾经和邻区土改队联系，请他们在迳尾黎木林家查一查阿圆的下落，阿圆已经转卖给德庆县的地主了，到底在哪儿，一时还搞不清。

"可怜啊，越来越远了！我们母女就这样拆散了吗？"

她为这事哭过几场。自从当了主席，整天忙忙碌碌，心思放在大家的事情上边，暂时搁下了。今天一看到那个伶俐的女孩子，心紧缩起来，胸口好象被人打了一拳，隐隐作痛。

"我的阿圆，怕比她还高些？从小就聪明，当然比她伶俐。难说哇，在妈妈面前，无忧无虑，在地主家挨打受骂，就是一根针也要磨秃了！……"

四围静悄悄，似有似无的传来低微的女孩子的笑声，在她听来，仿佛是阿圆最后一句哀怜的请求：

"姆妈，你等我呀！"

申晚嫂忍不住了，伏在树上哭出声来。

第十八章　林　中

在僻静的山后，草长得有半人高，那条本来就很狭窄的小路，差不多给完全掩盖住了。这里的树木长得也好象特别茂盛，枝叶连着枝叶，把天都遮住，显得黑沉沉的，阴森可怕。从山下上来，必须涉过一条山涧，然后再爬一段倾斜的山坡，才能到这里来。平时也就很少人，甚至是没有人来。

刘华生背着一个破箩筐，里面放着十斤不到的茅草，蓬蓬松松的，堆得倒挺象样。茅草上还插着一把磨缺了口的镰刀。他气喘吁吁的走到这里，放下箩筐，抹了一把汗，四面张望了一下，假装着，大声嚷道：

"他妈的，真热，有口水喝多好！……有人吗？"

停了一会，没有人答应。他又四面张望一遍，才轻轻地拍起掌来，拍了三下，再拍三下。他竖起耳朵，静等着回答。没有应声。

"我来得太早了？"

刘华生在一棵老松树的根上坐下，拿出烟叶来卷。他正预备点火的时候，只听得丝拉丝拉的一阵草响，马上跳起来问：

"谁？"

冯庆余从草中间走出来。他也提着箩筐，后面放着的茅草，看上去还不到五斤。

"是你啊！刚才我拍手你没有听到？干吗不响应一下？"

"我不大放心,要看清楚才……"

"冯大爷,你真是太小心了。"刘华生说话有些不满。"我说不必到山上来,在你家里不是可以碰头?你不肯,这个地方,上一趟,下一趟,可真累死了!"

"小心点好,小心点好!"冯庆余吐了一口唾沫,把叮在腿上吸血的一条"山蜞"拉了下来。"哎哟,这末多血。华生,他们已经注意到我们,小心为佳!"

"我就不相信他们能防得这样严!"

"几个工作队的人,容易办。你那天不是也尝到滋味了,就是那帮穷鬼讨厌,不可不防!"

"以后都要到这儿来?"

"不一定。等过了这一阵风头,在哪儿都可以!"

刘华生和刘大鼻子的联络,始终没有断过,他偷偷地上山,送点粮食,接受指示,回来再向冯庆余转达,布置乡里的工作。他一直不满意冯庆余的犹犹疑疑,不敢作为。他在山上和刘大鼻子见面,刘大鼻子一套无中生有的乱吹牛,常常给他打了气,等见了冯庆余,三言两语,又给他放了气,象个有洞的皮球,软瘪瘪地跳不高。冯庆余有冯庆余的打算,他一来人在村里,不能不有顾虑,二来刘大鼻子出的主张,他不想全盘接受,失了主动,争不到头功,要干,就得自己来干,露一手给刘德厚瞧瞧。刘华生看到他这副样子,就说:

"大先生说,村里的事情进行得太慢……"

"他懂个屁!"冯庆余也气恼了。"坐在山上观虎斗,说风凉话!叫他回来住两天看看!"

"嘘,别太大声!"

冯庆余以为有人来了,几乎立刻要缩回草丛。他再一想,不能给刘德厚看小,更不能让刘华生这小子摸到底细,于是转一个弯又说:

"我姓冯的不是怕事,反对共产党我早下了决心,一有机会,你怕我不下辣手?机会,要等机会!你懂吗?"

"大先生还说,村里既然搞得不象样子,也该……"

"我知道，我知道！事情搞到我头上来了，我难道是死的？华生，我看这一次是有风必有雨，事情不妙啊！德厚说要干一下，我也赞成，不过，你我都有身家性命在村里，不能操之过急，一步一步来……"

"依你的意思怎么办呢？"

"我看，刘申老婆是他们的头，穷鬼挺服她，再有就是那个梁树，看得可紧，我的主张，先从他们下手。"

"干掉？大先生早说过，干吧！"

"你就是大先生，大先生，村里的事要由我作主嘛！他说一声干，容易得很！"冯庆余很不高兴的样子。

"依你的意思怎么样呢？"

"依我的意思，现在先忍耐点，得过且过，……"冯庆余停了一下。"我和张炳炎他们谈过，火没有烧到身上，先不要慌。……"

"你刚才不是说，有风必有雨？"

"我是说过。不过，不要慌！如今之计，你抓紧刘金三婶，——我很想跟她见见面，没有机会。你通知她，要她对梁七，对谁都好，放刘申老婆的谣言，让他们穷鬼闹窝里炮，搞不成局面。……"

"要是不行呢？"

"不行？那就干吧！拣两个碍事的下手。德厚只会说我太慢，太慢，我有我的计谋哩。"

"好吧！"

"这才对啊！"冯庆余得意地说。"要动手的时候，我再和你布置布置。走吧，再迟不行了，回去又要受纠察队的鸟气。"

两个人背起箩筐，冯庆余突然站住，对刘华生说：

"山上的事怎么样？我倒忘了问你。"

"大先生说，二先生有消息来，跟台湾搭好线，就快有接济。……"

"他就会吹牛！说什么有月亮的时候，会有飞机来，连个影子也没有。叫他催一下嘛！"

"派飞机哪有这末简单！"

"你从这边下去，喂，回去碰到人，你要小心啊！"

第十九章　轮到他们哭了

主席团开会。

大家又激动又紧张，想说句高兴的话，担心说得不合适；闷着不说吧，憋得慌。希望快点儿开会，偏偏梁树和杨文德迟迟不见来。他们真是又惊又喜：惊的是今天讨论斗争问题了，大家没有经验，该怎么个搞法，心里没有底，喜的是盼望了多少个日子，终于盼到了。大家脸上有笑容，眼睛里却流露出不宁静的神情。申晚嫂照着她的习惯，和许学苏坐在一起，紧紧地握着她的手。她抓着许学苏的手，似乎有了精神支柱，她才有信心。梁七也有他的老习惯，高兴的时候话就多了，他和身边的彭桂、刘火明，叽叽咕咕地说个不停。

"这个猛张飞，到哪儿去了？他的脚底擦了油吧，留不住。"麦炳开腔，埋怨梁树迟到。

"阿树也真是够忙的，……"

"是啊，他这个队长不好做啊！"申晚嫂接着说。"日夜忙，我们睡觉了，他还要出去巡查哩。"

"今天这个重要的会，他……"

"再等他一下吧，你急什么呢？"刘火明说。

"你有什么话？等不及了，现在先说吧！"杨石故意和他开玩笑。

大家笑起来。麦炳也不是真的对梁树不满，不过，他希望早些开会，早些有个决定，好让自己等待的心情有个着落。给杨石一说，他骂了一句，跟着笑起来。

申晚嫂和许学苏在耳语。她虽然在昨天晚上跟许学苏谈了很多，对斗争的布置也有过研究，可是仍放不下心，一再地和她又商量，又提出许多疑问。许学苏明白她的心情，总是耐心地讲给她听，也一再地说：

"人不是生来就会的，做到老学到老，慢慢就会了！"

梁树象一阵风似的冲进来，步枪在他肩上一跳一跳的，差点儿掉下来。他一面跑一面嚷：

"你们瞧，又搞什么鬼！"

"什么事？"

"你们瞧，"梁树把手上的一封信摇得沙沙作响。"这个！"

"什么？"

"冯庆余拿来的！他说要到主席团来，半路上给我拦住了。"

申晚嫂接过来递给许学苏。许学苏一看信封是香港寄来的，收信人是"刘德厚家中"。她皱了皱眉头，脱口问道：

"怎么会到冯庆余手上去呢？"

"冯庆余的店里有个邮政代办所哩。"麦炳说。

"我倒忘了。"许学苏心里在想："代办所给他来搞，真不妥当，要请示，一定要撤销它。"

"许同志，念吧！"

"香港来的，一定有蹊跷！"

许学苏拆开信，看了一遍，然后说：

"这是刘德铭寄给刘大鼻子老婆的，他说他去年春天到了香港，刘大鼻子在秋天也去了……"

"真可惜，给这个家伙逃走了！"

"不能从香港捉回来吗？"

"你们不要吵，听许同志念嘛！"

"……他信上又说，刘大鼻子在一个月前得了病，死在玛丽医院……"

"啊？"大家不约而同的惊叫。

"……他说刘大鼻子死了！"

大家沉默了几秒钟，不知是谁开了头，闹哄哄的，你一句我一句地议论起来：

"便宜了他，便宜了他，这样就完结了，真太便宜了他！"

"这个老杂种，他倒死得干净！"

"会不会是真死呢？"

"那还有假的，信上不是……"

"信上不会说谎？"

"这，这就难说噢！"

"就算不死，人到了香港，有什么法子？"

"唉！"

申晚嫂沉默着。她给这消息弄得困惑。以前她想，刘大鼻子逃走了，拳头再长也打不到他，可是总还有个希望。现在他死了，怎么办呢？刚刚在这个时候说他死了，就好象一个人摩拳擦掌，准备给对方狠狠一击，对方突然不见了，真是有力无处使，闷得很。她又想，这不一定是真的，于是问许学苏：

"是不是香港寄来的？"

"是香港，邮票上还有个鬼子头哩！"

申晚嫂想："这怕是真的了。不，人是去了香港，死怕是假的。对，他说死了，想我们不斗他。……"

许学苏看到大家情绪低沉下来，很担心影响斗争的准备。这封信来得太不凑巧。她沉思着，又责备自己：能看着大家沉下去不理？自己跟着泄气，就更不应该！她把信折好，放在桌上，然后对大家说：

"这封信来得不是时候，别说你们心里打疙瘩，我也觉得不对劲。刘大鼻子是大峒乡天字第一号的人，跑了已经可惜，死了当然更不好。你们说是吗？"

她把大家的思想点穿，大家点点头。

"不过，我们要打倒的是地主阶级，跑掉了一个地主，地主阶级可没有跑掉，我们不打倒它们，它们就要来打倒我们。你们说是不是？"

大家听得很入神，又点点头。

"刘大鼻子的事情，是真是假，现在还弄不清楚。刘德铭是刘大鼻子的兄弟，都是一个窝里的坏蛋，信他不如不信他。就算他的话是真的，我们的斗争也不能够停下来。黄鼠狼到走投无路的时候，放个臭屁，还不是想人家放过了它！你们说说，是不是这样的？"

"阿许，还是你说得对！"申晚嫂听了许学苏的话，吃了一惊，从心里赞成她的话。"我们这些人没有见过世面，一来就乱了手脚。"

"他妈的，要不是同志指点一下，几乎上了大当！"

"斗争哪能停止？才走了一步就停下来，还指望有好日子过？"

"好，讲正题吧！我们开会，本来是商量斗争事儿的，大家商量商量，先斗争谁？"

"我看都要斗！"梁树不加考虑地说出来。

"吃饭也要一口一口的扒下去嘛！……"梁七不满意。

"随便吧！"梁树表示得很简单。

到底先斗谁呢？一时可不能得到答案。有人主张斗这个，有人主张斗那个，有人主张先斗小的，有人主张先斗大的，人名说了一大堆，却决不定哪个好。

申晚嫂等大家说得差不多了，她望望许学苏，然后说："我看，要斗，还是先斗大的。……"

人们还在议论着，梁树拿起茶壶盖敲茶壶，用他压倒一切的大嗓门叫道：

"静一静，听主席说嘛！"

"……同志不是跟我们说过，要斗当权派，斗倒了当权派，别的地主少了个头，不怕他不听话。大峒乡谁是当权派？谁是最大最恶的？"

"刘大鼻了！那还用说吗？"

"点起大光灯也找不到第二个了！"

"我们就拿刘大鼻子家里开头一炮！"申晚嫂毫不犹疑地说。

"我不赞成！"梁七是稳重的，不愿拣硬的碰，怕冒风险。

"刘大鼻子走了，斗他的家里，有什么瘾？"刘火明附和。

"西瓜拣熟的摘，欠不如现，我说斗小的好。"彭桂说。

四婆一向是支持申晚嫂的，现在也踌躇起来，用征求的口气说：

"晚嫂，斗别一家好些吧？"

梁树和麦炳同意先斗刘大鼻子家，这不仅是他们平素相信申晚嫂，而且他们是不怕事的人物，觉得不先斗大家伙，泄不了恨。

申晚嫂解释道："刘大鼻子又凶又恶，全乡人都恨透了他，放着不斗，群众也不会同意。"

"他走了哇！"梁七一句话顶了过去。

申晚嫂有点恼了："他家里的人没有死光！"

"何必一定要斗他呢？"刘火明冷冷地说。

"你们怕恶的，我不怕！"申晚嫂急了，说话粗鲁起来。"是老虎，是阎王，我都要斗！"

这几句话一出口，好象在火头上放了一把盐，立刻劈卜劈卜地响起来。大家抢着说话，有的反对，有的解释，有的两面劝说，声音越来越大，简直听不清楚了。申晚嫂怒冲冲地坐下，对许学苏说：

"真难搞！"

许学苏在她的肩上轻轻按了一下，好象要把她的气愤压下去似的。申晚嫂也觉得说话太莽撞，会弄僵了，于是，站起来，耐心地解释：

"大家再听我说几句：俗话说，打蛇打七寸，捉贼捉个头。我们斗争也要先斗当权派。为什么呢？……"

申晚嫂把打击地主阶级当权派的道理，仔细的说了一遍，然后又说：

"刘大鼻子虽然不在家，可是他家里有人，让群众控诉一下，把苦情吐出来，把刘大鼻子的罪恶掀开来，群众可以出一口气，……再有，我们只要斗倒了当权派，那些地主也就不敢抵抗了。"

"不是吗？我就是这个意思！"梁树应和着。

给申晚嫂婉转地详细地一说，道理说通了，不赞成的人也不再反对了。

过了一会，申晚嫂问道：

"是不是这样决定呢？"

"是啦！"

"主席团决定了,最好再交给小组讨论一下,听听大家的意见。"许学苏在最后补充说。

"另外,我们还有不少准备工作要做,……"

"当然啦!这是头一次啊,我们要准备得越周到越好!"

小学的旧校舍,打扫得干干净净,门口挂有贴着红纸黑字的"大峒乡贫雇农主席团"的木牌。农民们进进出出,非常忙碌。这里已成为领导斗争的中枢,进攻地主阶级的指挥部。

梁七照他的老脾气,兴奋的时候话就多了。有人来找他商量事情,叫了声"七叔",他马上滔滔不绝地说了很多意见。等那人走了,他又忙着爬上梯子去做一件什么事,再有人来的时候,他在梯子上弯着腰,一面做事一面回答。

申晚嫂也是兴奋的,却不免有初次指挥的紧张。许学苏在支持她,鼓舞她,也帮助她解决问题。她一会和来人谈话,一会又找到许学苏:

"阿许,你说这样做对不对?"

"你放心大胆去做吧,你会做得好的!"

"不,我就是怕,这么大的事情,我从来没有做过……"

"怕什么呢?"

"我也说不出,"她望着许学苏,好象在想什么,也好象希望许学苏能了解她。"就是说不出来。好象那天训地主的时候,我也是有点怕。我不是怕地主,他们有一千个人我也不怕!"

"本来就不要怕嘛!"

"我怕的是,我是一个'头人',要做不好,……真糟糕!"申晚嫂把手一甩,好象要把这种思想推开似的。

许学苏本来想说:"这是责任心强,对群众负责的态度。"可是她却说出另外的话来:

"你瞧,七叔、梁树、麦炳他们,干得多起劲,就是那些组长们吧,也是很积极的。有了他们,你……"

"要是没有他们,我才不干哩。"申晚嫂抿着嘴笑。

巧英跑进来。她的脸色红红的,长辫子在背后一摆一摆,辫梢的红头绳鲜艳得很。

"晚婆,山底下的大妹上来了!"

"谁?"

"就是刘大鼻子家嫁到山下去的那个'妹仔'。"

"好,好,你去跟七叔领点谷子去,好好招待她。住在哪儿好呢?"申晚嫂在考虑。

"住在我家里!"巧英说完就走。"谷子也不要,我招待她!"

"喂!你要好好和她谈谈,动员动员她!"

"知道了!"

她们两人望着巧英一溜烟的走了,都很高兴。

"这孩子完全变了一个人!"

梁七在梯子上也看到了。他爬下梯子,搓着双手,半开玩笑半真诚地说:

"和阿树真是一对儿!"

梁树刚巧拎着一篮子玉米进来,连忙问:

"什么事?扯到我身上来!"

"说你和巧英是一对儿!"

"唏!这个黄毛丫头!"梁树脸红了。装得无所谓的样子。"哪,请你们'食晏'!"

"你怎么知道我们没有吃呢?我们吃过了!"

"哪能不知道呢?从早上到现在,你们就没有出过这个大门!瞒得了别人,瞒不过我这个纠察队长!"

"又吹牛了!"梁七拿起一个玉米,剥开叶子。"热呼呼的,快吃吧!"

"阿树,你的工作准备得怎么样了?"

"保险没有问题!"

傍晚。

召集开会的锣声，此响彼息地震荡着峒面。

在学校草坪上，用竹竿搭成的三角架，高挂着煤汽灯，皓白的光芒，照耀着。孩子们很早就来了，在祠堂门板架成的平台上，跑来跑去。平台四周，有不少农民，坐着，站着，妇女们抱着孩子，男人们抽着烟，一堆一堆的议论着。

高峰村及散居在山上的农民们，举着"篱竹"火把，沿着小径下来，好象一条火龙，弯弯曲曲的，向会场蠕动过来。

全乡的群众都向着这里走过来。

小学校东边课室里，黑压压坐满了人。一盏大白磁罩保险灯，挂在中间。灯影下，人们互相挤着靠着，有的坐在凳子上，有的坐在书桌上，有的贴墙站着。他们都是直接受过刘大鼻子害的苦主，现在的谈话会，正是誓师会。申晚嫂和大家坐在一起，可是被大家围在当中，人人面向着她，仿佛从她那里可以吸收到力量。她全身觉得发热，关节有些发胀，喉咙里似乎有一股热气要冲出来，她想叫喊，想挥舞手臂，但是，她忍耐着，用压低的声音在说：

"我的苦情，不说，大家也知道，家破人亡，还背上一个疯子的罪名……我象掉在十八层地狱里的人，上刀山，下油锅，也不会比我更苦！这是谁给我的，谁给我的？"

苦情触动苦情，有人啜泣，有人低着头，有人圆睁着眼睛，仰着头望着保险灯。金石二嫂和大妹坐在巧英的两边，她们都在低低地哭着。哭声虽然很低，在静静的课室里，还是听得很清楚。巧英咬着牙齿，用极大的力量忍受着，她不想说话，可是，她终于开口了，不知道是说给自己听，还是在劝她们：

"哭什么！我们哭够了，轮到他们哭了！"

这一句话，全场都听到。马上爆发出求战的呼喊：

"去吧！"

"去！"申晚嫂象下命令似的说。

她首先站起来，人们跟着站起来，一起往外涌。愤怒的人群经过小学教师宿舍的门口，张少炳、冯乃洪那帮家伙，缩在里面不敢动弹。

他们到达会场时，会场上早已密层层坐满了人，梁七和赵晓在鼓动着，人们的感情已经沸腾，看到他们，立刻哄哄地响成一片，象闷雷似的在人群中滚动。有的伸长脖子望着，有的索性站起来，朝他们看着。他们走向平台左边坐下去。申晚嫂往人群中一看，那些同情的眼光，朴实的面孔，使她的血流得更快，使她的眼睛润湿，也使她的斗志加强。她忽然发现许学苏站在她旁边不远的地方，她伸出手拉住许学苏的手，拖她到身边来。许学苏正和巧英在谈着，于是一面向申晚嫂这边走，一面又叮嘱巧英。

纠察队员押着大峒乡的地主走进会场。梁树威风凛凛地走在前面，刘大鼻子的小老婆冯氏跟在后面，其他的地主又跟在她后面。群众闪开一条路，他们就从这森严的人墙中间走过。

"消灭地主阶级！打倒地主恶霸！"

人群中有一个人叫口号，全体也跟着喊口号。这雄壮有力的声音，是从心里面发出来的呼喊，是压抑已久迸裂出来的叫唤，一声之后接着一声，人们已经忘了是在叫口号，好象是他自己不得不喊出来一样，重复地叫着，越叫越响。地主们跟跟跄跄地被纠察队员赶着，站在平台的右边。他们刚刚站定，梁七从主席台往下一指，指着冯氏：

"上来！"

四围的群众响应着："上去，上去！"

冯氏穿着破烂的衣服，蓬头赤脚，装出一副可怜的样子，爬上平台，猥猥琐琐地站着；两只眼睛，却骨碌碌溜来溜去。台下的人看到她这样不驯伏，又叫嚷着，要她低下头。只有梁树的妈，看到冯氏到处张望，连忙向人背后退缩，心蹦蹦地跳着。

申晚嫂跳上平台，呼吸急促，竭力镇定才勉强站住。主席团本来决定要她讲一番话的，可是，她跳上平台，面对着冯氏，无法平心静气的讲话了。她咬着嘴唇，等了好一会，才能说出一句：

"今天要跟你算账了！"

跟着，申晚嫂准备上前去控诉，不料她还没有移动脚步，从旁边跳上一个妇女，一直冲到冯氏面前，手指在冯氏额头上戳了一下，用非常高的声音叫道：

"地主婆，你还认得我吗？"

冯氏的头向后一仰，愣了一下，然后低低地说："你是五婶！"

"鬼是你的五婶！你现在认得五婶了？霸我的田，打伤我的儿子，又不认得五婶？"

"我对不起你！"冯氏赔罪了。

"谁要你对不起！"

巧英从后边，四哥从左边，同时上了台。两边围着冯氏，数说她的罪恶。不一会，大妹、金石二嫂、彭桂，还有几个人，一起拥上台，将冯氏圈在中间，许多只手指着她，许多的控诉喷向她，她缩着身体，矮了半截。

申晚嫂虽然站在旁边，但是她的感情正和参加斗争的人融合一起，他们的控诉仿佛也是她的控诉。

在许多声音交织成的愤怒的吼声中，群众能体会这种感情，那些令人伤心的事情，令人愤激的事情，台上台下起了共鸣。群众不只能体会共有的巨大的感情，而且也能分辨出个别人的声音。每当台上哪一个人哽咽着说不出话时，群众支持他：

"诉她，诉透她！"

冯氏在台上，开始的时候有些畏惧，慢慢镇定下来。她不去听那些控诉的话，却偷偷地望着每一个人，心里在记上：好，你们斗吧！国民党回来，要你们的好看。她这样一想，马上变得驯伏，人们问她一句，她承认一句，几乎一次也没有抵赖。她的不抵抗，反而使攻击的火力减弱了。眼看着这种转低的攻击，许学苏、赵晓和申晚嫂、梁七他们，立刻在台左交换了意见：

"她想过关，……"

"这个死东西，她用金蝉脱壳，想混过去。"

"她承认了，马上追问她，要她自己说，说清楚，不是认了就算。"

短短的战地会议开罢，申晚嫂重新回到台上，只听得冯氏又在认罪了：

"是，是，都是我们做的，请大家原谅！"

申晚嫂一个箭步跳了过去：

"地主婆！你认了不是？好，你说说，那时候是怎么个情形，你自己说！认了之后又怎么办？说啊！"

"说啊，说啊！"

冯氏料不到人们会追问，睁大着眼睛回不出话。巧英一把抓住她的衣领，把她摇了几摇，咬牙切齿地冲着她的脸叫道：

"说啊！翻你个死金鱼眼干什么？说啊！"

冯氏看见局面不对，哩哩啦啦地哭起来：

"死鬼啊，都是你害人！你做了伤天害理的事，天都不容啊！"

"你咒哪个？"申晚嫂严厉地问她。

"你耍阴谋！"巧英摇得她更厉害。

"我不是咒你们，我是咒刘德厚，他死在外面，要我来活受罪！"

"你受罪？享过的福不记得了？"

申晚嫂突然警觉：她怎么会知道刘大鼻子死呢？香港寄回来的信，没有到她的手，她会知道？哼，这里面一定有鬼！于是喝问她：

"你知道刘大鼻子死了？你说，是不是？"

冯氏发觉说错了话，走漏了风声，一时答不上嘴。站在台下的冯庆余、刘华生和张炳炎那些家伙，在那儿干着急。他们怕冯氏说溜了嘴，一下子把秘密泄漏。冯氏心里在想办法搪塞，但是，申晚嫂象个巨人似的站在她面前，群众包围着她，她心里慌乱，没法想出一句谎话来。她拿出过去惯用的老方法，朝地下一躺，放声大哭，滚来滚去，撒起赖，放起刁。几个人拉她起来，她死赖着不肯站起，哭个不停。参与密谋的冯庆余、刘华生他们，这才放下心。台下群众看到她这样，怒火高涨，又跳上几个人，大家围着她，比先前更猛烈的在控诉，在斗争。而她呢？尽在哭……

第二天晚上，冯氏刚被拉上台，她一把拉下裤子，光屁股站着装疯。第三天晚上，火力比前两天更猛，她不得不承认一些比较轻微的事情，可是，等问到刘大鼻子的下落，她一个跟斗栽到地上装死，任你用草来熏她，怎样翻动她，总是直挺挺地躺着，好象真死了一般。……

第二十章　严重的时刻

半夜。

石龙村和虎牙村静静地入睡了。那条从两村之间流过的沙河，淙淙地响着。斜挂在天上的下弦月，象一把镰刀似的，发出清凉的光。天是深蓝的，亮晶晶的星星，一颗一颗的跳动着，好象要从天上掉下来。四围黑森森，样子很可怕。峒面一阵阵夜风吹过，禾苗轻轻摇摆，甘蔗叶沙沙作响，显得很宁静。

申晚嫂沿着石龙村村边的斜坡路，走向村外的小路，准备过小桥回虎牙村。她心里记挂梁七和其他的委员们。在斗争冯氏之后，全乡农民的情绪受到冲激，他们认识到自己的力量，渴望展开更大规模的斗争。许学苏他们下山开会，临走的时候，和主席团研究过，决定深入到各个小组，进行动员，准备再战。

"不知道他们的小组怎么样？我去的这个小组，大家的心齐了，……"

她自己是到石龙村参加一个小组会的。那个小组的基础弱，组长又是一个老好人，多一事不如少一事，而且组员们住的地方，又和地主们是左邻右舍，容易受到谣言的影响，她去的时候，组员们看到自己的"头人"来了，热烈地欢迎她，开会也起劲了。她并没有说大道理，只是亲切地用具体的事例，用自己的思想发展的一条线路，影响他们。

他们听来津津有味。会场上有人这样说：

"晚嫂，你这样一说，我们就明白了。常常过来坐吧，给我们换换脑筋！"

有人说："组长，你学学晚嫂嘛，她讲得多清楚。你啊，就是怕麻烦！"

散会的时候，大家还围住她，问长问短。有些妇女私下说：

"她变得真快啊！"

"谁说我们妇道人家不能办事？你瞧她，比男人还强。"

那个小组的组长，送她到村边，感激地对她说：

"你讲得真好，他们心定了很多。"

"人心换人心啊，你说，同志来发动我们的时候，有多耐心！"

"我送你回去！"

"不要！这末大个人，怕什么？"

她一路想着，觉得他们都是亲骨肉，从前单开门独开户，各顾各，现在象一家人，多好啊！真是"一条黄麻孤零零，十条黄麻搓成绳"。往日自己一个人，真孤单。现在人多力量大，什么事办不到呢？

"不，头一件要紧的事，是共产党的开导。如果不是这样的话，大峒乡还是大峒乡，能变多少呢？就算我吧，共产党没有来的时候，扛木头，挑柴火，当叫化子，死了没地方埋，谈得上翻身？共产党，毛主席啊，你是我的救命恩人！……"

她一路走一路想，越想越高兴，不觉轻轻地唱起歌来，那是听会而不是学会的歌子，她用自己的腔调在唱。唱着唱着，突然不好意思，脸上一阵热：

"老太婆了，还学唱歌！"

走着，走着，走到河边，快到小桥了。朦胧的月光中，望见那段平静的河水，象绸子似的软软地流着。忽然嗖的一声，河岸边甘蔗田里，窜出一个人来，出其不意地跳到她跟前，伸手就要卡住她的喉咙。她本能地将身体一侧，让了过去，两只手很快地抓住对方来不及收回的手，向怀里一拉，又用力一送，她平常能挑一百多斤的担子，现在又是出尽力量来防御，因此，那人站脚不稳，直向河边咚咚地后退，跌得个四脚朝天。冷不防旁边又跳出一个人来，乘她将那人向外推送的当儿，举起一根短而粗的木柴头，兜头劈下来。她感觉有东西从后边打来，已来不及躲闪，抬起手臂来掩护，只听"格擦"一声，人事不知，朝前面扑了下去。拿木柴头的那个人，跑到跌在地下的那人身边，很小声地问：

"怎么样？"

"不要紧！"

"走，快走！"

他也顾不得去扶他一把，转身就走。

"喂！打死了没有？"

"快走！有人来了！"

两个巡夜的纠察队员，从虎牙村那边走过来。他们弯着腰，从田边小路上没命的跑，那个被申晚嫂推倒的人，一脚踏空了，又跌了一跤，爬起来，一溜烟逃掉了。

在石龙村西头，靠近山边的小路那儿，有个固定的哨位。每天晚上，梁树要到各处巡查，也要到这儿来，和放哨的两个队员聊几句，嘱咐一番。队员们看见队长来了，说上几句玩笑话，瞌睡也醒了。那个地方荒僻得很，能够有人来，好象和村里有个联系，胆子也壮些。

梁树查完哨之后，一个人背着步枪向村里走。他走过小学校门口，警惕地看看里面，静悄悄没有声息。再往前走，一排大房子，品字形的把路给逼得弯弯曲曲，有几个路口，都是小巷子。他每天走到这里，心想：这里应该派人站岗！又自己推翻了：村里边不会有事情的，那些家伙敢？再一看弯弯曲曲的小巷子，黑洞洞的，他把步枪放下来，用电筒照了一照，又往前走，走到一间堆草的破房子门口。这是没有门的房子，里面乱七八糟地堆了些草和坏农具。他才走过门口两步远，从破房子里先后跳出两个人，一个用一件旧棉衣罩着梁树的头，一直盖到他的颈项，然后两只手用力的压着他的鼻子和嘴。梁树在一霎眼的工夫，知道有人暗算，连忙丢掉电筒，准备开枪，可是另一个人已跳上来，按着他的手，和他争夺步枪。梁树叫不出声，两只手也不能动弹，只好用两只脚乱踢。闷声不响地格斗了几分钟光景，梁树两只手放下来，腿脚也软了。他们把他连抱带拖地拥进了堆草的破房子。……

再说那两个从虎牙村走到小桥边的纠察队员，他们似乎听到有声音，连忙赶到桥上，四下一看，空荡荡什么也没有。再留心观察，除了流水声，真的静悄悄。

"我听到……"

"我也听到。"

"是什么呢？"

"去看看！"

两个人走过了小桥。

"哎哟，是什么？"

在朦胧的月光下，他们发现申晚嫂仆在地上。翻转来一看，半边脸上有鲜血。

"不得了啦！不得了啦！"

两个人惊慌得大叫大嚷，已经忘记去追赶凶手了。他们站在旁边，想去扶起她，又不敢去碰她。后来还是年纪比较大的一个，蹲下去，手指放在她鼻孔下面试了一试，意外地大叫起来：

"没有断气！快，快！"

另一个不明白"快，快"是什么意思，拔脚就走，冲到桥上，一边跑一边说：

"我去叫人！我去叫人！"

大峒乡的纠察队，成立不久，队员全部是本乡的农民，他们没有军事知识，没有战斗经验，也还来不及进行训练，遇到这种事情，难免不惊慌。留下来的一个人，提心吊胆地守着申晚嫂，同时又四面留神，听到一点声响，走出几步看看，马上又退回来。

进村的那一个队员，先去找梁树，梁大婶说他没有回来。他转身去找梁七，梁大婶手忙脚乱地跟在后面念菩萨。叫醒了梁七，然后又通知其他几个委员，许多人惊动了，纷纷拥到"地塘"上来。

梁七带头，后面跟着一长串人，高举着"篱竹"火把，匆匆地赶到桥边，把申晚嫂抬回家去。

人们咒骂着：

"混账啊！这些狼心狗肺的东西！"

"捉住这些绝子绝孙的，一定要剥他们的皮！"

那两个队员送申晚嫂到家，才猛然醒悟，年纪较大的一个说：

"快去找队长，搜查一下！"

申晚嫂被放在床上，晕过去没有醒来。巧英爬上床，蜷缩在床里边，一面流眼泪，一面用湿手巾替她揩脸上的血。床前围着梁七、麦炳、四婆一大堆人。金石二嫂搂着木星，躲在角落上，想看又怕看，一把眼泪一把鼻涕地在偷偷的哭。

"有酒没有？灌点酒下去，就会醒的！"

"艾绒熏！"

有一个人出主张，提出要什么东西，马上有人答应，跑回去拿。

门外的人越聚越多，惋惜、关心、咒骂的声音，低低地回响。有人踮起脚向门内看，有人揩眼泪，有人惊愕地张大嘴，……这一个"头人"的被暗害，令他们不安。梁大婶一手抓住门框，一手捂住眼睛，同情申晚嫂，又好似为自己着急，低低地骂：

"这些鬼多狠心啊！"

容清老头的腿脚还没有完全好，撑住拐杖，由老婆扶着，一步一瘸地走过来往里挤，走到床前，老泪纵横，望着申晚嫂，不断说：

"造孽啊，造孽啊！"

申晚嫂没有等大家施救，慢慢苏醒过来了。巧英第一个发觉，好象用全生命在呼喊：

"醒过来了！"

"醒过来了？"

"醒过来了！"

这惊叹而又欢悦的声音,从里到外,一下传遍了,大家松了一口气。

申晚嫂微微睁开眼睛,满屋子都是人,她起初不明白是怎么一回事,随后也就明白了。她默想着:是谁指使的?那两个人的样子,怎么记不起了。巧英抛开手巾,情不自禁地往她身上一伏,好象哭又好象笑的叫道:

"晚婆!"

"哎哟!"

申晚嫂的右手臂给巧英一压,一阵剧烈的疼痛,使她叫出声来。巧英赶紧抬起身,紧张地望着她。她想挪开手,不料小臂不听话了。她不禁怀疑,也是惊怕的脱口说道:

"手断了?"

"手断了!"

"手断了!"

新的消息,从里到外,象一盆凉水淋下来,大家冷了半截。

"找剃头师傅!"容清提出办法。

"找剃头师傅!"

有人马上跑出去。申晚嫂把经过情形慢慢告诉他们。梁七闭住嘴,在反复考虑着:是谁搞的呢?

剃头师傅刘三来了,他轻轻在申晚嫂手臂关节摸索了一会,对大家说:

"骨头脱榫,不要紧!"

他将申晚嫂的手臂放平,叫巧英蹲在床头,手臂穿过申晚嫂的腋下,紧紧抱着肩头和上臂,他两手试了试下臂,然后一手抓着她的手,一手放在关节处,对她说:

"有点疼,忍住点儿!"

房里房外,鸦雀无声,大家紧张地期待着。

申晚嫂闭着眼睛,咬着牙,等他动手术。

刘三先稳稳的抓着关节,然后平举起下臂,用力一拉,再用力一凑……

"哎哟！"申晚嫂哼了一声，额头上沁出汗珠，头上的伤口有血流出来。

"好啦，接上去了！"

人们在申晚嫂哼的时候，一齐抖动了一下，听刘三说接好了，又一齐呼了一口气。巧英抱着她的肩头，起先侧过头不敢看，等接好了，她放松手，靠近申晚嫂的耳朵说：

"你动一动，看灵活不灵活！"

申晚嫂的右手轻轻挪一挪，可以控制了。她侧过头，望望大家，抱歉地说：

"各位辛苦了，请回吧！"

"你别动吧！"四婆一步赶上前，按住她。"我们有什么辛苦呢？"

"晚嫂，你才辛苦啊！为我们大家……"

申晚嫂深深受到感动。三十几年的生命，象一堆破布似的，摆在外边没人理，任你风吹雨打，也不管你死活存亡。现在，自己的生命和群众合在一起了，好比晚稻似的入秋才扬花。……

"他们对我多好！我替他们做过什么事呢？真对不住他们！……阿许开导我，用了多少心机。铁杵也磨成针了。……大家能够翻身，我死也瞑目。……"

四婆看到她闭着眼睛，转身对大家悄悄说：

"睡着了！大家回去吧，让她养息养息！"

申晚嫂真想大声告诉他们，把自己的决心告诉他们，但是，又怕一开口，忍不住会哭。

人们退出来。四婆和巧英忙着替申晚嫂洗脸，包扎头上的伤口，收拾房间。金石二嫂放下木星，走到床前，呆呆地看着。

梁七一直在考虑着：这是一件紧要的事情。申晚嫂是"头人"，是大家的代表，谋害她，不就是跟大家作对？两个人来动手，这两个人是谁呢？不简单！我们乡里还有不少问题哩！才斗争一次，就出了这种事情，我看敌人是很不甘心的。难搞啊，群众怎样想呢？大家对晚嫂这样好！不怕，只要我们人多，心齐，不怕他们。不，难搞还是难搞的。他和麦炳走了出来，心里仍在翻来复去地想着。

去找梁树的纠察队员，气喘吁吁地来到梁七面前：

"七叔，找不到队长！"

"哪儿都找遍了，也不见树哥！"

梁七听了这话，打了一个寒噤。似乎有一股寒流通过脑门一直到脚底，他预感到有不幸的事情发生。一把抓住一个队员的手，直瞪瞪地望着他们：

"真是找遍了？"

"是啊！"

"麦炳，再去叫几个人，一齐去找！天亮之后，派人到山下送信，告诉欧同志许同志他们……"

不等到送信的人到山下，土改队大峒乡工作组的干部，还有欧明，已经上山来了。

他们一行五个人，兴致勃勃地，乘着早凉，拐过山下凉亭走上那崎岖的山路。许学苏轻快地走在前面，欧明背着小行李卷和她并肩走着，但是显得有些吃力，等爬上那段最陡的"天梯"路时，他已经满头满脸都是汗，汗水沿着眉毛往下淌，不断喘气。

"怎么搞的？打游击的时候，一晚翻几个山头也不在乎，现在动一动脚就要喘气，快成废物了。"欧明抹着汗说。

"现在不比从前嘛，打游击的时候，成天走路，练出来啦。"许学苏笑着说。"我记得第一次跟你出发的那天晚上，你带着我们在山上兜圈子，一口气就是三十里，我真有些受不了。后来不是惯了吗？"

"我看这里面有学问。"欧明说。

"欧区委，这不是简单得很的道理？"赵晓奇怪地问道。

"简单的道理就没有学问？"欧明停了一停说。"我想这里面包含着理论与实践的大问题，别小看了它。应该值得我们警惕。"

"以后我们要多走路？"

"应该多走，就要多走。不过，我说的并不单指走路。就拿你们大峒乡的工作来说，你们四个人，对土改的做法啊，步骤啊，甚至于是土改的大道理，总可以说出一套来，等到去实际执行的时候，问题就出来了。这一次斗争冯氏，对象没有错，可是群众组织得不够好，特别是对敌情估计太低，所以斗争下来，效果当然是不小，然而距离要求还是很远。你们以为怎么样？"

"是这样的！"许学苏承认。

"实践了，就要总结提高，再来指导实践，这是毛主席教导我们的思想方法。说老实话，我的水平也是很低的，运用起来总是不行。前几天，分局首长同志来到县里，我去参加了汇报，他从更高的角度，更理论化的，指出这一个时期运动的特点和方向，也指出了错误，才使我们恍然大悟。特别是他说过这样的话，土改本来是革命运动，可是现在却很少革命的气派。这番话给我很大的启发。我们想一想看，党交给我们的任务，是领导农民进行翻天覆地的斗争，我们却是摩摩娑娑，按部就班的象绣花，对农民渴望土地的心情，了解不够，体会不深，还以为他们也象我们一样的心平气和哩！"

"我就这样想过！"赵晓紧跟上一步。"从表面上去看，农民对土地的要求好象不迫切，……"

"其实，他们心里不知道有多急！"

"他们内心的要求，我们不了解，这是一方面。"欧明将肩上的小行李卷挪一挪。"另一方面，因为他们相信我们的党，相信领导，所以他们响应党的号召，一心跟着党走，他们有个朴素的想法：党的政策不会错！这种想法当然是正确的，而且党的政策，确是要满足农民的土地要求，以后还要领导农民向社会主义的路上走。可是，在我们这些具体执行政策的人身上，就值得商量了。运动拖得太久，群众的要求迟迟不能满足，是不好的。你们大峒乡不能再走这条弯路！县委决定你们在夏收前分好田，能行吗？"

"行！"几个人兴奋地回答。

"不过，有言在先嗷！"欧明望着他们笑笑。"要快还要稳，应该做的工作，必须做完，步骤不能乱。走过场，造成夹生，那就更糟！

许同志，你在想什么？"

许学苏给他突然一问，自己所想的又没有理出头绪，嗫嗫嚅嚅地回答："我想，我想今后的做法！"

"好啊，说出来大家研究研究！"欧明走到崖边一棵高耸的枳椇树下，放下行李卷，用手接着岩石缝里流出的清水，往头上脸上淋。"这里凉快，歇一下！"

洗了脸，喝了水，大家坐下。

"许同志，你说说！"

"我怎么说好呢？"许学苏望着这位老上级，又是一直在培养自己的同志，她想了一下，说："我以为……"

她还没有说出具体的意见，下山送信的一个农民，老远的看到他们，飞奔到面前：

"许同志，许同志，我正要去找你们……"

许学苏看到他惊慌的神情，马上觉得出事了，跳起身来问道：

"什么事？"

"昨天晚上，晚嫂被人打伤了，阿树哥，就是梁树啊，上吊死了！"

"哎哟！"

"晚嫂没有危险吧？"

"阿树真死了吗？"

他们围着他，一句一句地追问着，想问出个详情来。

欧明一面听着，一面自言自语："敌情，严重的敌情！"他拿起小行李卷，说："同志们，快走吧！"

欧明和许学苏走在最后，她惶惑地望着他，仿佛有许多话要说，一时不知道打哪儿说起。

"镇定，镇定！"欧明拍拍她的肩膀。"敌人想打乱我们的阵脚，我们要镇定！"

"怎么办呢？"

"看情况再研究。说真的，我们对大峒乡的敌情估计不足，有些问题太忽视。例如，刘大鼻子那封信，你们就没有多加研究，这里面大有文章的。……当权派没有打倒，当然会有问题。这种杀人的事情，不简单，幕后一定有人支持。阿许，我有个想法，刘大鼻子可能是主持人。"

许学苏表现得很悔恨："我们疏忽，给敌人争取主动了！"

"不！"欧明连连摇头。"他们还是被动的。敌人的企图是潜伏，混过关，如果不是我们的压力大，他们不肯露面的。现在的问题是：我们要抓住这个机会，穷追猛打，不然的话，我们一定会被动的。"

进村之后，许学苏一直到申晚嫂家去。

欧明对赵晓他们说："你们分散工作，要紧的是安定群众情绪。同时搜集群众意见，不论是什么意见，都要注意。"

欧明走进了"主席团办事处"。

"欧同志来了！"

梁七、麦炳还有其他的委员，正在商量着，看见欧明进来，不约而同地嚷着，仿佛他带着什么动人的东西来了似的。

"坐吧，坐下来慢慢谈！"

欧明放下行李卷，反倒去招呼大家坐下。

梁七越是想说清楚一切的详情，越是说不清楚，不是漏掉细节，就是颠倒了顺序，急得乱搔头，暗暗地骂自己无用。麦炳看上去倒是冷静的，在重要的地方，时时补充几句。可是，只要他一开口，就听出他的声音颤抖，不是害怕的颤抖，而是竭力控制愤激的颤抖。梁树是他的好朋友，从小一起长大，一个山坡上放过牛，一条河水里洗过澡，平时吵两句闹一阵，正是不分彼此的哥儿们的情份。梁树突然死了，叫他怎能安静呢？欧明明了他们的感情，这些纯朴的农民，受到突然的打击，当然免不了慌乱的。

"照你们看，阿树是怎么死的呢？"欧明合上笔记本问。

"奇怪嘛，就奇怪在这个地方，阿树龙精虎猛，怎么会想到寻死呢？"

"一定是害死的！"麦炳坚决地说。

"一点伤也没有，吊得直挺挺的，……"

"真怪！"

大家疑疑惑惑，说不出肯定的意见。麦炳忍不住又重说了一遍：

"一定是害死的！"

他说得更大声，更坚决。大家一起看着他，似乎觉得他说得太肯定了，可又没法反对他。

"我们去看看！"

欧明站起来朝外走，麦炳在前面引路，梁七陪着他。

"七叔，你谈谈，你看阿树是自杀，还是被人害死的？"

"说阿树会自杀，谁也不信的！"梁七摇摇头，仿佛说他自己更不会相信了。"不信又怎样呢？我亲自放他下来，身上一点伤痕都没有，那枝枪和电筒还放在旁边，不象，不象是有人谋害的！……"

梁树的尸体放在地上，欧明解开他的衣服，详细地检验一遍，果然没有伤痕。只是在他的两只手上，发现了擦破皮，血凝结了，变成紫黑色。"有过挣扎！"欧明暗自说着。再看看悬挂绳子的横梁，积满灰尘，只有绳子擦过的地方，露出痕迹。"挂上去没有抵抗。哼，怕不是死了才挂上去的？"欧明盘算着，又将破房子仔细检查，除草堆零乱之外，没有可疑的地方。"安排得倒是很巧妙的！"欧明打开笔记本，画现场草图。在画那根绳子的时候，才发现绳子上粘着草屑。"这倒奇怪，是什么绳子呢？"他解开绳子，拿到门口亮处一看，滑腻腻地象用油浸过似的。

"是什么油的味道？"欧明把绳子递给麦炳闻。

"桐油！"麦炳叫了一声，还想说些什么。

"别说，我们回去研究。"欧明小声制止了他。

站在门外看他们检验的群众，大约有十来个人，一直七嘴八舌的议论着，惋惜着。他们走出门，其中有一个人用比较高的声音说：

"……好日子快来了，自杀真是不上算！"

"他是谁？"欧明低低问梁七。

"刘华荣。"

"谁？"

"乡长刘华生的弟弟，刘华荣。"

梁大婶听到梁树死的消息，当场昏厥过去；救醒之后，伏在地上干号。她不相信儿子是死了，不会，完全不会！昨天晚上，她亲手做饭给他吃，吃完饭，他背起枪，精神抖擞地出去，临走的时候，还说："娘，你睡吧，我自己会开门！"难道这样的小伙子，就不会回来了？他不会死的，打他一百下扁担，他也不会哼一声，无端端会死？不会，不会！

"大婶，你去看一下吧！"

有人劝她去看梁树最后一眼。她痴呆呆地望着人家。看？看什么？阿树真的死了！真的不回来了！为什么要死呢？娘抚养你二十几年，你会丢下不管？他不是这种人，平素脾气有些牛劲，对娘还是很孝顺的。是得罪了人家吧？得罪了谁？他晚晚出去巡夜，熬得眼睛通红，叫他多睡一会也不肯，还不是为大家出力，能得罪谁呢？就是得罪了，不看功劳也看苦劳，会不原谅他？要就是得罪了石龙村的老爷们，是吗？对了，是得罪了他们。菩萨有眼呀，我藏在床底下的东西，谁也没有告诉过，阿树得罪你们，也该看看我的份上！你们这些没有良心的东西！……她连爬带跌地到了床面前，在床底下掏出冯氏交给她的一卷布，用力摔在地上，她恨极了，想大骂地主和地主婆，可是嘴上却号叫着：

"我的儿子不会死，我的儿子不会死！"

房间里的人不明白她的意思，可是听到她这种惨厉的号叫，非常惊心。有些妇女忍不住用衣袖捂住脸，差点儿哭出声。

巧英扶着梁大婶，不让她朝地上撞头。巧英听到梁树的死讯，好象受到雷震似的，半晌听不到，看不见，说不出话。她和大家一样，不相信阿树会死，后来她在堆草的破房子里，看到他的尸体，脸上盖着一块布，她想揭开，又不敢揭开，要看他一眼，又不忍看他。不揭开那块布，她也能认出他来，衣服和身材，都是熟悉的，看他睡在地上，仿佛还有着那种冲劲，会立刻跳起来。但是，他是死了！她和他是要好的，爱情的种子刚冒出一点嫩芽，突然被连根拔掉了。申晚嫂和梁树是她最亲近的两个人，一个伤了，一个死了，她的心好象被人撕了一道裂口,一阵阵绞痛。她从自己的伤痛,想起梁大婶,立刻跑来陪着她。巧英看到梁大婶的失常的样子,又担心又害怕。梁大婶叫了一顿,两手扑打着地面,幽幽地哭起来。

"大婶,别哭吧!"

巧英说着,眼泪象断线珍珠似的,直往下淌,忍也忍不住。她一把揩掉它,仿佛要把悲伤揩掉似的。悲伤是揩不掉的,可是,她不比一年多前了,那时她的妈妈给地主逼死,她象给人抛在荒山野岭,怕极了;又象掉在漩涡里,老是身不由己的打圈儿。现在呢?她站稳了,能够想想事情了。她想:阿树和申晚婆为什么被人谋害呢?一不是想他们的钱财,二不是想他们的田地,不过为了他们是群众的"头人",害怕他们,打死他们好安心。"对了,他们害怕了才谋害阿树和晚婆的。"她找到了结论,精神振作起来。"他们怕我们,我们要叫他们更害怕!"

欧明和梁七等走进来。梁七对巧英招招手,巧英走过来。

"大婶怎么样了?"

"还是老样子……"

"阿树的事情,你没有告诉晚嫂吧?"

"没有!"巧英摇摇头,不知道是答复梁七,还是对梁七的话不赞同。"我看瞒也瞒不住的,人多口杂,难保谁不漏出去。再说,晚婆看不见梁树哥,她不会问吗?"

"对!"欧明觉得巧英的话很有道理。"瞒不了的。"

"啊——"梁七以为巧英太多嘴了。"晚嫂受伤了嘛!她不能再受惊,再着急,你知道吗?"

梁大婶抬头见到欧明,一骨碌爬起身,冲到他面前,软瘫在地上,双手抱着他的腿,哭喊着:

"同志哥,要替我的儿子伸冤啊!"

听完了几个人的汇报之后,欧明说:

"老赵,你把石龙村的反映说一说!"

"石龙村的群众反映,和刚才大家说的差不多,觉得阿树死得真可惜，又很关心晚嫂的伤势。"赵晓停了一下。"石龙村另外有新情况……"

"什么新情况？"

"这种新情况，上午还没有，下午方才出现的：有人说，那间堆草的房子是有鬼的，梁树的爸爸是上吊死的，所以阿树大概是夜晚走路碰上鬼了……"

"我们村里也有人这样说，……"

"还有人说，前几晚看到虎牙村背后山坡上有鬼火，知道要有人命案发生了……"

"你查过没有？"欧明问。

"查过。"赵晓打开笔记本翻看了一会。"我追查过三个人，不是三个人，是三条线索，到末了都是说听刘华荣讲的……"

"谁讲的？"

"刘华荣。"

"呐，就是在那个门口说话的人。"梁七告诉欧明。

"哦！"欧明侧着头沉吟一会。"晚嫂受伤的事情，有人提起吗？"

"闹鬼的谣言一来，吸引了大家……"

许学苏对欧明低低说："刘华荣是以前贫雇农小组的人，他是刘大鼻子的堂房侄儿。"

欧明点点头，然后从桌子底下拿出油浸过的绳子，往桌上一抛，对麦炳说：

"阿麦，你来讲讲！"

有些人不明白是怎么回事，伸手拿起绳子来看。

"梁树哥就是这条绳子吊死的！"麦炳把绳子接过来。"大家闻闻，上面有桐油味儿，……"

"真是有桐油味儿！"

"桐油还粘手哩！"

"我们大峒乡用桐油的人家，数得出来的，就是那么几伙，他们是做竹帽的，……"

"对,总共不到十家,石龙村的李三两兄弟,高峰村的杨文广,……"

"……我都去问过了,"麦炳不喜欢人家打断他的话头,大声截住对方。"他们用桐油都是一斤半斤的去买,……"

"买不起嘛,只好零买着用。"

"你等我说完嘛!瞎打岔!他们买个一斤半斤的油,用瓦罐子破碗去买,哪用到绳子去捆呢?……"

"说的是啊!"

"……他们买的桐油,是冯庆余店里卖的……"

"啊!"

这一声惊叹,包含着惊讶,也包含着"原来如此"的警觉意味,谁不知道冯庆余是个什么货色呢。

"冯庆余是整篓买油回来,非用绳子捆不可!……"

麦炳把绳子朝桌上一摔,梁七连忙接住,将它小心地圈好,紧张地对大家叮嘱:

"千万要留神,别露出风声!冯庆余比狐狸还要猾,知道了可难办!"

"这儿都是自己人,怕什么呢?"

"怕你们不留神啵,谁说你们是外人?"

欧明站起身来,对大家说:

"现在研究一下吧,该怎么办呢?"

"一定要抓凶手,阿树不能白白的死,晚嫂也不能白白的挨打!"麦炳气愤愤地说。

"凶手当然要抓!"欧明说,"可是,该谁去抓呢?"

"政府喽!"

"不对!"欧明摇摇头。"该动员群众……"

"群众乱得很,他们哪能抓凶手呢?"梁七抢着说。

"正因为这样,更要动员群众!"欧明转头问许学苏:"你的意见怎么样?"

许学苏说:"我觉得这两件事都要交给群众讨论,让群众认识敌人的阴谋,同时也能检举潜伏的敌人……"

"对！"欧明赞同。"要讨论，而且是大锣大鼓的去干！"

"不行，不行！"梁七连连摇手。"群众已经乱嘈嘈的，再去讨论，不是更乱？"

"七叔，你听我说，"许学苏很平静地说。"群众乱，我们要引导他们，使得他们不乱。他们乱，因为他们还不了解，还不认识敌人的阴谋，如果给他们详细讨论一下，眼睛亮了，心也就定啦。"

"这话说得有理！"有人赞同。

"我还不明白！"麦炳插嘴说。"群众讨论，对是对，可是凶手怎能让群众去捉呢？"

"阿麦，捉凶手并不难，难的是群众不知道是怎么回事，捉不捉，当成是政府，是你们'头人'的事，他们不关心，那就不好。"欧明耐心地说。"阿麦，你说说，敌人谋害晚嫂和阿树，就是跟他们两个人有难过，不是跟大家作对吗？"

麦炳低着头，不说话。

"我知道你心里难受，一心要替阿树报仇。……我们心里也不好受，这么一个年轻力壮的好汉子，……"

"我一想到晚嫂受伤，阿树死得这样冤枉，心里就……"麦炳说不下去，粗大的手蒙着脸，泪水从指缝往下滴。

大家鼻子一酸，眼睛有些蒙蒙的，好象有一层雾遮着。

"是啊，谁不难受呢？我相信群众也难受，晚嫂和阿树，是自己的亲姊妹亲兄弟，他们为谁受害的呢？……群众讨论之后，也会象你一样，要替他们伸冤报仇！敌人想吓唬我们农民，我们要叫他们知道厉害！只要把群众的火点起来，烧不死他们才怪！"

欧明说话虽然是缓慢的，他们听来却是句句有力，字字有理，逐渐有了信心。

"说老实话，"梁七这时脸上才露出开朗的表情。"自打昨天晚上起，我心里就起了疙瘩，这种事情怎么办呢？我们农民谁经过这么大的风险？说群众乱，我心里也乱。我尽在想，事情别搞大了吧，搞大了难收拾。欧同志一说，我才开窍！"

梁七的话引起许多人的共鸣：

"七哥的话说到我心里去了！"

"没有同志来指点，我们是螃蟹过河，七手八脚，不晓得乱成什么样子了！"

"阿树为大家牺牲了，梁大姊有什么困难，大家应该帮助她解决……"

"当然！当然！"

"再有，我们替阿树开追悼会……"

"什么追悼会？"

"就是开个大会，全乡来公祭他；同时让大家讲讲话，揭露敌人的阴谋，……"

"好办法！"

"应该！"

会散了。欧明一路陪着他们到村里，叮嘱他们赶紧做好准备工作。

"我们去看看申晚嫂！"欧明对许学苏说。

"她今天闹着要来开会，好不容易才说服她。"

"对，让她多休息几天，以后还愁没有工作吗？"

村东头，从沙河河坎上爬上一个人，刚刚涉水过来，膝盖以下淌着水，上身的衣服给汗湿了贴在身上。他看到欧明，老远就叫：

"欧区委，欧区委！"

欧明见是区委会的通讯员小任，马上掠过一个念头：我今天早上刚上山，现在又追着来了，该不是底下又出了问题？

"你瞧，喘得这个样子？"

"太阳象火烧似的，爬这趟山真够受！"小任脱了竹帽，头发里面都有汗流下来。

"有什么要紧事？"

"有一封信！"

"傍晚送来不行吗？"

"区里叫立刻送到，一定要你亲自收！"

欧明接过信,是县委会的,左上角有"急密"字样。

"小任,去歇歇,喝口水,等一会我写回信。"

许学苏看见小任的时候,心里也同样有些紧张,她注意着欧明,看他读信的神气,开始皱着眉头,慢慢松开了,眉毛向上一扬,眼睛露出光来,嘴角向两边移过去,简直是在笑了。她疑疑惑惑地看着。

"阿许,好消息,重要的消息!来得正是时候!"

许学苏给他这个兴奋的样子,弄得更惶惑。

"走!我要写个报告!"

他们并肩走向队部。

"阿许,这是县委转来的通知!"他把手上的信扬了一扬。"广州城乡联络处通知说,刘大鼻子的兄弟刘德铭,潜伏在广州,继续搞反革命活动,给我们逮捕了,前些时镇压掉了,根据他的供词,刘大鼻子藏在本乡,一直没有离开。你说这不是来得正巧吗?"

"是正巧!"许学苏激动地接过那封信。"给群众知道了,不知道该怎么高兴哩!"

欧明匆忙地写了两个报告,一个给区委会转县委;一个给人民法庭。欧明封了信口,对小任说:

"你再辛苦一趟吧,即刻下山去送!另外通知卫生员,要他来一次。喂,你辛苦也是为人民立功啊!"

"能立功就行!我这就去啦!"

小任精神抖擞地戴上帽子走了。

"要告诉主席团的人吗?"许学苏用征求的口气问。

"当然向他们宣布!"欧明考虑了一下。"暂时不必传出去,等准备好了,再向群众宣布。"

"听到这个消息,好象浑身都有劲了!"

"阿许,这又一次证明了一个真理,那就是依靠群众,依靠领导,斗争不会不胜利。我们的国家,组织多严密,互相支持,互相鼓舞,任何斗争都不是孤立的!就连我们这山顶上的小乡,也和全国行动一致,想起来真是……真是象你说的浑身都有劲了!"

第二十一章　追悼会

申晚嫂的右手，用布络着，吊在胸口；脱臼的地方，一层一层的绑着，好长得牢靠些。她的头上也扎有绷带，血是早已止住了，可是还没有完全收口。她受伤之后流了很多的血，现在猛一站起来，头会晕。脸色虽然不难看，到底有些发白，比不上以前健康。她在房子里不耐烦地走来走去，象嘲笑自己，又象发牢骚：

"是千金小姐，还是一品夫人？连门槛也不跨，等人家侍候！嗯，快要变成东宫娘娘喽！"

巧英坐在灶前烧火做晚饭，听她自言自语，头也不抬地应着：

"卫生员同志说，你不能出去吹风，吹了风头会肿的！"

"头会肿？从前头掉下来也要自己找吃的！……"

"晚婆，你再歇几天吧！不是不让你出去，大家都望你快点好！"

申晚嫂坐在巧英的身边，望着她。她瘦了许多，下巴尖尖的，两只眼睛没有以前光亮。跳跳蹦蹦的脾气改了，一坐下来就是好一会，目不转睛望着一个地方出神。少女的活泼，突然从她身上消失了，她变得沉静，可是也显得成熟。她不是失望，从庄重的表情和简练的话语去判断，她比以前坚决得多，老成得多。申晚嫂用手摸摸她的脸，很温柔地说：

"好，我再歇几天。阿巧，我不是坐得住的人，这种时候，更坐不住。

你想想，大家忙着捉刘大鼻子，我倒闲着，多不好！"

"你没有闲啊！他们不是到你这儿来开会，要你一起商量的吗？"

"话是这样说！"申晚嫂停了一下，突然问她："刘大鼻子的事，你没有说出去吧？"

"没有！"

"不要走漏风声！这个害人的东西，要是捉到他，千刀万剐也不嫌多……"

申晚嫂独自在说着她心里的话，滔滔不绝。

灶里的火烧得挺旺，巧英对着闪闪晃晃的火苗，在想她的心事。

申晚嫂说了一会，才注意到巧英。

"你没有听我说？"

"啊？"

申晚嫂一把搂住巧英，象母亲一样的疼她：

"好孩子，我的伤不是快好了吗？别难受！这几天你帮我做事，够你忙的了！"

"不……"

申晚嫂第一次摸不到巧英的心事。她们象母女一样的亲近，巧英不愿意向别人吐露的话，对申晚嫂可从来不隐瞒。这一回，梁树突然被谋害了，巧英更需要申晚嫂的支持，而且只有申晚嫂了解她和梁树的萌芽的爱情，偏偏不能够吐露，这是多难堪的事！她几次下了决心，告诉她吧，话到嘴边，象咽苦药似的又咽了回去。梁七一再叮嘱她不要说，她又怕申晚嫂听了真会急出事来。她敬爱申晚嫂，宁肯自己忍受着痛苦，一直没有说出口。

"呵，我知道了！是为了阿树的事吗？"

巧英一听吓呆了，自己问自己：她知道了？望着申晚嫂，好一会不作声，不动弹，伸出去凑柴火的手停住不动，差点儿给火烫着。

"他们告诉我，阿树下山到区上去，你在想他不是？"申晚嫂故意逗她，希望巧英能够愉快些。"过两天不就回来了！"

"晚婆！"巧英扑到申晚嫂身上，一阵伤痛的抽咽，代替了她想说的话："晚婆啊，他不会回来了，永远不会回来了！"

"为什么？为什么？"

申晚嫂紧张地摇她，当是他们两个人闹意见，不和睦。

巧英仰起头，正想说什么，村子里突然传来打锣的声音。申晚嫂侧耳一听，奇怪地问道：

"开大会？开什么大会？我怎么不知道呢？"

锣声很清晰，叫唤却听不清楚。

"阿巧，你知道开什么会？"

晚饭后开会追悼梁树，这就是巧英心神不宁的原因。申晚嫂恳切的话语，催促的锣声，使她的思绪更加紊乱。"说不说呢，说不说呢？"她在不断地问自己，忘记了申晚嫂在她旁边坐着，等着她的回答。申晚嫂放开手，站起来：

"我去看看！"

巧英向前一扑，拖住申晚嫂：

"晚婆，我告诉你！"

"说吧，阿巧！"申晚嫂重新坐在她旁边。

"阿树死了，给人吊死了！……"

申晚嫂以为听错了，惊讶地望着她。可是，当她悲痛地说出经过情形，申晚嫂可惊呆了，她坐着不动，望着熄灭了的柴火，左手攥紧拳头，敲打套在布带里的右手，抿着嘴，竭力压制着愤激的情绪，身体有些摇晃，看上去好象在发抖。巧英害怕起来：

"晚婆，你身体还没有好，……"

申晚嫂紧紧握着巧英的手，轻轻地摇着，那个意思是说：不要紧！巧英也就不说下去了。申晚嫂望着灶里的微微闪烁的火星和灰烬，脑子里浮起一连串的问题：他们想打死我，吊死阿树，为什么呢？我是主席，阿树是纠察队长，是他们的死对头，眼中钉，要搞掉我们，他们才心安。哼，他们能搞得干净吗？全乡这么多人，谁不反对他们？我不做主席，还有人做；只要有人做，就不会放松他们。她想到这里突然问巧英：

"纠察队长谁当呢？"

"阿麦当队长了。"巧英不明白她怎么会问这个问题，可是，又很自然的顺着她的意思说下去："从那天起，阿麦变了另外一个人，白天夜晚忙个不停……冯庆余那条绳子，就是他查出来的。"

"对！"申晚嫂似乎有了信心，比较开朗些，这才想到巧英和梁树的关系。"阿巧，阿树是个好人呐！不要说你心酸，我也难过！"

"早就想跟你说……"

"你不说我也明白。你们两个人的事，我早放在心上，打算分田之后，再……"

"晚婆，别提了！"

"别哭！地主就是想我们哭，我们偏不哭！你要记住阿树，他是为我们大家……"

金石二嫂走进来，听到申晚嫂最后的说话，看到巧英眼睛红红的，偎依在她身上，吃惊地问：

"你告诉她了？"

"干吗瞒我呢？"

"怕你听了急出事……"

"不会！"申晚嫂沉静地说。"你当是从前吗？现在人多心齐，兵来将挡，水来土掩，急有什么用？"

申晚嫂一行人走进追悼会场的时候，梁大婶正在台上一边哭一边说。主席团的人看见申晚嫂来了，大吃一惊，梁七本来站在台口的，转头看到了她，张着嘴巴，心里在说："她不能再……谁告诉她的，一定是巧英！"

许学苏让申晚嫂坐在台上，正对着台下的群众。

台下坐满了人，却是鸦雀无声，静听梁大婶在哭诉，没有注意到申晚嫂进来。

在人群的左角上，绣花鞋坐在地上，伸长脖子望着梁大婶。申晚嫂受伤的消息传出来的时候，绣花鞋幸灾乐祸，高兴得很。后来又听到梁树被吊死,她有些糊涂了,这是谁干的呢?她曾经去找过刘华生,他避不见面。她去找冯庆余,他在"庆余号"的柜台边坐着,躲不了,冷冰冰地问她:

"你来干什么?"

"庆余伯,我想问你一件事,梁树……"

冯庆余脸色刷一下变青了,急忙拦住她:"我不知道,我不知道!"他紧张地看看店门外边,小声说:"关系重大啊,你少管闲事!"

"是怎么回事呢?"绣花鞋问他又象问自己。

"我是做生意的,不管这些……"冯庆余慢慢镇定下来。"三婶,需要什么吗?我可以赊给你。"

绣花鞋在冯庆余他们那儿受到冷淡。群众方面呢?大家热烈地讨论着地主的阴谋,情绪越来越高涨,可是对她却不欢迎。她感到孤独,恨恨地说:

"哼,两边都不要我了!刘华生!你们要我出来搞的时候,三婶长,三婶短,不要我的时候,连面都不见,你有得好死吗?"

在孤独之中,她想来想去都是别人不对,没有想到自己的错处。没有人理她,她却故意去惹人,人家开会,走去听听,有人要她走开,她骂一顿,发一顿狠,心里好象舒服些。走在路上,挺胸凸肚,装得很神气,假如有人不满意地斜看她一眼,她就凶凶地反问:

"怎么样?把我吃了?"

心底里倒是不安的,两边都不要了,该怎么办呢?越是孤独,越是不安,越是喜欢打听,趁热闹,能够有开会的机会,她到得很早。她望着梁大婶,偶然泛起善念:

"这个老太婆倒是挺可怜的!"

马上她的本性又显露出来:

"她的那个宝贝儿子,确是该死!谁叫他那么厉害呢!"

梁大婶一面哭一面诉说,诉说中夹着哭声,人们听不清楚诉说的内容,可是,她那个样子,已经足够引起人们的伤心和对敌人的愤恨了。她披散头发,又瘦又黄,几天工夫老了很多。她不是站在台上,而是坐

189

在台上，两手一会扑打台板，一会捶自己的胸口，号哭着，叫喊着，诉说的话断断续续，可是有一句是清楚的，她反复说着，请求着：

"你们要替我的儿子伸冤啊！"

随着这一声声的叫喊，群众中起了骚动，有人同情的抽咽，有人给唤起了斗志。

她哭喊了一阵，突然向后一仰，晕厥过去。巧英和另外几个人飞跑上前，抬她到一边去救治。

申晚嫂听梁大婶哭诉的时候，竭力忍耐着，等梁大婶晕倒，她站起来，很快地走向台口；她刚一出现，台下哄的一声，不约而同地叫起来。他们的叫声中，有意外的惊喜，因为她受伤后初次出现在人们面前；也有意外的惊吓，因为她的头上手上包扎着，那白色的绷带是很刺激的。她站在那儿，望台旁一看，冯庆余、冯氏和刘华生赶紧低下头。再向群众一看，群众的眼光亲切地迎着她，好象说：晚嫂，你好啊！绣花鞋却不敢正视她，侧过头，挪挪身体，让开了她的眼光。

申晚嫂有许多话要说，刚刚开了头：

"梁树为谁死的？要不要替他报仇？"

"要！"群众压抑着的情绪，找到了出口，迸发出雷鸣的叫声。接着，这叫声变成一片呐喊。

在呐喊声中，有好几个人从群众中间，同时向台前一阵风似的跑来，有三个人跑上了台，还有几个人就在台下和大伙跟前，用粗壮的声音，数说敌人的罪恶，号召为申晚嫂，为梁树，为本乡以前冤屈死了的人复仇。说到激烈的时候，有人跑到台旁，指着站着的地主们痛骂。……

欧明和县人民法庭的副审判长，还有主席团的委员们，正在商量着。欧明看到群众的仇恨和愤怒，象熊熊大火似的越烧越旺，讲话的人和呐喊的人，卷进同一个意志中，连申晚嫂和梁七，也情不自禁地高喊着。欧明碰碰副审判长的手臂，对他说："你出去吧，这个风暴平息不下来了。"

副审判长庄严地站在台中央，群众还是叫嚷不停，等到梁七看到他，拿起广播筒宣布：

"现在请人民法庭的同志讲话！"

人们才慢慢静下来。最后一个离开台上的人，经过地主们的面前，朝地上吐了一口唾沫，方才回到坐的地方去。

副审判长摊开手上的案卷，逐项宣读着。人们聚精会神地听着，连咳嗽也不敢大声。他们虽然听得不很明白，可是，"人民法庭"具有很高的威信，使他们相信一定能得到法庭的支持。副审判长最后说：

"……人民法庭经过详细调查研究，同时，接受群众的要求，决定逮捕谋杀案的嫌疑犯冯庆余、刘华生！……"

麦炳端着梁树以前用的步枪，一直在监视着冯庆余，他的眼睛睁得大大的，几乎要冒出火。听到副审判长的宣布，他好象山崩似的扑过去，大吼着：

"冯庆余，出来！"

纠察队员们围了上去，立刻将冯庆余、刘华生捉住，反绑着他们的手。

群众仿佛浪潮似的汹涌着，吼叫着，热烈地鼓掌。

绣花鞋看到冯庆余和刘华生被捉，她的心突突地跳着，脸上没有血色，嘴唇发白，两只手紧紧地抓着衣服，用力克制着，还是不能不发抖。

坐在另一边的冯水，他自始至终没有出声，此刻忍不住了，跟着大家一起在吼叫。这个在刘大鼻子家做牛做马五十年的老长工，一直到冯氏被斗之后，方才搬出刘家。搬到一间刘家的闲屋，独自耕几丘田，白天不和别人来往，夜晚早早睡觉。平素沉默寡言，现在更是难得有说话的机会。他自己这样想：五十年的苦都挨过来了，怨什么人呢？六十多岁的人，有什么好指望的？村里闹得热烘烘，他关在房子里万事不管。今天在会场上，看到的，听到的，群众的激情，使他忘记了自己，尽情地吼叫起来。

苏醒过来的梁大婶，泪流满脸，连连地说：

"菩萨开眼啦！"

"不是菩萨开眼，是共产党……"扶着她的巧英纠正她。

"共产党是大恩人啊！"梁大婶改口说。"多谢共产党啊！"

申晚嫂兴奋得涨红脸，走到欧明和许学苏面前：

"告诉他们吧，告诉他们吧，让他们高兴高兴！"

人们从两边向中间挤，从后边向前边挤，最前边的已经把冯庆余和刘华生包围起来，手指着他们，咒骂射向他们。麦炳和纠察队员们，竭力招架，才勉强留下一小块地方，没有给人们冲进来。冯庆余头低到胸口，躲来躲去，闪避着。刘华生额头上的汗珠有黄豆大，畏畏缩缩，害怕群众会冲上来打他。

许学苏拿起广播筒，一连叫了好几遍：

"农民兄弟，听我说几句！"

人们停在原地看着台上。他们的姿势，好象前进中的骏马，突然被勒住缰绳似的站着，一放手就会奔跑的。

许学苏响亮地说：

"农民要打倒地主恶霸，要分田分地，完全是正义的，合情合理合法的，我们共产党，人民政府，一定替大家撑腰！破坏土改的要镇压，逃亡出去的地主恶霸，一定要抓回来！"

"哦，噢——"

一片欢呼，一片呐喊，震响在高山大峒之间。……

第二十二章 落 网

离天亮还有两个钟头。天色象浓墨染过似的,黑得不透明,星星闪闪烁烁,摇摇欲坠。

石龙村和虎牙村的对外通道,有人把守,不许通过。在石龙村的大祠堂门前,灯火通明,很多人来来去去,他们每人手上都有武器,不是打野兽用的三角叉,就是打鸟雀用的土枪;不是铁条,就是大刀;还有人拿着禾叉和镰刀,什么也没有拿的人,在腰上也绕着一捆绳子。

一组一组的在点名。叫唤声和答应声,响成一片。队伍站好了,一排排的人影,衬着漆黑的夜色,很有大军出征的森严景象。

麦炳背着步枪,赵晓佩着短枪,分别站在队伍的前面,等待命令出发。队伍中间,有人试试手里的家伙,和身旁的人比划着,有的用破布或者用衣服在擦武器,有的戳一下对方的腰杆,踩一下对方的脚……人人脸上焕发着光彩,洋溢着斗志。

欧明在祠堂坡台上,和留下来的干部及农民,布置村里的工作。他说:

"就是这样吧?"

"就是这样了!"

许学苏应了一声。接着,她跟在欧明身后,跨下两级台阶,小声请求:

"我打过游击……"

"我知道你打过游击。村里不能没有人啊！去吧！"

许学苏迟疑一下，转身和留下来的人走进祠堂。

麦炳跑到欧明面前，性急地问：

"可以走了吧？"

"你检查过人数了？"

"没有问题，查得一清二楚！"

他们走近队伍，欧明站定了，大声问他们：

"刚才讨论的事情记得吗？"

"记得！"

"纪律要好好执行，不能违犯的……"

"不会！"

"你放心吧！"

他们用十足的老百姓的方式来回答，可是，却有着旺盛的战斗热情。欧明再看了看队伍，突然问麦炳：

"你说查得一清二楚，那是谁？"

麦炳难为情地摇摇头，笑着说：

"晚嫂嘞！"

"说过女同志不要去的，怎么又……"

申晚嫂本来也是留下来的，她不声不响走进队伍，希望不给欧明发觉，上了山再说。此刻既然被发觉了，她扛着禾叉走了出来：

"女人不能去？从前要死要活，上刀山也可以，走四十里路扛木头也可以，现在倒娇嫩起来？"

"不是这样说，你的伤刚好，要是……"

"没有问题！"她举起手臂晃了晃。"我一定要去！"

欧明犹豫着。

她改用缓和的口气说："我去看看，用腿不用手，总可以吧？"

麦炳和人们欢迎她去，而且也知道她下了决心是很难改变的。大家代她说情：

"让她去吧！"

"欧同志，大家伙儿照应着她就是了。"

队伍出发了。

赵晓和申晚嫂领着一队先走，他们要绕到大金山主峰上面，然后再向下压。欧明、麦炳带的队伍，是由下边一路搜索上去，形成一个包围圈。

山峰连着山峰，好象一个波浪接着一个波浪。山峰与山峰之间，有的是起伏不大的丘陵，有的是深陷的峡谷。

从牛背岭向西，翻过一座不太高的山坡，突然陷落下去，横亘着一道十几丈深的峡谷，谷底形成一条河床，大大小小的石块，杂乱的堆积着，长年不断的山水，受石块的阻截，激起浪花和奔流，轰响着，回音激荡，十分喧闹。峡谷那边，地势比较平缓，却都是青灰色的岩石，没有草木。从这里再上去，先是一座较低的山脊，后面才是有着许多石窟和岩洞的高峰。这个地方，既没有道路，而且树木和茅草也很少，所以没有人到，非常僻静。

刘大鼻子和蛇仔春，藏在这儿一个大的岩洞里面。洞口有一个石壁，入口很狭，要侧着身体才能进去，里面倒宽敞，能容得下十几个人。他们两人睡在这里，用茅草垫底，铺有席子。洞里因为烧草煮饭，四壁熏得黑黝黝的，从石缝中渗透出来的水流，将黑灰冲刷得斑斑剥剥，地上积有一摊一摊的水汪。

他们两人初初躲到这儿来的时候，囤积了一批粮食，还吃得饱。不久，刘德铭从广州派人来联络，说台湾会有飞机来接应；邻县邻区的地主、恶霸和反革命分子，也找过他们；刘华生上来的时候，总会带点东西和消息来。这样，他们两个人不但过着安稳的日子，而且还发号施令，干预底下的事情。他们在幻想的支持下，觉得挺有希望，以为真有那么一天会恢复他们旧时的生活，甚至有更大的发展。后来，刘德铭消息断绝，接应的飞机呢，他盼望啊盼望，在有月亮的晚上，不睡觉的在等，一有响动就满天去找，从月圆到月缺，从月缺到月圆，别说飞机,连只鸟雀也没有落到他们这儿来。邻区邻县的家伙,来过一次,以后人影儿也不见。刘华生不常来了,来的时候尽说:"风声紧啊,行动不便啊",听了心烦。他们白天在洞穴附近,不敢远出,夜晚象蛇似的钻来钻去,几次想入村,因为村边有岗哨,无隙可乘,垂头丧气地回来。有时粮食接济不上,两个人饿得象一只疯狗,脾气暴躁,互相殴打。蛇仔春不象以前那样驯服了,有一次就打落了刘大鼻子两只牙齿。他们已经失了常态,扭打完了,又坐下来在幻想中描画将来复辟的美景,刘大鼻子长满胡须的狗脸,眉开眼笑。一言不合,又会打起来。两个人象野兽似的生活在山上,而且是绝望的生活着。

上一次刘华生偷偷上来,刘大鼻子布置了下毒手的计划,每天等消息,可是刘华生再没有来过。

他们坐在岩洞口,瞭望对面远远的牛背岭西边的山路,那条路穿过丛生的树林,露出来的地方,细得只有手掌宽。他们这样偷望着,希望能发现刘华生的影子。

"保险又不来了!"蛇仔春叹口气说。

"专说晦气话,操你妈!"

"再不来,我可要去偷!"

"你不能再去!昨天偷了杂粮,要是被人发觉了,不是坏了我的大事!"

"饿死了,不是更坏大事?"

"华生会送来的,……"

"不送来呢?"

"他不送来,你姐姐是死的吗?"

"我才不相信刘华生!……"

"操你妈!你再噜苏,枪毙你!"

刘大鼻子也是满腹怀疑,可是刘华生是他唯一的一条线,要是出了问题,又怎么办?他站起身来,钻出洞口,走到较低的山脊那儿,朝峡谷那边看。站了好一会,不声不响地走回来。蛇仔春睡在岩洞里唉声叹气:

"等，等，等到几时呢？村里只有四五个工作队，一下子干掉算了，省得现在活受罪！"

"你吃了灯草灰，放轻巧屁！现在不是时候……"

"我告诉你，人可以等，肚子可等不得了！"

"你想怎么样？"刘大鼻子伸手去摸手枪。

"你……"

蛇仔春跳起来，朝刘大鼻子胸口打了一拳，他双手掩着被打的地方，靠着石壁喘气。蛇仔春转身就走，在洞口说：

"找到吃的，你可别想分！"

欧明和麦炳带的队伍从天没亮上山，一路搜索着向前。露水沾湿了衣裳，荆棘刺破了皮肤，大家拉长着距离，悄悄而警惕地，时而爬行时而攀缘着山崖，向主峰方面搜索。天没亮的时候，他们沿着山路向上；天亮之后，退到没有路的地方，借半人深的茅草和树木掩护，慢慢向上爬。这样的路，就非常难走，而且不许说话，连跌倒了也不许叫一声。一到太阳升到头顶，草里面蒸发热气，又闷又热，大颗大颗的汗珠滴下来，十分想喝水。"山蜞"厉害得很，爬上小腿大腿吸血，它还能钻到鞋子里去吸血。爬着，爬着，过了一个山峰又一个山峰。开始的时候，这个由农民临时组成的队伍，还能遵守纪律，爬了半天的山，什么也没有遇到，他们渐渐地松弛下来。有人说话了：

"我看是白费事！"

"别急呀！慢慢找！"

"这么大的山，到哪儿去找？"

有人看到溪流，顾不得暴露不暴露，拥着去喝清凉的水。有人掏出烟包，卷烟吸。欧明回头一看，连忙在树林子里把大家集合起来，给他们谈谈搜山应该注意的事项，然后又叫大家休息一下，喝水吃干粮，再重新前进。队伍这才安静下来，分成几路，行与行，人与人之间，保持很大的距离，沿着草窝和树林往前走。欧明和麦炳还是在前面，一面侦察，一面前进。

"麦炳，你说赵同志他们到了山顶没有？"欧明悄悄问。

"他们出发得早,应该到了。说不定下来了,他们走小路,近得多。"

"我担心申晚嫂,她的手还没有全好哩。"

"是啊!你关照过赵同志,要照顾她的嘛!"

"就怕她不听……喂!……"

欧明话没有说完,一把按住麦炳,将他压低了,手指着前面。麦炳伏在草里,微微抬起头,露出眼睛,只见前面是一个陡坡,坡上有几株巨大的石栗树,看不出特殊的地方。他转头望欧明,欧明往上一指:

"树上!"

麦炳再一看,第三株石栗树的丫杈上,果然有一个人跨坐着,在他面前是一个鸟巢,他似乎在掏东西。

"是不是我们的人?"欧明问。

后面又有几个农民上来。大家伏着,眯着眼睛瞭望。再后面的农民,听说前面发现了情况,争着往前来。欧明马上通知:

"叫后面留神,不要暴露!"

大家才仆在地上,迅速地爬上前来。

大家在端详树上的人,研究是不是自己人。离得太远了,看不清楚。

"不是我们的人!"麦炳往前爬了几步,再仔细看看。"头发那样长,象个道士。"

"道士?"

人们倒奇怪起来了。

"大家伏着不要动!在这儿监视他!麦炳,跟我来!"

欧明和麦炳借茅草和山石的掩护,爬着向前。欧明密切注视前面,握着"航空曲"手枪,用手肘着力,半匍匐半攀登地蛇行着。麦炳学他的样,一路紧跟着。爬行了一段,忽然看见树上的人下来了,他们两人惊愕地立刻伏着不动,紧张得连呼吸也差不多停住。后面的人们也看到了,不知道谁叫了一声"哎哟!"大家想责备他,又怕扬声,心里在骂,眼睛一刻也不离对面那个人。树上的人爬下来,站在陡坡上,四面看看,注意听了一会,然后又爬上另一株石栗树。

距离石栗树约莫只有四五丈远的时候,麦炳看清了树上的人,他正掏鸟蛋吃。

"欧同志,那是蛇仔春,刘大鼻子的小舅子!"

他们两人目不转睛地看住他。欧明看到他那种野蛮的疯狂的模样,觉得恶心:这班东西,当权的时候是披着人皮的野兽,失势的时候,本形就更加显露出来了。

当蛇仔春低下头,在鸟巢里面翻来翻去寻找的时候,欧明纵身一跳,很快地到了石栗树前。蛇仔春听到声响,朝下一看,两枝枪口对着他,黑洞洞的,好象就要喷出火红的子弹,吓得几乎跌下来。

"下来!放老实些!"欧明威严地命令。

蛇仔春假装顺从,抓着树枝爬到树干上,慢慢向下溜。他抱着树干,打了一个旋转,乘势去摸腰间的手枪。

"不要动!你想死吗?"

麦炳大喝一声,蛇仔春离地三尺,跌了下来。

欧明跳上去,缴下他身上的"驳壳"枪。

后面的队伍,原本紧张地望着,等到蛇仔春跌下地,他们象给什么东西弹起来似的,大吼着奔过来。蛇仔春先是一愣,然后心里说:"我瞎了眼睛,这么多人也看不见?都是他妈的和大鼻子打架打昏了。……"

"蛇仔春,刘大鼻子在哪儿?"麦炳用枪柄捣捣他。

"我,我不知道!"

"你不知道?和他合穿一条裤子也会不知道?"

"他妈的,到这时候还顽固?"

大家围着他,你一言他一语地逼问着,他矢口不肯说。欧明看了看周围环境,打量着:在这个高坡上,目标太大,容易暴露。于是他说:

"带他到林子里去!"

大家重新掩蔽起来。欧明讯问了蛇仔春并交代了政策,要他说出刘大鼻子的所在,他还是不肯说。旁边的人不耐烦了,嚷着要绑要打,他依然说不知道。欧明沉吟了一下,然后说:

"不要你说了!我们搜出来,可就不能宽大你!大家集合,去搜!"

大家急忙拿起武器,按照上山的次序排好,正要出发,蛇仔春突然哭丧着脸，吞吞吐吐地说：

"他在那边……"

"领我们去！"

"我不去！"蛇仔春赖在地上不肯站起来。"他有两枝枪，我去了他会打死我！"

欧明详细问明了方向，就和麦炳带了几个人更谨慎地向前搜索。蛇仔春给押着跟在后面。

"麦炳，要小心啊！"

他们掩袭到岩洞的周围，分成三路，一路绕道到岩洞上面，监视洞口的活动，一路包围着四周的通道，一路由欧明自己率领，直扑到洞口。欧明到达岩洞前面，伏在草中，察看了地形，然后冲到石壁前面，掩蔽好了，对洞内叫道：

"快出来！要不，就开枪啦！"

四周的人也跟着叫：

"出来吧，刘德厚！"

"你会飞也走不了啦！"

洪亮的声音，引起山峰的回音。

里面没有动静。欧明紧贴在地下，慢慢挪到入口的旁边，微微抬起头，向里面张望。四周的人都替他担心。麦炳端着步枪，瞄准着入口的地方，准备一有事情，马上打过去。他从来没有开过枪，手老是发抖，瞄不准，又怕打到欧明，他抓起一把浮泥，把枪垫稳了，又在瞄准。精神太紧张了，一个不小心，他扣了扳机，"砰"的一声，震得人耳朵疼，大家都吓了一跳，以为刘大鼻子打了枪，会冲出来。这一枪刚刚打中入口的石壁上，碎石头飞到欧明身上，他赶紧伏下来。停了一会，欧明从石壁后面伸出"航空曲"，对岩洞里一轮射击，然后一跃起身，就窜到洞里去，后面的人也跟着跳起身来飞跑过去。麦炳给枪响震呆了，等别人跳起来，他才跟着向前跑。

岩洞里一个人也没有。

"跑了？"

"蛇仔春骗人!"

"刚才还在的……"蛇仔春弄不明白。

"不会走得远,快追!"

刘大鼻子自打蛇仔春出去之后,他越想越急,也就越盼望刘华生,他走到前面的山脊上去望,去等待。后来,他望不到等不到,肚子也饿得慌,索性绕到峡谷的边上,想找点东西吃。正在这时,他听到人们的叫喊声,接着又听到枪声,知道大事不妙,连忙沿着峡谷,从旁边逃走,企图翻过大金山的主峰到六区去。

欧明他们居高临下,发现了刘大鼻子,他们一路追赶,一路叫唤,把整个山谷都震动了。

另一路的队伍,由山上压下来。申晚嫂不顾赵晓的劝告,还是一马当先。她虽然走惯山路,可是身体刚刚复原,又加上太过兴奋,走了半天山路,脸红气喘,汗如雨下。正在这时,他们听到隐约的喊声,然后一顿乱枪。她停下来对赵晓说:

"你听到吗?"

"听到,接上火了!"赵晓马上把队伍分成两组。"晚嫂,你带他们守在这一带山坡,我带他们去接应。"

"不行!我要去!欧同志答应我的!"

"现在没有工夫讨论了,你要服从命令嘛!"

赵晓带着一组人径自走了。

申晚嫂很不高兴,把留下来的人分成几批,守着山坡,独自坐在一个很陡的斜坡上,凉风一阵阵吹来,叫喊声也一阵阵传来,附近却静得连虫吃草的声音也听得到。她的心跑到追捕的那群人中间去了:他们多起劲,我连一点力量也出不了!

不远的地方,爆发了喊声:

"捉呀!捉呀——"

"他们也撞到了!"申晚嫂站起来。

两路追捕的人会合了,可是,他们都在比较高的山脊上,刘大鼻子却在底下的峡谷中乱窜。上面的人可以看到他,却捉不到他。要想下去，这里是险峻的斜坡，青灰色的岩石，棱角尖尖，简直没有插脚的地方。眼看再向前去，峡谷到了尽头，只要刘大鼻子一转弯，就难找他了。追捕的人一路喊着，一路向前，跑到申晚嫂站的地方来了。这时，申晚嫂才看到刘大鼻子象个野人似的在峡谷底里跑着，同时看到大家在上面追赶，下不去。仇人见面，分外眼红。她踌躇了不够一分钟，放下禾叉，把身体一缩，两手护住头，沿着斜坡滚了下去……

刘大鼻子只顾没命的跑，料不到上面会有人滚下来。申晚嫂恰恰跌在他前面三四尺远的地方，一骨碌爬起身，朝他扑过去。他急忙举起枪，给申晚嫂一拳，把枪打跌了，她和他扭打起来。她的力气本来可以制伏他，可是，在滚下来的时候，撞伤了好几处，右手的关节又脱臼了，单靠一只手，卡住他的喉咙，他也抓住她的头发，两人扭住不放。

申晚嫂滚下去的时候，上面追捕的人大吃一惊，一起呆住了，霎时住口不喊，紧张的沉默，看着她一路向下滚。等到她和刘大鼻子扭打起来，大家不约而同的叫：

"晚嫂，晚嫂！"

麦炳在她一路向下滚的时候，还以为她是不小心跌下去的，等弄清楚是怎么一回事，眼看着晚嫂不能取胜，将步枪朝地一放，毫不犹疑，一个转身，也滚了下去。人们又是高兴又是敬佩地高声呐喊助威。

欧明对这种勇敢的行为，心里在称赞：可爱，可爱！简直是个战士！他跟着说：

"老赵，你带人绕路下去。我带几个人从这儿下去！"

麦炳滚到峡谷底，他一把抱住刘大鼻子，申晚嫂脱身出来，连忙拾起手枪，刘大鼻子还想挣扎，给麦炳猛力一摔，仆在地上动不得了。

申晚嫂这时才觉得右手关节的剧痛，她咬着牙忍耐着，心里却是高兴得要笑。

第二十三章　湿水爆竹与绣花鞋

冯水气呼呼地迈着大步，登登地往前直走。申晚嫂和巧英跟在后面。巧英看着老长工的模样，抿着嘴在笑。申晚嫂脱臼的关节，第二次又接上去，绷带重新挂在胸口

"晚婆，"巧英对申晚嫂挤眼睛，悄悄对她说。"你瞧冯伯气得那个样子，嘻嘻，好象刚刚上了当似的。"

"别笑话他！蒙着眼睛活了几十年，真叫做眼不见心不烦，一下子看得明明白白，哪能不发毛呢？"

"他以前是湿水爆竹，怎么点也不响的，……"

"嘘！"

冯水突然转过身来，粗声粗气地说：

"湿水爆竹也会响喽！"

巧英受了一惊，身体向后一倒，随即站稳，象孙女儿对老爷爷似的，顽皮地拉着他的衣服，格格地笑着说：

"你听见了？"

"听见了！晚嫂，什么时候斗争刘大鼻子？"

"快了，就在这两天。"

"我要咬他一块肉下来！"

冯水重重地坐在树底下的石头上。她们跟着停下来。

"别咬他！咬他，嫌弄脏牙齿哩。"巧英坐在他旁边。

"不行，我一定要咬他一口才泄恨！"冯水认真地坚持。他抓了一把泥土，紧紧地捏着。

申晚嫂靠在树干上，对冯水说：

"你斗争他嘛！知道什么，就讲什么，心里有什么话，就讲什么话。……"

"三天三夜也说不完！"

"你拣重要的说嘛！"巧英提醒他。

"都是重要的！"冯水似乎生气了。

"就都说！"巧英顺从他。

"唉！"冯水长长叹口气。"我在刘家五十年，头朝地，坑坑蛩蛩地死做，真是前生欠了他的债……"

"不是欠他的债，是他剥削，欠你的债！"巧英又修正他。

"我知道——"冯水好象不耐烦巧英来指点他，却又不能不同意。

"他们一家对我甜言蜜语，我当他们真是好心肠。上回你们斗大太太，呸，斗刘大鼻子小老婆，我想这太过狠了吧，心里还不舒服哩。"

"我们没有跟你谈谈心事，也是不对的。"申晚嫂说。

"冯伯对我可好，我不找你，真……"巧英说。

"不能怪你们，我给他们迷了心窍，什么事也不管，……老是想：六十几了，闻到棺材香了，算了吧！我不得罪人，人不得罪我，太太平平一躺，来得干净，去得干净。……晚嫂，你刚才讲的话，句句都对，他们对不起我的事可多哩！"

"是啊！"

"我要一桩桩给他们倒出来！"

"冯伯，你还知道他们的秘密哩！"

"有，有！他们叫我藏东西，叫我挖枪；叫我替三婶耕地，叫我……多得很！"

"一起都倒出来，斗争刘大鼻子就斗得倒！"

"说，一定说！"冯水激动得又抓起一把泥土，捏了又抛掉。"上回梁树死了，我就闷不住，此刻更闷不住。走，找共产党去！"

巧英望望申晚嫂。申晚嫂说：

"好，你再跟欧同志、许同志谈谈！"

他们走到虎牙村，只见办事处门口一堆人，嘈杂得很。申晚嫂领前，排开众人往里挤。只见许多人围着绣花鞋，梁七坐在一边生气。申晚嫂皱了皱眉头，走到梁七身边：

"怎么回事？"

"气死人了！……"

主席团决定在斗争之前，先做广泛的动员，申晚嫂去发动冯水，梁七去争取绣花鞋，希望她揭穿刘大鼻子的阴谋布置。刘大鼻子捉回来的那天起，她就心神不安，看到梁七上门，大吃一惊。梁七看见她，也是一肚子的肮脏气。他草草了事地交代了几句政策，然后开门见山，要她将功赎罪。绣花鞋一来以为他用圈套，引她说出材料，回过头来再治她；二来错会了意，以为非她不可，所以说话的时候，乔张乔致地绕来绕去，卖关子，不老实。梁七捺下一百个不愿意来找她，碰上棉花钉子，自然火高三丈，骂了她几句。她是个流氓脾气，欺软怕硬，欺负梁七忠厚，一路跟着嚷出来。想不到梁七翻了脸，一把拉住她，拖到办事处。群众看不过眼，围着她嚷：

"不学好的东西，送她到人民法庭！"

"不关也要管制！"

绣花鞋胆怯了，可装出一副不在乎的样子："我犯了什么罪？我才不怕你们吓嘞！"

申晚嫂觉得绣花鞋确实讨厌，同时又觉得梁七把事情弄糟了，她的眉头皱得更紧。稍停一会，对梁七说：

"你陪冯伯去找许同志，我来和她谈！"

绣花鞋看到申晚嫂，心里发慌。这个主席是刚强的，不好惹；自己过去三番五次搞她的鬼，能不记仇？碰到她的手可糟糕，何况群众的火烧得正猛呢。绣花鞋矮了半截，不象刚才放肆了。

"晚嫂，你说说，绑不绑她？"

"绑啊！"有人抛来一根绳子。

申晚嫂向前一步，绣花鞋退后一步。申晚嫂壮健的体格，皱着眉头的神情，使她受了威胁。申晚嫂弯腰拾起绳子，交给一个人，那人问：

"绑？"

绣花鞋半弯了腿，用求情的调子说：

"晚嫂！……"

晚嫂摇摇头，不叫绑。然后严正地对绣花鞋说：

"过来！"

绣花鞋满肚子怀疑，乖乖地跟她上了台阶，到屋里去。群众也是怀疑地涌过去。

"你坐吧！"

绣花鞋起先不敢坐，不坐又不好，只好半个屁股坐在申晚嫂对面的条凳上，似乎准备随时要站起来。

申晚嫂打量着她：下流坯！瞧她这副样子，就叫人生气。

"群众很不满意你，看到吗？"

"看到。"

"不是冤枉你吧？"

"不，不是！"绣花鞋摸不清底细，不知怎样回答才好。她多年的经验，认为赔个小心总不会吃亏。"晚嫂，我以前得罪你……"

"不要谈我的事！"申晚嫂看了看她的光脚，那双绣花鞋不见了。她连忙将脚缩进去。"以后别提我们两个人的事，我早忘记了！"

"我对不住你！"

"叫你别提了，你又提。我们农民团结得好象一家人。你呢？就爱分你啊，我啊，现在不比从前啦！"

她看着申晚嫂，脱口而出，习惯地应和着：

"是！"

"打垮了地主，将来的好日子，你有没有好处？"

"不知道。"

"她不知道？没有人送田给她，送钱给她，当然没有好处罗！"

人群中有人插嘴。

"将来的好日子，你也有份！"

"我也有份？"

"我说你就没有份！"人群中又有一个人说。"好吃懒做，将来没有地主做靠山啦！"

"我，我现在不是劳动了吗？老早老早跟地主一刀两断了……"

"哈哈！"群众中一阵哄笑。

"你看，大家都不相信。"申晚嫂进一步地说。"一个人没有人相信，多没有意思！你要不要人家相信？要？那就好啊！做出来给人家看看。"

"我哪一点不想到？解放以后就规规矩矩，……"绣花鞋不想认输。

"你就是不学好！"群众又嚷起来。

"指出一条明路，你不想走！"

"香的不吃吃臭的，你一辈子也别想做人了！"

"你听听，谁相信你的鬼话！"申晚嫂动怒了。停了一会，又放得温和些："做鬼容易成佛难，要做一个好人，就得看你自己。你想想吧，四十多岁的人了，以前靠嘴吃饭，热脸挨冷屁股，有什么光彩，有什么快活？从今以后好好做人，还有一二十年正正当当的日子好过。只要你肯立志做好人，大家也不会不要你。我们的话说尽了，做不做全在你，你想清楚吧！想不通再来找我！"

绣花鞋独自回到家里，第一个想法是："好险啊！几乎给绑起来。"她倒了一杯冷茶，一口气喝干。想到申晚嫂在紧张的关头出来解围，她鼻孔一张："哼，她倒是宰相肚里能撑船呐！假仁假义！"她虽然把申晚嫂的话朝不好的方面猜，用她自己的想法去染上颜色，可是，这些诚恳的劝告，象在脑子里生了根似的，怎么样也赶不走，一遍一遍地在耳朵边响着。这些话响一遍，她脸红一次，心惊一次。"真作怪，我会怕他们？"又喝了一杯冷茶，用冷水洗脸，她慢慢安静下来。偏偏越安静越忘不了那几句话。丈夫死后，十多年来的生活，都是逢迎别人，奉承别人，给别人开开心，别人在她的身上榨也榨出一点乐趣，就是这样的过日子,从来没有人瞧得起她,她自己也乐得混过一天算一天,反倒把辛辛苦苦劳动过日子的人看不上眼。十多年来,没有人和她说过一句体己话,其实那时说了也是白说,她听不进去。这一向,"两边不要她",村里有她这个人好似没有一样,她才觉得寂寞。刘大鼻子捉回来,冯庆余、刘华生被逮捕,靠山倒了,她多多少少明白大势不同了。她那个流氓脾气无赖相,一下又不肯服输,越骂她就越不肯低头。申晚嫂几句诚恳的劝告,恰好打中她的心坎,想不考虑也不行了。

"热脸挨冷屁股,有什么光彩,有什么快活?哼,这个'番头婆'倒会说话!他们还要我?真不真呢?"

门外,为斗争会做准备工作的人,闹哄哄地来来去去。

绣花鞋第一次怕羞,她轻手轻脚地去掩上门,独自坐在家里,把十多年来的老账,翻出来一笔一笔地在心里计算。……

第二十四章　伏　罪

风很大，不时还飘着小雨。

祠堂前的广场上，坐满了人。在广场中间，搭了三尺高的坪台，人们团团围坐着。

人们的情绪，象横扫过广场的风雨一样，互相冲击着，这里一堆人的谈话，会影响到另外一堆人，另外一堆人又向四围影响；这里一堆人喊了一句口号，四围的人也跟着喊。小雨压不了人们高昂的情绪，大风使这种情绪更加激荡。

靠近坪台的地方，有三四排的位置，坐着直接受过刘大鼻子害的人，或者是这些人的家属。巧英坐在梁大婶的身边。梁大婶忍不住悲痛的感情，巧英提醒她："大婶，别哭！"她象孩子似的答应着说："不哭！"眼泪还是往下淌。离她们不远，老长工冯水，象一尊菩萨般的坐着，雨水在他满是皱纹的脸上流着，他毫不理会，心里可象西江发大水一样，波涛汹涌，决了口的话，那个力量是惊人的。容清老头和老伴儿坐在一起，头靠在拐杖上，不知道是养神还是什么，眼睛闭着。金石二嫂坐在第四排，她搂着木星，不让他在会场上乱跑。旁边有个妇女，低低地问她："二嫂，等一会你要斗争？"她一点也不迟疑地答道："要！这个绝子绝孙的，拉走我的金石，生死不知，我忍耐了多少年，要不是为了木星这孩子，我和晚嫂一样，早跟他拼了！"她脸上现出少见的英勇光辉。等了一下，她对那个妇女说："我上去的时候，你替我照顾木星，别吓了他。"嫁到山下去的大妹，和刘家以前的几个"妹仔"坐在一起。紧挨着她们的，是八十多岁的一个老头子，名叫刘茂，他是刘家的最高一辈，又老又病，平时靠村里人的零星帮助，勉强维持生活，听说要斗争刘大鼻子，一定要参加，他到底和刘大鼻子有什么冤仇，人们因为时长日久，都不清楚。再过去，有男人，有妇女，他们不是有着人人皆知的仇恨，就是有藏在心里的委屈和耻辱。

风吼着，雨飘着。

在人群的一个角落，绣花鞋好象有心事，静静地坐着，往常她到哪儿都是瞟来瞟去，望这望那，今天可是低着头，人家看不见她的脸，不知道还有没有那一脸的邪气。

在祠堂里边，欧明、许学苏和主席团的委员，还有今天上山的人民法庭的副审判长，分开来审讯过刘大鼻子、冯庆余、刘华生和蛇仔春。又把刘华荣、刘栋和小学教师张少炳叫了来，向他们交代政策，要他们坦白和顶证。然后，欧明对大家说：

"出去吧！"

申晚嫂忽然拦住欧明，同时对许学苏说：

"今天我不做主席！"

"为什么？"

"我清楚我自己，今天，做不好！"申晚嫂竭力克制，平静地说。

"七叔，你……"

"还是你吧！"梁七说。

"我……不做是不对的。"申晚嫂矛盾着，决定不下。

"我明白你。"欧明又对梁七说："七叔你主持吧！"

"我就怕乱！"梁七说出他的心事。"今天人多，一定会乱！"

"不要怕！你们不是布置好了？"

"是斗争嘛，火力总是猛的！"

梁七跨上坪台，刚说开了头，祠堂里面的麦炳，不等通知，和纠察队员一声吆喝，将刘大鼻子和冯氏押出来。人们转头望着他们，大约有几秒钟的奇怪的沉默，然后，刚好和一阵大风的吼声同时爆发出震天的吼叫：

"打倒地主恶霸！"

梁七惊愕过后，俯身对许学苏说：

"阿麦不等我说完就拉出来，真是太乱！"

"群众的情绪高，是好的！"许学苏在群众的吼声中，凑近梁七的耳朵说。"你放心，不会有事情发生的。"

刘大鼻子的头发连着胡子，尖瘦脸给遮去一大半，突出的大鼻子又占去一半，两只凶恶的眼睛凹进去，皮肤是灰黑色的，活象一只饿极了的狼。手给反绑着，直挺挺地站着，很不服气地望着四周的群众。冯氏站在他旁边，缩头缩颈，闭着眼睛，上身摇摇摆摆，装出一副生病的样子。

"低下头！低下头来——！"

群众要刘大鼻子低下头，他不理，还朝说话的方向望一眼。麦炳在他后脑构"括"一下，压低了他的头。

申晚嫂第一个跳到刘大鼻子跟前，面对面的站着，约莫有半分钟，在这半分钟里，她有好多话要说，要叫喊，有好多的冤屈和愤怒要发泄，可是，千言万语抢着要说，反倒堵塞着喉咙说不出来。她涨红了脸，憋得难受，终于重重的打了他一巴掌。打过之后，她缩回手，在衣襟上擦，好象要擦掉沾上手的肮脏。群众在申晚嫂走上前来的时候，和她一样的紧张，憋住气，她打了一巴掌，他们的感情得到了发泄，跟着呐喊起来。申晚嫂指着他：

"你也有今天啊！你的威风呢？拿出来给我们看看！"

过去惨痛的经历，剜着她的心，她越说声音越高，越说越愤恨：

"死恶霸，你一条命也不够赔！……你害得我眼泪用桶来挑，你害得我一条命死了大半条，……共产党搭救了我，……我要看看你是什么三头六臂，你还有本事溜吗？……"

她抓着他的头发，把他的头拉得仰起来。刘大鼻子眼睛鼻子纠在一起，以为她又要动手打，谁知她侧过身体，对群众说：

"你们看看，这个狼心狗肺的东西，一点人相也没有！"

她一甩手，刘大鼻子又低下头。

梁大婶爬上台，对他直扑过去，抓住他的衣领，嚷着：

"还我的儿子，还我的儿子！"

冯氏偷看了一眼，低低地说："大婶，行行好啊！"

梁大婶转过来问她："你说什么？"在怀里掏出那卷布，抖散了，盖到她的头上，两手抓住布向下揿："你说什么？这卷布是你硬要我收起来，它害得我好苦！……"

老人刘茂往台上爬，他腿脚不便，很吃力，爬不上去，纠察队员拉了一把，才颤巍巍地站上台。他说话不很清楚，声音又颤抖，但还可以听得出说些什么：

"我看到你长大，也看到你死到临头！二十多年了，一口冤气忍到如今，你害死我三个儿子，两个媳妇被你霸占，还卖掉她们，呸！"

他吐了刘大鼻子一脸唾沫，接着幽幽地笑起来：

"好，我八十几岁了，只要看到你的下场，苦二三十年也值得！"

刘茂虽然是从心里发出来的笑声，听上去却很辛酸，有人忍不住哭了。

金石二嫂拨开众人，一步就跳上台，她没有哭，也没有发慌，很镇定地说：

"刘德厚！我的丈夫给你拉壮丁拉走了，我们母子过的什么日子，……这笔账怎么算？你说，你说！"

群众支持着苦主，每当他们提出罪状时，台下大叫着："要他承认，要他承认！"

风更大了，雨下得更密，却没有人注意。

容清老头，不知哪儿来的力量，很灵活地跳上台，举起拐杖就要打下去，突然，他又收回拐杖，狠狠地往地上一戳：

"唉——我来跟你算账！十八年前，你霸了我三亩水田，断了我们的命根子，我们两夫妻有一顿没一顿，挨生挨死，挨到今天。……你的大狼狗吃一顿，够我们吃十天！……唉！……"

容清老头越说越气，到底举起拐杖，打了刘大鼻子。

说起霸占田地，收租吊佃，控诉的人就更多，四面八方有人跳上来，坪台上容不下，就站在台边等着；有人离开老远的嚷着跑过来，上不去就在台边数说起来。梁七开始怕乱，心里总在嘀咕：一个一个来不更好？后来，他受了感染，起了共鸣，忘记了这个要求，在一旁插嘴，鼓舞人们，咒骂刘大鼻子；控诉到霸占田地，他身不由己地和人们一块儿行动，对着刘大鼻子痛恨地数说。

台上密麻麻的人，爆炸的声音，把刘大鼻子和冯氏围在当中。他第一次认识到农民的力量，身体越来越蜷缩，但是，人们将他的头托高，不准他逃避，在愤怒的目光注视下，他慌乱失神，人们一松手，他急忙又低下头。妇女们围住冯氏，有人用手指点戳她的额头骂她，她还想用手来阻挡，巧英一巴掌把她的手打回去，叫道："你敢动？"她才垂手站着，稍稍驯伏些，可是嘴里却嘟哝着。她们更加气愤，你推我揉地要她认罪。

咽下去的苦水吐出来了，多年积集在胸中的郁闷和仇恨，倾倒出来了。

第二天再斗争的时候，人们逐条要他承认，承认了之后，在纸上画押。对那些打人，霸田，甚至是强奸等等的罪状，他承认得很快。说到主使谋杀梁树，破坏土改等等，他矢口不认。

"我是守法地主，我拥护政府。解放以后，我没有一件事对不起大家……"

"住嘴！"

"不准他胡说！"

"初解放的时候，你搞什么鬼？"

"没有！"

"上来顶证他！"

绣花鞋迟疑了一下，走上台去。

"大先生，你叫我……"

"什么大先生不大先生？"台下不满意了。

"刘德厚！"绣花鞋赶紧改口。"那时候你叫我出来破坏土改，假装积极，骗住工作队的同志……"

"我要你拥护土改，没有错啊！"

"讲下去,他要你怎么做的?"台下支持她。

"你要我假斗争,要我们斗晚嫂……"

"我没有说过,那是你自己的事!你做坏了事,不能赖我啊!"

绣花鞋上来的时候,还有些胆怯,准备随便说几句,表示一下,应付一下就算了。谁知刘大鼻子不但抵赖,而且将责任往她身上推,这才恼怒起来,在他手臂上狠狠掐了一把,咬牙切齿地说:

"你个绝子绝孙的!你不认,想害我啊?我给你害得还不够?你倒轻轻地推过来!不行,是你叫我做的,说什么也赖不掉!……"

这时,两天来坐着不说一句话的冯水,突然跳起来,象一只老虎似的冲上去,看样子真象要咬他一口。冲到他面前,冯水两只手攥成拳头,在他眼前晃来晃去,大声说:

"你想赖?你不肯说?我来说!"

刘大鼻子和冯氏,一看是冯水,大出意料之外,这个老长工居然也来参加。冯氏眯细着眼睛,向冯水飘眼风,还把他当成是以前的冯水哩。冯水伸出一个拳头,对准她的脸打过去,她吓得赶紧让开一边。冯水说:

"你想干什么?又想要迷人吗?刘德厚!你说你规规矩矩,守法,我问你:送田给刘金三婶,还要我去帮她做工,这是干什么?要我把枪埋起来,又挖出来交给刘华生,这是干什么?你那个宝货兄弟回来,在桐花馆开会,叽叽喳喳,嚷着反对共产党,我全听到了,你说,这又是干什么?你躲在山上,要家里送米送盐,这是干什么?冯庆余三天两头来找你的小老婆,说话不许我听,这是干什么?干什么?你说啊!"

冯水一连串的揭露和责问,刘大鼻子哑口无言。冯水逼着他答复,用力踩了他的脚尖,他弯腰低头,还是不开口。

"刘华生,蛇仔春,过来!"申晚嫂命令道。

纠察队员押着刘华生和蛇仔春过来。他们两人以及刘华荣、刘栋等人,经过几天的讯问,全部招了供。刘华生和蛇仔春有自己的打算,要把一切责任推到刘大鼻子身上,好洗脱自己的罪名。

刘华生顶证道:"冯水说的全是真的!布置刘金三婶出来破坏,

送枪送粮，都是我经手。"

冯水晃了晃拳头："你听到吗？我从来不说谎的！"

刘大鼻子看到刘华生和蛇仔春，自知没法抵赖，但是希望就是这一些吧，不要再说出更多的事情来，于是他急忙承认：

"是的，是的，全是我一时糊涂！请各位父老原谅！"

人们听他这样说，真是火上加油，四周围都吵起来：

"鬼话！"

"真他妈的说的比唱的好听！"

"少放狗屁！"

"刘华生，你再说下去！"

刘华生一五一十的把详情说出来，最后他说：

"杀申晚嫂和梁树是你和冯庆余主使，冯庆余和我动手勒死梁树，刘华荣和刘栋打伤晚嫂，……"

"华生，我和你无冤无仇，你不要冤枉好人！"刘大鼻子半恳求半威胁地说。

"我冤枉你？"刘华生急了。"你家老二委你当团长，你委我当参谋，你亲口说要反攻……"

"没有的事！没有的事！"他一个劲儿摇头。

"冯达春，你来顶证！"

蛇仔春刚走上一步，刘大鼻子凶恶的眼光盯住他，好象要吃了他。他犹疑着，申晚嫂及时地说：

"蛇仔春，说啊！"

"都是真的！他和二先生，不，和刘德铭勾结，刘德铭还派人来联络过……"

"没有的事，没有的事！"刘大鼻子索性什么也不认了。"我的兄弟到了香港，你们可以查嘛！解放以后，我是个守法的良民！"

"你还说守法？杀人放火还是守法？"

"你想造反！"

"各位父老在这里，我刘德厚不是胆大包天，不敢反革命！他们都是诬告！"

欧明看到他耍无赖，于是走到台上，将县委的公文举起，对群众也对刘大鼻子扬了一下：

"不要抵赖啦！刘德铭住在广州河南，一直潜伏着，进行反革命活动，你当我们不知道？告诉你吧，他罪大恶极，已经枪毙了！他把你供出来啦，这就是你们的材料！"

刘大鼻子一听，顿时发呆，尖瘦脸黑里泛青，狼狗眼绝望的睁大着，两条腿抖抖索索，站不稳了。

"你还有什么话说？难道这些都是假的？"申晚嫂进一步追问他。

群众得到撑腰，而且明白了他的政治阴谋，越发愤怒，齐声喊道："要他说，要他承认！"

刘大鼻子哼哼呵呵地说："我对不起大家，是我错了！"

"妈的，谁要你对不起？"

"要他说，为什么要破坏土改？为什么要谋害申晚嫂，谋害梁树？"

"你为什么要反革命啊？说话呀！"

"承认了，要他画押！"

刘大鼻子画押的时候，手抖得厉害，抓住那枝笔，好一会才写出他的名字，而且写得歪歪倒倒的，然后又盖了指模。

"带冯庆余上来！"

冯庆余跌跌撞撞地走不稳，上台之后，曲着腿，老是想坐下去。旁边一个纠察队员抓住他的衣领，吆喝他：

"你别装死！站好！"

四周围跳上七八个人，指着他控诉。他一味呵着腰，装出一副可怜相：

"请大家原谅，请大家原谅！"

大峒乡的两个元凶大恶，在群众猛烈的斗争，确凿的证据面前，低头认罪了。

第二十五章　夜　话

刘大鼻子和冯庆余枪毙了，刘华生等人也分别判了徒刑。压在农民身上的一块大石头搬掉了，人们觉得无比的轻松；笼罩大峒乡的云雾吹散了，人们是多么愉快。全乡都浸沉在这种欢乐之中。

许学苏分享着他们的喜悦和欢乐。今天下午送走欧明的时候，欧明看到她兴奋的样子，对她说：

"你瞧你，高兴得要跳舞哪！"

她有些不好意思，笑着说："不沉着，是吗？"

欧明连连摇手："不，不！应该和农民有共通的感情，要不然，怎么能体会他们的痛苦或者快乐呢？不过，你要记住，你是一个共产党员，有责任教育他们，使他们看得更远。明白吗？"

她笑着。欧明受了她笑的感染，也笑起来：

"怎么？我太噜苏了不是？"

"我是这样想，"许学苏正经地说。"区委到底是区委，什么都看得早一步。"

"哎哟，哎哟！你什么时候学会说俏皮话的？"

"真是这样……"

"好吧，好吧！祝你工作顺利！"

当天晚上，申晚嫂和金石二嫂，很迟也不想睡觉，和许学苏在聊天，她们点了一枝"篱竹"又一枝"篱竹"。后来觉得换"篱竹"太麻烦了，而且它的光闪闪烁烁，照不远也看不分明，好象和今天的心情不能配合。申晚嫂在墙角找出一盏煤油灯，玻璃灯罩破了。

"点个亮灯，舒服些！"

金石二嫂擦灯罩，许学苏挑灯芯，申晚嫂拿起一个瓶子去买火油。

"这时候到哪儿去买？快半夜了。"

"我到办事处去借一点，明天买了还他。"

灯点上了，房子照得亮堂堂。三个人互相望着，又望望那盏灯，笑得格格的。

"今天好象做喜事！"金石二嫂说。

"是我们农民的大喜事嘛！什么好象不好象！"申晚嫂说。

"以后的喜事还多哩！"许学苏说。

"那，我就晚晚点灯！"申晚嫂说着，笑得弯了腰。

金石二嫂笑了一阵，突然收敛了笑容，好象对自己，好象对她们，也好象不对谁，而是自然涌现出来的：

"唉！要是男人在家，可多好！"

许学苏和申晚嫂，一时答不上话。金石二嫂接着又叹了一口气：

"算了！我也不想他喽！"

许学苏说："金石要在家当然是顶好。二嫂，你猜猜，要是他在家的话，他该做些什么呢？"

"他啊，"金石二嫂想起丈夫的爽直性格，似埋怨，似喜爱，心头有甜蜜的感觉。"那种鬼脾气，怕不是跟晚嫂一样，早出来工作了。……唉！现在不知道他在哪儿？"

"我是死了心罗！"申晚嫂也想起刘申，不过她克制着。"你别太操心，金石是个精灵人。……"

"想想过去，再看看现在，我们的胜利，可不是容易到手的哟！"许学苏说。

"真是翻了一个大身，以前做梦也想不到有今天。"

"以前谁敢得罪他们？你不得罪他们，他们也会找到你，金石和申哥，不就是……"

"对！记住他们，我们一定要记住他们，以后工作才能不松劲，才能坚持下去。"

"阿许，我是下了决心，一定要搞到底。"

"晚嫂，我真佩服你，象个铁打的汉子……"

"你不也变了。那时候，一碰到事情就六神无主，手忙脚乱；说老实话，我当时又可怜你，又讨厌你。这一回就不同啦，好象脱胎换骨似的，完全变了。"

"你变得更厉害，不说你的脾气变了，就说办事吧，真有两下子，大家背后都夸奖你哩。"

"还不是她！"申晚嫂指指许学苏，真情地说。"共产党不来，我们是睁眼瞎子，共产党来了，瞎子也睁开眼。"

"是啊！"许学苏说。"共产党使我们睁开了眼，将来还要一直领我们往前走。……"

麦炳巡夜回来，看到申晚嫂家里有灯光，走了进来。

"咦，好亮啊！点灯了？"

"好多年不用喽！"

"今天大家真高兴。我去巡夜，看到很多人睡不着觉。"麦炳放下步枪。"有茶吗？"

"有，自己倒吧。"

"你们刚才谈什么来了？"

巧英跟着进来。

"大婶呢？"

"她又哭又笑，闹了半夜，好容易才服侍她睡了。"

"你们刚才谈什么来了？"麦炳又问了一句。

"我们谈，共产党将来领我们往前走，你说走到哪儿去？"

"这个，我知道。"麦炳回答道。"领我们分田分地，过好日子。"

"怎么样的好日子呢？"

"我们农民，穷就穷在没田没地，分了田分了地，日子自然会好了啵！你们说是吗？"麦炳喝了一口茶。

"我说不对！"巧英正正经经地说。

"怎么不对？你这个黄毛丫头，懂什么？"麦炳摆出一脸的老成样子，其实是假装的，说完就笑出声。

"共产党将来领我们到社会主义！"巧英说着，靠在申晚嫂身上，仰着头看看申晚嫂，仿佛她会支持她。

"什么社会主义？"金石二嫂和麦炳同时发问。

"咦，社会主义都不懂！"巧英很得意地笑着。"你们不肯学习嘛，自然不懂。许同志跟我们谈过的，晚婆，是吗？"

"你懂，你说给我听听！"麦炳不服气。

"阿巧，你说！"金石二嫂说。"我不学习，你学习得好，说，说！"

"社会主义，就是……呀，我说不出来，晚婆，你说！"

"有师傅在这里，还是师傅说吧！"

许学苏看到巧英的天真热情，也看到金石二嫂和麦炳的对新事物的要求，她是很高兴的，于是，对他们详细地讲了中国革命的故事和社会主义的远景。他们听得入了神，麦炳望着许学苏，心里在想："她的头脑不过这样大，怎么装得下这么多的东西？"金石二嫂完全忘记了周围的一切，跟着她的说话，发出不断的赞叹。

"真好啊！"巧英拍手，真情地欢呼。

"呀！想也没有想到过！"麦炳说。

"你不懂的东西还多哩！要学习嘛！"巧英笑他。

麦炳伸手想抓她的小辫子，她让开了，还是指着他说："你不学就不懂嘛！"

申晚嫂受到感动，搂住巧英，望着煤油灯，仿佛在她面前展开了一幅长轴的画图，英勇的，壮丽的情景，使她的心情跟着激动。她说出遏止不住的内心的声音：

"共产党、毛主席真是伟大！为我们人民，受了多少辛苦，挨了多少艰难！……"

"不说别的，单说我们大峒乡，是个山顶上的穷乡，共产党、毛主席也惦记我们，领导我们……"

巧英打断了麦炳的说话：

"你不说别的，怎么行呢？共产党、毛主席是领导全中国的。……"

"喂，姑娘家不要学会顶嘴！"

"姑娘家又怎么？你忘记我们妇女也解放了？"

"好，好，今天晚上我说不过你！"麦炳顽皮地对她拱拱手。"等我学习了，再来比比！"

"我才不怕你哩！"

大家浸沉在愉快的空气中。申晚嫂把灯捻亮些，油快完了。

许学苏接着说："将来的好日子，不用说你们想不出到底怎么个好法，就是许多山下的人也想不出。大家以前是这样想过，我也是这样想过，分了田分了地，一家一户去努力生产吧，还愁什么呢？……"

"这样想不对吗？"

"对，当然是对，要去努力生产。可是，一家好，不是真好，有个天灾人祸，就没法子抵挡，要全村好，全乡好，全国好，那才是真好；毛主席和共产党，希望我们一家一户好，还要领导我们全体人民都好，不能再象从前一样，一个村里，有几家很好，很多家不好，那不是又走回老路了？"

"是啊！"麦炳说。

"走回老路，真怕死人了！"金石二嫂说。

"是集体生产，是吗，阿许？"申晚嫂停了一下，坚决地说："共产党，毛主席的领导，真是一条光明大路，我一定跟着走，跟到底！"

"没有听许同志说以前，我还是这样想哩，分了田，什么事也不干了，回家生产吧。听她这样一说，好象有很多事要做哩！"

"所以我说，你要学习嘛，不能一天到晚尽是乱嘈嘈的。"

这一回，麦炳不反驳巧英了，他诚诚恳恳地说："是要学习，不学，以后就不会做工作了。"

"要学要做，一边学一边做，不能等学好再做。"许学苏说。"现在你们就有很多事要做。没有多久要开代表会了，商量分田的事，这又是一个斗争哩。"

"斗争？"

"是斗争。不过不是象斗争地主恶霸那样，是跟自己的思想斗争。"

"是啊，很多人有思想问题哩。"麦炳说。

"你有没有？"申晚嫂问他。

"你呢？"

"我？我保证不自私！"

"我也保证！"

"我也保证！"巧英不落后。

金石二嫂不出声。他们问她，她笑着说：

"人都有点自私的嘛，谁不想沾点便宜？……"

她没有说完，巧英高声说，好象在责问她：

"你说，共产党自私不自私？毛主席自私不自私？"

"我们怎能和他们比呢？"

"我们跟着共产党走，就要学他们嘛！"

灯芯的火头扑扑地跳着，就快熄灭了。

"哎哟，灯油点干了，不早啦！"

"许同志，以后你要多和我们谈谈！"

他们依依不舍地散走之后，申晚嫂突然对许学苏说：

"阿许，我有一件事和你商量。……"

许学苏看到她正经而认真的样子，不知道是什么事，站着等她继续说下去。她停了好一会，才说：

"你替我起个名字吧！晚嫂，晚嫂，叫到老不成？人人都有个名字，连狗也有个名字，旧社会里，就是我们妇女没有名字。新社会了，难道还没有名字？"

她的要求，感动了许学苏。许学苏在参加游击队的时候，也是没有名字的，她曾经提出过同样的要求，后来欧明给她起了现在的名字。她说：

"好，我们两个来凑凑吧！"

说来说去，提出很多个名字，申晚嫂都不满意。最后她们拼凑出"新英"两个字，申晚嫂高兴得立刻叫道：

"这个好！起名字要讨个吉利，做新英雄，多好！我娘家姓伍，伍新英！好！"

"伍新英！"许学苏叫她。"说到就要做到啊！"

"当然！"申晚嫂觉得很有信心，不过又觉得太夸口，于是笑着说：

"时时有人叫，就忘记不了，总要努力一下嘛！"

"嘻嘻！"

第二十六章　喜临门

农民代表会的会场，设在以前的乡公所。这是刘大鼻子当乡长的时候，摊款摊工建筑的。建成以后，农民不敢进来，进来的也不会有好事。人们把这个地方看成是鬼门关，阎罗殿，望也不想望它。今天可不同，代表们胸前挂着红色燕尾布条，笑容满面，四处走动，东看看西看看，好象在自己家里一样的自由自在。

几个代表走到花圃面前，那里四季都有花开。

"哗！刘大鼻子真他妈的会享福！"

"听说花种是从香港买回来的哩。你瞧，这朵淡青的花，我还不认识它。"

"我说啊，一起铲掉它，种点青菜萝卜，要有用得多。"

"不，留着它。有空来坐，闻闻香也好啊！"

年纪较大的代表，叼着旱烟筒，沉静地坐在礼堂里边，轻轻地交谈。突然有一个体格魁梧的中年人走了进来，他什么也不看，只狠狠地望着礼堂的正梁，然后自言自语：

"是我们的了！是我们的了！"

"别吵，今天开会嘛！"

"我就是这个水桶粗的嗓子，没办法。"他坐下去，放低声音，仍然很响亮。"你们说我怎能不高兴？刘大鼻子摊工，砌房子我有份，砌好之后，一趟也没有来过。地方不错吧？这个大厅，少说也可以摆十桌酒。"

"你砌的？"

"还能假？上梁的时候，轧掉我两个手指，瞧！"他伸出右手，无名指和小指没有了。"梁上还有我的血哩！"

"今天好日子，讲什么血啊血的！"

"好日子我才谈啊！以前我提也不敢提，刘大鼻子要是知道了，不吊死我也打死我喽！"

走廊上，贴着很多宣传画连环画，人们拥挤着，看着。有一个青年过来，他们好象发现了什么似的，拖住他不放：

"好了，识字的来啦！你念念，上面讲些什么？"

"我认得几个字？"

"斗大的字认得一箩喽！"

"念吧，念吧！"

"红军二万五千里长征……"他一面念，一面讲解。

听的人越来越多，都想挤到前面去。

"你们不要吵好不好，吵得一句也听不到。"

小院子的树荫下，有一群妇女围坐着。巧英一手搭在邻座大婶的肩上，一手摸着自己的长辫子，辫梢有一个红头绳的蝴蝶结。金石二嫂好象是个中心人物，正高声谈论：

"……我们妇女算是见到天日啦！以前连祠堂也不许进去，现在出来办事，真是一个天上一个地下，怎么能比呢？"

申晚嫂穿了一身蓝布衫裤，虽然有几处补钉，可是干干净净，平平整整；头发梳得很光洁，发髻上戴了一朵小红花。她走近她们的小圈子，听到金石二嫂的声音，心里很喜欢：她真变了。笑嘻嘻地走上前去，正想悄悄地蹲下来，已经给人发觉了：

"晚嫂，做喜事啦！"

"你说不是吗？"

"怪不得打扮起来哩！"

"翻身嘛，破破烂烂，肮肮脏脏，成什么样子？将来她们姑娘家要穿花衣服，花鞋子……"

"那不是做新娘子了吗？"

"不做新娘子也能穿啊，你也会做两套花布……"

"哦，算了吧，有一套老蓝布，我就心满意足了。"

她们笑得合不拢嘴，推来推去，有人给推得跌倒了，伏在地上还在笑。

"今天代表会要商量分田的大事，你们先商量一下吧！"晚嫂站起身来。"大家的事情，要大家出主意的。"

"我们相信你们'头人'，不会错！"

申晚嫂走开了。一个妇女对巧英和几个年轻妇女说：

"你们要学学她呀！"

巧英将辫子往背后一摔，很庄重地说：

"当然要学，就怕学不来！"

申晚嫂走进以前的乡长办公室。主席团的委员们，正在争执得很厉害，刘火明脸红脖子粗的对麦炳指手画脚。她跨进门来，停住脚：

"你们开会？"

"好啦，你来得正好，有一个问题，要你来评评理。"

"什么？"

"说吧！"麦炳指着刘火明。

"没有大不了！……"刘火明又不想说了。

"又不是大姑娘上轿，用不着扭扭捏捏！"麦炳抱着步枪，催促刘火明。

"刚才我们在闲谈，说到今天开代表会了，要成立农民协会，选委员，我们的意思，大家做主席团蛮久了，现在可以换换班……"

"喂，不要说我们，我可不同意的！"麦炳正经地说。

"啊，阿麦想当委员！"

"不是我想不想，人家选我，我就干，人家不选我，想也想不到。"麦炳看看大家，又放低声音说："分完田，我想去参加解放军……"

"你以前连纠察队也不想参加哩！"

"以前是以前，人会变的嘛！"

"阿麦有志气！"申晚嫂转头问梁七："你的意思呢？"

"阿麦有道理，火明也有道理。"

"谁更有道理呢？"

"那，选到我，就干呗！"

申晚嫂现在的生活，和群众的生活密切结合着，如果叫她放弃一切活动，回去孤零零地生产，简直是不能想象的事。她自己也没有想到过要换换班。许学苏对她描画过社会主义的远景，使她朦胧觉得有很多工作要做，而且，她觉得自己应该多做点工作，让大家都过好日子。她有一个坚定的决心："我没有顾虑，顶多做到老，学到老吧！"

"干到几时呢？"刘火明疑疑惑惑地问。

"这也要问，干到分完田就是了！"杨文德说。

"分完田呢？"

"分完田？生产喽！难道还有工作要做？"

"有！"

许学苏不知什么时候走了进来，大家一起望着她。

"哦——阿许来了，你说说，将来的日子是怎么个样子！"申晚嫂将她推到中间。

"我想问问你们，分完田，满足不满足？"许学苏问。

"满足！"几个人同时回答。

"想了一辈子，哪能不满足？"

"再不满足，真是人心不足蛇吞象！"

"我就不满足！"申晚嫂明白许学苏的意思，她说完，一边微笑，一边重新插了小红花。

"哇，晚嫂想什么？想成家吗？"彭桂开玩笑。

"别胡扯！阿许，你说给他们听！"

"分田是应该满足的，好好生产也是应该的，不过，分田了，只是好日子刚开头，将来一路要到社会主义……"

"什么社会主义？"

"呐，就是这个！"申晚嫂手指着墙上的挂图，那是描写集体农民的幸福生活的图片。

大家很有兴趣地挤过来看。麦炳的大嗓门特别响亮，指着图片在说：

"看吧，做梦也梦不到的好日子在后头哩！"

许学苏接着说：

"我们好比上大金山，刚过了高峰村，就想歇脚了，后边还有牛背岭，观音崖……，爬完一个山坡，再有一个山坡，一路到了山顶上，你才知道四围的地方多大，多美！……"

"做事情有个指望，那才有劲。"刘火明说。"你不说，我真当分了田，万事大吉了！"

外面跑进一个人来，满头大汗，张大嘴喘气。

"四哥，你干什么？"

"晚嫂呢？"

四哥走到申晚嫂面前，从衣袋里拿出几封信，急匆匆地说：

"……我去冯庆余店里接收邮政代办所，他的老婆拿出一大捆东西，我看到这几封信，是寄给金石二嫂的，……"

"啊？"申晚嫂抢过信来。

"……里面还有照片哩！"

申晚嫂抽出照片，将信封信纸交给许学苏。照片上，一个强壮的军人，英武地站着，腰上别着两个手榴弹，两手端着冲锋枪。申晚嫂仔细地端详，不料麦炳一把抢过去，只看了一会，又给别人抢过去。

"真是金石！"申晚嫂又是高兴又是感叹。"变了，多威武！"

"解放军啊，帽子上有红星！"麦炳羡慕得很。

"去找二嫂来吧！她眼泪都哭干了，以为今生今世见不到面了！快去叫她！"

"我去！"

麦炳走到小院子树荫下，只见金石二嫂和几个妇女笑作一团，他走过去，一把拖住她就走：

"二嫂，好消息！快走，快走！"

"什么事？冒失鬼！"

"不告诉你，总之是好消息！"

房里的人拥了出来，在走廊上把金石二嫂围住。

"你瞧，是谁？"

金石二嫂接过照片，匆匆一看，认不出来了。她望望大家，以为他们在捉弄她。但是，照片上的金石，两只眼睛好象会说话似的直望着她，她浑身一震，头有点昏眩，泪水开始蒙着视线，用力一眨眼，沿着面颊流下来。盼望了多久啊，不料在完全绝望的时候，他又来到面前。她捧着照片，痴痴地望着。

"你瞧，多神气！"申晚嫂在她耳边说。

二嫂这时又想哭又想笑，头轰轰地响着。

走廊上挤满了人。

"念念信吧！看他说些什么？"有人要求。

许学苏把几封信看了一遍，对大家说：

"金石的信上说……"

"听不见！"

有人端了一张椅子过来，许学苏站了上去：

"他说，他自从拉壮丁出去，受了很多苦，后来开到山东，打了一仗，给解放军解放出来，自愿参加解放军，一路打过长江，立了功，现在是班长啦！这封信是广东一解放的时候就寄回来的，信里附了钱，还有一张照片。……第二封信，说收到家里的回信，他很高兴。……"

"妈的，冯庆余假造回信！"

"吃了信，还吃了钱！"

"……他信上说，他正努力学习，要好好为人民服务！这封信是他亲笔写的，他要二嫂努力学习哩！"

"好哇！金石能写信了，不简单！"

"二嫂也不错呀，小组长，又是代表！"

金石二嫂心里只想着:"要写信给他,要写信给他!"

木星挤了进来,从妈妈手上抢走照片,一路跑一路嚷:

"我爸爸是解放军,我爸爸是解放军!"

在入村的河边的坡道上,有一个十三四岁的小姑娘,剪短头发,面孔圆圆的,身穿浅蓝色的布衫裤,手上提着花布小包袱,怯生生地站着,不能决定是到石龙村还是到虎牙村去。看见远远有人,她想上去问路,又害怕着想躲开。这两个村子是多生疏呀,怎么也记不起哪儿是自己的家。妈妈是什么样子呢?她东张西望,走几步停一停,心里想着:是不是这儿呢?山下的那个张大爷没有指错路吧?妈妈见了该欢喜得了不得,不,她不认得我了?

"你找谁?"

一个纠察队员,观察了这个小姑娘很久,心里疑疑惑惑:莫不是地主女,逃出来的?瞧她这个样子,一定有蹊跷。他走到她身边,大声一喝,吓得她掉头想跑。他一把抓住她,将她上上下下打量了,问她:

"你找谁?"

"找我妈妈!"

"你妈妈是谁?"

"妈妈是……"她说不出妈妈的名字。妈妈以前是没有名字的。

"你姓什么?"

"我姓刘。"

那个纠察队员再看了一会,她低着头,绯红脸,又怕又害羞。忽然间想起她有一张农会的证明信,急忙拿出来,交给他:

"你看这个!"

那个纠察队员看过证明信,退后一步,将她从头到脚看了一眼,抓住她的手臂,又拖又拉地要她跟着走:

"是你啊?快走,快跟我走!"

一路将她领到代表会场来。

"你在这个树底下歇一会,等我来。"

她看到人来人往，不禁心跳。到底哪个是妈妈呢？她看了好几个中年妇人，都象都不象，妈妈究竟是什么样子，实在说不出。

那个纠察队员走了进去，只见黑板上公布了伍新英等人当选农会委员，又只见许多人忙着计数选举乡长的选票。申晚嫂被人包围在圈子里。许学苏在一边和巧英谈话。他走上前去，笑嘻嘻地招呼。

"你笑什么？"巧英问他。

"等会你也要笑呵！许同志，你瞧！"他递过证明书。

许学苏看过一遍，急忙问他："在哪儿？"

许学苏和纠察队员转身就走，巧英莫名其妙，赶上去拖住他，问他是什么事情。

许学苏走到小姑娘面前，接过她的花布包袱，拉着她的手：

"找你妈妈去！"

她们刚走到门口，里面爆发出欢呼：

"晚嫂，不，伍新英当选乡长！"

"我早知道是她了！她不做，谁做呢？"

申晚嫂立刻被人拥到礼堂前面，大家对她鼓掌。她头上的小红花给挤掉了。她站在毛主席像下面，侧过头仰望毛主席，严肃地在心里盟誓：毛主席啊，我一定做好工作，报答你！

许学苏拉着小姑娘的手，从礼堂后门走进来，要她到晚嫂那儿去，她迟疑着不肯去。晚嫂看到她，不认识这个整齐漂亮的小姑娘。许学苏再一推，她站在申晚嫂的面前，不自觉地叫了声：

"姆妈！"

申晚嫂吃惊地望着她，代表们也停止拍手，瞪着眼睛看她们。申晚嫂突然跑上前，一把抱住她：

"阿圆，是你！"

会场里静了一阵，突然一起拥上前去，拍手欢呼，跳着，叫着。……

许学苏看到她们母女团圆，眼泪也掉下来。这不是悲伤，而是兴奋。她看到一个人在被践踏之下，一跃而起，成为群众爱戴的人。党的光芒照耀着她，党的力量支持着她，使这个人完全变了样。许学苏高兴她们母女的团圆，高兴大峒乡面貌的焕新，更高兴这些新人物的成长。

西江水奔腾着，大金山巍峨屹立，但是，在这个高山大峒之中，被埋藏的力量，从地底下喷发出来，集聚起来，将和祖国一切地方的力量汇合，形成一股洪流，向前，向前。……

一九五三年六月十三日，初稿
一九五四年十月四日，三稿